U0901842

花朵儿的成长记忆

董炯 著

上海三联书店

小熊和小天使是特别好的好朋友。

小天使带小熊去了天使国，天使国真漂亮！

小熊非常喜欢天使国，他感谢小天使带它来玩。

ALVO

小熊想在小天使的
生日会上给他一个
惊喜，他亲手做一
个手工蛋糕。

生日快乐
小天
Xiao Tianshi
生日小夬乐
上好佳

小天使的生日会到了，朋友们都来参加她的生日聚会了。

欢迎光临

咚，咚，咚，门响了。

这时黑魔仙突然出现，她把小熊做的手工蛋糕给弄没了。

天使妈妈及时出现,妈妈念了咒语"天使能量!"黑魔仙赶紧从屋顶里飞出去了,大家继续开心的一起给小天使过生日!

前言：每个孩子都是天使

每个孩子都是天使。花朵儿是我们家的天使。

这本书是朵妈在花朵儿成长过程中的点滴记录。当时博客流行，互联网 2.0 时代允许用户自己向互联网提供内容，每个人都成为了作家。花朵儿从一岁到六岁，朵妈在博客上记录下了花朵儿成长中的点滴。

每一则博客，都是孩子成长过程中的一瞬间。当然，就像摄影，记录下来的都是美好、耐看的一面，背后还有更多琐细、无奈和纠缠，像我们每个人在生活中的苦苦挣扎。不过，随着岁月如潮水般冲刷，留在记忆中的都是晶莹的鹅卵石。博客记录，只是帮助保留了更多记忆而已。

花朵儿马上就要 12 岁了，很快就会长大成人，拥有自己的世界。我们作为父母，也很快就会老去，拥有的只是这些美好的记忆。

简单交代一下书中涉及人物：

花朵儿，本书主角，现在北大附小读书；

朵妈，本书的作者，北大法学博士毕业，现任职中央某部委；

朵爸，书中的 hoot，北大法学博士毕业，现任教于北大法学院。

目 录

【花朵儿两岁】

【花朵儿三岁】

【花朵儿六岁】

【hoot与花朵儿】

【花朵儿一岁】

1. 行行重行行【2007－12－07】

很久以前，在我们觉得孩子尚是一件遥远之事时，我问 hoot，想要男孩还是女孩？他斩钉截铁地说："女孩！"我对这个回答非常满意，因为我也这么想。

2005 年 7 月 1 日，我们确切地知道，真要有一个生命降临时，hoot 仍像《超生游击队》中的傻爸爸，要我坚定信心，一定是女儿！还开出了至今兑现无期的普济岛旅游等诸多空头支票……

是我们的诚心感动了菩萨吗？还是上天不想让一个小子来到我们这个重女轻男之家受苦？

我们心中念兹在兹播撒的愿望终于开出一朵轻盈的花儿……

人们常说，子于父的意义，是实现父未曾实现的理想。那么女儿之于母亲呢？当少女时代如梦幻般易逝之后，女儿意味着另一段美好的开始吧！她延续着我年少时的无忧无虑和风华青春。

我有更多的奢望啊！我憧憬着花朵儿成为理想的自己：聪慧、秀丽、文静、博学、外表脆弱而内心坚毅……

看着花朵儿一天天成长，眉目之间，有着父的喜、母的颦。

她是活泼的、倔强的，又是顽皮的，喜庆的，像足了儿时的我。看来我的愿望终归是要落空了。

爱，与日俱增，无论花朵儿现在怎样，未来又如何。

我说服了自己，抛弃了妄想。

行行重行行，记录花朵儿的成长轨迹，包括我自己的。

2. 牙牙学语之“不要”【2007-12-15】

花朵儿正在学话，正是对字似懂非懂的时期。

一天，我下班回家，她循常例叫：“妈妈抱抱朵朵！”接着，急切爬上我的膝头，仰脸笑眯眯说：“不要妈妈！”

我大吃一惊，正欲提出质疑，她即颇有韵律地数落起来：“不要爸爸，不要奶奶，不要爷爷……”连远在武汉的外婆和外公都未逃脱被抛弃的厄运。

我佯作伤心状，掩面哭泣：“花朵儿不要妈妈，呜——”

她从未见过这阵势，急忙更正：“要妈妈，要妈妈……”

我忍俊不禁，笑出声来。

她觉出我的游戏神情，顿时，歪头看我：“不要妈妈……”

我束手无策。

自此，每天都会被女儿忽而抛弃，忽而认领。

3. 花朵儿的警醒【2007-12-16】

今天，带花朵儿去动物园。

电脑中的图片终于化为各色鲜活的生命。

活泼的花朵儿默不作声地看着所有动物，我以为她不在乎，抱她前行时，她总说："还要，还要！"恋恋不舍地盘桓许久，再走向下一站。每每如此，我才觉出她的不声不响中抱着无比热忱。

我们三个大人，才是真正的漠然。城里人的世界，离自然太远，我们大多数时候都不会记起世界原是属于所有生物的，只在偶尔读到报纸上环保一栏时，才会感叹一下人类的残忍。

动物是花朵儿的快乐，花朵儿则是我们的快乐。

早上十点出门，花朵儿竟然一直坚持到下午 3 点，兴致不减。

轻轨行到上地站，花朵儿才在我的怀里沉沉睡去。

下轻轨，打上的士，我忽然想起要买些袜子，就对奶奶说，你们先回吧，我买好袜子再回家，说完，将沉睡的花朵儿递到奶奶怀里，下了车。

回家后，花朵儿已醒，爷爷兴高采烈地说起花朵儿的神奇：花朵儿到家没多会儿，就醒来吵着要妈妈，爷爷随口说："妈妈上班了！"没想花朵儿居然坚定地反驳说："买袜！"

小花朵儿，警醒如斯呵！

4. 牙牙学语之"辣"【2007 – 12 – 22】

给花朵儿喂饭是一件有趣又艰难的事情。无论何种美味佳肴，她总显得唯恐避之不及的样子。每每使出浑身解数诱她张开小口，也一定是皱着眉头浅尝辄止。

我和奶奶被折磨得心烦意乱起来，忍不住恶毒地揣测花朵儿上辈子是饮毒身亡！

有一天，晚餐时分，花朵儿又拧起谱来，将到口边的饭菜远远地推向墙上挂着的各色动物，奶奶从狮子、老虎一直数到猫狗，她也就勉强地抿上一口。

我怒气横生，正欲喝出声来，转眼看见爷爷端着红辣椒炒萝卜丝出来，我挑起一根萝卜丝，夸张地吹凉，花朵儿饶有兴趣地看着我的举动。

我听见自己低柔着声音、诱惑花朵儿的说道："小白兔最爱吃的萝卜丝啊！"花朵儿不明就里，张口衔住，温软的萝卜丝很快在花朵儿嘴里化开。她立时伸出舌头，哈着气，直喊出声来！

奶奶趁火打劫地说，"是不是辣啊？"

花朵儿连连点头，说不出话来。

奶奶一口饭、一口菜地直送到花朵儿嘴里，不一会儿工夫，饭碗就见了底！

自此，花朵儿学会了说辣，到哪儿，看见红红的、生的、熟的辣椒，都会说："辣，辣！"

5. 牙牙学语之"讨厌"【2007－12－23】

半夜，花朵儿醒来要妈妈。

我挣扎着下地，双脚在黑暗中探索半天无果，鞋子已不知被 hoot 踢到哪儿去了，我恨恨地对着 hoot 的方向说了声讨厌！

赤脚抱起花朵儿，她忽忽地也脆生生地说了一声："讨厌！"hoot 不禁从迷糊中狂笑出声……

受到鼓舞的花朵儿一声比一声大地说起讨厌，还自作聪明地加上了主语："朵朵讨厌，妈妈讨厌，爸爸讨厌，奶奶讨厌，爷爷讨厌……"

我自食其果地抱着精神熠熠的花朵儿在黑暗中走啊走啊……

6. 牙牙学语之“抱抱”【2007－12－23】

外公七十大寿，我带着花朵儿回武汉。

一路上立志要教会花朵儿叫外公。费尽心思，花朵儿却学成了“抱抱”。我又好气又好笑地捏着她的鼻子，威吓道：“快叫外公，不说不放手！”花朵儿却认为我又在和她开始一种很好玩的游戏，呵呵笑着并不改口。

回家十余天，走时，花朵儿仍撵着外公叫，“抱抱，抱抱！”

两个月后，花朵儿学话已很快，却故意不叫外公，淘气起来，自己捏着鼻子叫：“抱抱，抱抱！”

今天，带她去陶然亭。

hoot 指着太阳说：“太阳！”花朵儿跟着说：“太阳！”hoot 接着说：“太阳爷爷！”花朵儿也跟着说：“太阳爷爷！”hoot 又说：“太阳公公”！花朵儿诡诘地望了 hoot 一眼，得意地粉碎了爸爸的阴谋：“太阳抱抱！”

7. 花朵儿的小心思【2007－12－31】

我总以为花朵儿是纯真、率直的，就像透明的水晶。

不过，花朵儿的“诡计多端”却给我们带来越来越多的惊奇。

一、电脑

花朵儿总是对爷爷奶奶的电脑充满了好奇，可是，我们因为电脑有辐射的缘故，只允许她远远地看，即便是专门为她下载到电脑上的各色动物。

有一天，花朵儿走到上网的奶奶身边。奶奶正在为股市的波荡起伏心潮澎湃，一时放松了警惕，充满热情地和花朵儿打起招呼："宝宝，来啦！"花朵儿微笑不语，突然踮起脚伸手将鼠标垫拂到地上，奶奶大惊，一边嘟囔着，一边弯腰拾垫。

花朵儿如愿以偿，乐呵呵地在键盘上弹起钢琴……

二、"爸爸"

花朵儿还不太会表达方便的意思。

冬天里，尽管有暖气，尿湿裤子，终究是一件麻烦的事情。所以，每当我们百般劝诱花朵儿撒尿无果、没过多久她却尿湿裤子时，忍不住便会抱怨几声，碰上 hoot 写不出文章，还会将花朵儿摁在膝盖上，作势拍上两巴掌。

看多了我们的怒火，花朵儿也知道尿湿裤子是一件错误的事情，所以，犯错之后，常常事后诸葛地大叫："尿尿，尿尿！"就这样，也免不了听上几句唠叨。

一天，花朵儿出奇地宁静，一声不响地站在墙边良久，奶奶很是诧异："朵朵，怎么啦？"她讨好地对奶奶笑了笑，神色却有些紧张。奶奶突然醒悟过来，问："朵朵，是不是又尿裤子啦！"伸手摸了摸花朵儿的裤子，果然一片冰凉。

奶奶脸一沉，呵道："谁又把裤子尿湿啦？"

花朵儿一脸无辜地眼睛扫视了四周，突然指着坐在沙发上旁若无人看书的 hoot："爸爸！"

三、"尿尿"

花朵儿不喜欢吃水果，即使爷爷奶奶硬塞到她嘴里，她也嚼嚼就往地上一吐。我们只好将水果榨成汁,好说歹说地劝她喝进去。

今天,花朵儿勉强喝了两口橙汁,就拼命摆起小手,说什么也不喝了。

我威胁她说,如果不把剩下的橙汁喝了,我就不再理她!她拿着小人书,要我念故事,我学着她的口气,大叫:“不要,不要!”她又摆出要认字的架势,我将她推向 hoot:“让爸爸念吧,你不喝橙汁,妈妈不念!”

花朵儿在我膝头边转了好几圈,突然叫道:“尿尿,尿尿!”

hoot 赶忙冲过来,拉起她就要往尿盆方向跑,她紧紧抓住我的衣服,坚决地说:“妈妈抱朵朵尿尿,妈妈抱!”

我只好挂起白旗,抱着她冲向尿盆!

花朵儿坐在尿盆上,胜利地笑眯眯说:“妈妈抱朵朵!妈妈抱朵朵!”

hoot 苦着脸看着花朵儿的凯旋,越发忧虑起教育花朵儿的前景。

8. 服软【2008-01-12】

每天晚上洗完澡临睡前,花朵儿只要我,我出差,就只要奶奶。

前天,我从上海出差回来,也就两天没见,花朵儿一副思念至极的模样,腻着我,拉着我,走来走去不肯放手,直至洗澡。我给花朵儿换上睡被,她仍是笑眯眯的,软软地叫着妈妈。

hoot 看着花朵儿的可爱劲儿,就想赖着不走,他躺在花朵儿身边,讨好地说:“花朵朵,爸爸陪你睡觉吧!”

花朵儿诧异地看了看爸爸,拍了拍 hoot 平仰的肚子,不留情面地说:“下楼!”

hoot拿起花朵儿的故事书，媚笑着晃了晃："爸爸可以讲故事，可以陪你听音乐，还可以……"儿近献媚。花朵儿直摆双手，连声道："下楼，下楼！"

hoot脸上实在有些挂不住，气急败坏地跳起来，冲花朵儿怒道："你这个小坏蛋，敢这么和爸爸说话？"

花朵儿从没见过爸爸如此怒色，迟疑一会儿，放软了声音，指向门外："冲奶！"

9. 概念【2008－01－12】

在花朵儿的概念里，地方总是和事件是相联系的。比如，她对动物园的最初记忆，是和心心姐姐一起去的那一次，所以，我们每次问她，动物园有什么啊？她都会数落：斑马、鸵鸟、猴子、大象……最后，总会加上："还有心心姐姐！"

看到湖面，她会想起我们在武汉学校的内湖里，拿着馒头喂鸭子的情形，总是伸着头到处找："鸭没了，鸭没了！"上次去陶然亭，总算看到还没冻实的湖面游弋着几对大白鹅，可惜我们连饼干也没带，她只能遗憾地看着其他小朋友喂食。无论我们怎么纠正她，湖里的是鹅、不是鸭，她都嚷嚷着："妈妈喂鸭！妈妈喂鸭！"

爷爷奶奶带花朵儿去超市，总会让她坐带音乐的摇摇车，所以，琳琅满目的超市之于她，也就是"摇啊摇"。一天，我和hoot带她去朋友家，出门时，爷爷奶奶让我们先送他们去超市。到地点，爷爷奶奶就下了车。我关好车门，向花朵儿解释道："爷爷奶奶去超市啦！"花朵儿一脸羡慕："爷爷奶奶，坐摇啊摇！"

10. 最喜欢【2008－01－22】

从厦门的青翠温蓝回到北京的满目萧瑟，开门是花朵儿的一脸喜气。

我稍稍挽起了天气带来的沮丧，冲过去要拥她入怀，花朵儿矜持地指了指我尚未更换的外衣，一副公事公办地神情："衣服，衣服！"

我叹了一口气，上楼以身作则地履行"讲卫生"家庭公约。

终于，我穿着家居的棉衣，紧搂笑眯眯的花朵儿，问起出差这几天花朵儿的饮食起居。

hoot 炫耀地问："花朵儿，最喜欢谁啊？"花朵儿仰起小脑袋，得意地回答："妈妈呀！"

一阵狂喜漫过心头，我亲亲花朵儿的小脸，正欲自我陶醉一番，hoot 一盆冷水泼过来："呵呵，别得意，你对着谁问她，她就说喜欢谁！爷爷奶奶叔叔婶婶，都是她的最爱！"

"好啊，已经学会八面玲珑啦，比爸爸妈妈都强！"我刮了刮花朵儿的小鼻子，仍是满心欢喜。

晚上，外婆打来电话，我把话筒放到花朵儿耳边："花朵儿，告诉外婆，最喜欢谁啊？"花朵儿歪着头，大声道："外婆——"电话那头传来外婆喜不自禁的声音："花朵儿，花朵儿，呵呵——"

我微笑着把头埋到花朵儿的衣服里，隐藏起 hoot 告诉我的小秘密。

11. 牙牙学语之"胖乎乎"【2008－01－28】

最近，花朵儿晚上睡得总是不太踏实，半夜里不是说梦话，就是醒来玩耍。

有一夜,花朵儿突然惊醒大叫:“爷爷抱!”继续询问时,却没了声息。早上,我们问她:“花朵儿,晚上是不是做梦啦?”她点头称是,再问:“什么梦啊?”她得意地回答:“好梦!”

另一夜,花朵儿兴奋得睡不着,非要爬到爷爷奶奶的中间,兴高采烈地左看看,右看看,嘴里念念有词。爷爷奶奶苦口婆心劝她入睡,她伸手捏了捏爷爷瘦削的脸庞,点头道:“胖乎乎地!”眼睛都睁不开的爷爷奶奶,顿时大笑,也没了睡意。

昨夜,我拍着久久不能入睡的花朵儿,她提议:“穿鞋走啊走。”我断然拒绝:“妈妈太困了。”花朵儿拿出平日里我教她折叠的高帽子,软语哀求道:“好妈妈,好妈妈!”

我吃着自己种下的果子,抱起花朵儿,走在黑暗里。

12. 眼镜【2008－01－28】

我们家有四个人戴眼镜,我和 hoot 是近视眼,爷爷奶奶是老花眼。

除了爷爷是新近配上眼镜,花朵儿的态度不太明确外,她对每个人戴眼镜的态度有着云泥之别。

显然,在花朵儿眼里,我戴眼镜很难看。自她 6 个月开始抓人眼镜,无论何时,只要看见我的鼻梁上架着眼镜,她都会一把抓下、扔到地上,以致我回家后,就处于云里雾里之中,答非所问,指鹿为马,闹了不少笑话。

花朵儿认准了奶奶在看书和上网时需要佩戴眼镜。有一天,奶奶抽空裸着眼凑在电脑跟前看大盘,她在一旁拽着奶奶的衣服大叫:“奶奶,眼镜!眼镜!”

hoot一直是戴着眼镜的，花朵儿早已习惯了他的那副模样，所以，当我有次又被她扔掉眼镜后，忍不住心中的不平，气哼哼地问她："爸爸戴眼镜就比妈妈戴眼镜好看吗？"她居然像小鸡啄米似地直点头。

昨天夜里，花朵儿从梦中醒来，嚷着要奶喝。hoot挣扎起来冲好奶，黑暗中抱起她，将奶瓶塞到她嘴里，她伸手摸了摸hoot的脸，顶出奶嘴，叫起来："眼镜，眼镜！"hoot好着性子说："睡觉了，爸爸不戴眼镜。"花朵儿将头扭到了一边，不依不饶地叫道："眼镜，眼镜！"无奈的hoot只好把她放到床上，去书房取眼镜。

当花朵儿用手确认爸爸已戴上眼镜、放心开始喝奶时，我也终于在一年多以后找到了心理平衡。

13. 过年吃糖【2008－02－11】

花朵儿不喜欢甜食，实际上，她似乎对奶以外的一切食物都不太有兴趣。这一点，她既不像我，也不像hoot。唉，希望她长大后，会有所改变，否则，人生失了这一乐趣，有多遗憾啊！

花朵儿倒是对巧克力和奶糖有些乐衷。最初的发现，是花朵儿刚过一岁半吧，在一次去公园玩的路上，由于堵车，花朵儿在儿童座椅里哭闹不已，我只好拿出hoot放在车里的怡口莲塞进她的嘴里，居然平息了她的情绪。

过了一周，出门上车，刚坐稳，花朵儿便嚷嚷着"糖，糖！"我和爷爷奶奶都惊讶于花朵儿的记事，但为了漫漫的堵车路，我哄着她说："上高速再说吧！"车行一路，花朵儿竟没像平日一样咿咿呀呀地说话，我问后座的奶奶："花朵儿干吗呢？"奶奶道："谁晓得呢？一声不吭地想心思呢!”

过八达岭收费站,我刚从路卡那儿领了过路条,就听花朵儿大声道:“糖,糖!”

花朵儿罕见的沉默原来为了这一宗啊!我们大笑不已,爷爷感到甚是神奇:“花朵儿怎么知道这就是高速呢?也没刻意教过她啊?”自此后,在花朵儿的概念里,糖就和高速联系到了一起,只要上路,上高速,她就提出吃糖的要求,不过,她只吃怡口莲或是大白兔。

大年初一,我和 hoot 带花朵儿去 hoot 导师家拜年。

花朵儿一点儿也不怯场,又是拜年、又是恭喜的,师母很是高兴,拿出巧克力招待花朵儿。花朵儿毫不客气地选了一个最大的,紧紧攒在手里,小心翼翼地舔着。花朵儿显然很中意巧克力的甜腻,没吃几口,又跑到师母跟前要:“糖,爸爸要吃!”

师母夸奖花朵儿说:“呵,这孩子真孝顺啊!”

hoot 一阵激动,正要表白一番。花朵儿摇摇晃晃地走过来,半路上举起右手新要的巧克力,也放进了嘴里。一下把 hoot 的得意噎了回去,花朵儿是举着虎皮拉大旗呢!

我阻止花朵儿说:“花朵儿,不能多吃糖啦,一天只能吃一颗!”我握着花朵儿的手,让 hoot 咬走了巧克力。

花朵儿生气道:“过年,过年!”

hoot 大笑:“花朵儿很有做律师的潜质呢!知道特殊情况下,是可以突破规则的呢!”

14. 新年礼物【2008-02-13】

年初一,从 W 导家出来,花朵儿拿着师母送的粉色老鼠,我捧着 W

导的漫画新作，一家人喜气洋洋地上了车，路上，我津津有味地翻起散发着墨香的《小老鼠的故事》。

这已是W导的第5本大作了罢，前几本，与其说是漫画，不如说是寓言，散发着哲学和思辨的气息，有画说《动物庄园》的风格，那是成年人读物。

彩霞满天里，我被小老鼠的命运所吸引，花朵儿伸过头来，打破了我的关注，她迫切地要求："妈妈给花朵儿念念！"

我就在摇摇晃晃的车里念起可怜小老鼠的故事。

花朵儿的注意力是有限的，平日里念到故事的第5页，就开始王顾左右。

念了几页，我问花朵儿："花朵儿，听懂了吗？还听吗？"

可能是故事里既有鼠妈妈又有鼠爸爸还有流浪猫的缘故，花朵儿居然似懂非懂地点点头，说："念，念！"

我继续给花朵儿讲小老鼠的故事，直到她被天边的霞光夺去了注意。

花朵儿要多久才能理解小老鼠的艰辛啊？

一百人看故事，有一百种解读。

做母亲后，我的心变得脆弱，尤其为娇弱的生命而感伤。小老鼠的境遇是繁华世界里不能掩去的灰暗，现在，每每看到病童无力求助的新闻，我都有种揪心的疼痛，那是只有为人父母才能体会的感情。

小老鼠对滚滚红尘的局外注视，仿佛是苏芮的歌印在画面上的回响："密密麻麻的高楼大厦\找不到我的家\在人来人往的拥挤街道\浪迹天涯\我身上背着重重的壳\努力往上爬\却永永远远跟不上\飞涨的房价。"

父母无私的爱是小老鼠最大的慰藉了，看着辛苦的鼠妈妈，我有着会心的感觉。养儿方知父母恩，我想，成熟如W导，也在通过这样特殊的方式向父母致意吧！

故事没有结束，变成新年吉祥物的小老鼠，染上了幽默、荒诞的喜剧色彩，我带着淡淡的忧伤期待续集……

新年假期，《小老鼠的故事》一直是花朵儿喜欢的图画书，她喜欢我抱着她轻轻念每页上的文字，她会伸出细细的指头指着流浪猫，学着猫叫："喵——喵——"

好的思想应该长上翅膀，尽管我们拥有的是"孤本"级版本，仍然感到有些遗憾，如果更多的孩子看到《小老鼠的故事》，有多好？

15. 吃手【2008-02-24】

去年六一儿童节，我收到一条短信，祝大人们在此一天，尽展童心，对小朋友的祝愿竟是："爱吃手的小朋友，想吃手就吃手吧！"忍不住，扑哧一下，笑出声来！

花朵儿出生的第二天，喝不到充足的母乳，嗷嗷哭泣之余，将小拳头塞进嘴里，聊以充饥，月嫂看着，惊讶道："看这孩子，现在就吃手了，一般孩子要在满月时才有这意识呢！"

两个多月后的一天，花朵儿竟然自己吃着手坠入梦乡，我得意地向外婆报告："花朵儿睡觉不用哄了，自己吃着手，就睡着了！"

此后，吸吮着手，成了花朵儿入睡前的必经程序。

育儿书上明白地写着："一岁前婴儿，吃手是协调性逐渐发展的表现，不宜横加干预。"花朵儿协调性"起步"如此早，我禁不住有些得意，父母眼里，孩子皆是天才！

一岁以后，花朵儿仍继续着吃手，甚有变本加厉的倾向，右手大拇指的指背上竟形成一层厚厚的茧子。

我开始不安。日本的育儿书上说:“一岁后婴儿仍有吃手倾向的,应当开始适当制止。”中国的育儿书上说:“应当防止吃手发展为恋物癖。”美国的育儿书上说:“允许婴儿吃手还是选择安抚奶嘴,专家存在争议。”

众说纷纭的专家意见看起来仿佛在作一场学术争鸣,热闹非凡,却解决不了任何问题。有一刻,我恨不得将这些专家从书里揪出来,痛打一顿! hoot 在一旁幸灾乐祸道:“就你才相信所谓的专家,我硕士班里有个同学,在美国专门写健康小常识赚生活费,你知道,他可是学法律的呀!”

我开始笃信民间智慧,一下子收集了好多偏方。

有这么一段时间,我每天与花朵儿的吃手习惯进行顽强斗争,用过的方法有:每晚用邦迪胶缠着花朵儿的大拇指;给花朵儿戴上手套;将生姜水、黄连水涂抹在花朵儿的大拇指上;最蛮横的,生生抓着花朵儿的手,任其哭泣;最夸张地,巴巴托人从香港买了美国产的“宝宝手指水!”

花朵儿仍然吃着手,她似乎并不怕苦,浓浓的黄连水、恶心反胃的手指水都阻挡不了她吃手的决心。

自花朵儿开始慢慢晓事,吃手,甚至成了她表达情绪的方式:讨好时,她娇声娇气地说:“妈妈,花朵儿没吃手喔!”生气时,她会恶狠狠把手放进了嘴里;玩笑时,她会轻轻咬着手指说:“花朵儿咬手,没吃手!”

只有 hoot 满不在乎:“吃手就吃手吧,又不会把手吃掉!你看看,花朵儿能分清吃和咬的区别,这可是做学问的基本功啊,真真可以女承父业!”

是啊,船到桥头自然直,从未见过一个小学生天天吃手指!

我放下一颗求全责备的心!

16. 楼上洗澡，楼下睡觉【2008－02－28】

奶奶为了让花朵儿安心在楼下的卧室睡觉，教她说："楼上洗澡，楼下睡觉。"

有两天，我归家晚，到家时，花朵儿已完成楼上洗澡，楼下睡觉的程序，沉沉睡去，我只能亲亲她娇嫩的小脸，听不到她兴高采烈的叫声："好妈妈！好爸爸！"

昨天，我早早回来，尽兴地享受她的可爱。

八点半，抱着花朵儿上楼洗澡，她一本正经地对我说："楼上洗澡，楼下睡觉！"

我回答说："嗯，洗完澡，妈妈在楼上陪花朵儿睡着后再下楼吧！"

花朵儿诧异地强调："楼上——洗澡，楼下——睡觉！"

我故意歪曲道："好，楼上——洗澡，楼上——睡觉！"

花朵儿定定看了我两秒，看到我故作严肃的表情，居然开始号啕大哭！

我只好挂起白旗，承认了花朵儿的说法。可是，她仍然不放心，整个洗澡过程，不时地让我给她确认。

洗完澡，花朵儿铁定了心下楼，直到穿着睡袋坐在看电视的奶奶身边，才闭上嘟囔的小嘴。

好一会儿后，我用瑜伽音乐吸引她上楼，花朵儿才忘了先前的咒语。

大人的言语，对于小小花朵儿来说，无异金口玉言啊！

17. 花朵儿点滴之“人”【2008－03－04】

一、人

花朵儿学的第一个汉字是“人”，有时候，hoot坐在书房里读书，她会乐颠颠地跑过去，扒着hoot的胳膊，伸长了脖子，在书上“找人”。她似乎从来没有失望过，因为即便没有真正的“人”，“从”字、“队”字里总是有“人”的。

有天晚上，花朵儿坐在澡盆里，指着盆底，念念有词：“这儿有人，这儿也有人！”

我和hoot顿觉花朵儿有些走火入魔，不约而同地笑出声来。

定睛一看，盆底印着英文：“clever baby”，花朵儿坐着的方向，正是倒着看这两个英文单词的，倒着的“V”字和“Y”字，看起来可不是“人”吗？

二、失落

花朵儿在家里是众星捧月，有呼必应。

有一天，我们带花朵儿去商场，她迷上了扶手滚梯，上上下下，来来回回，转个不停，还兴奋得和旁边滚梯上错面的人打起了招呼，看见阿姨，叫阿姨，看见叔叔，叫叔叔。然而，应者寥寥。

花朵儿抬起困惑的眼睛，有些忧伤：“没人理我！”

三、感冒

花朵儿有只小小的企鹅，上好发条，就能一摇一摆地往前走。

没多久，花朵儿就把企鹅的一只脚摔坏了，跛着腿的企鹅不再能动。

一天回家,花朵儿居然举着企鹅对我说道:“感冒,感冒!”然后,在企鹅身上比划着:“打针、吃药!”

18. 第一次登山【2008－03－10】

昨天是花朵儿第一次自己登山。

尽管我对花朵儿是否能登山一点信心也没有,可是,tony 妈妈一呼百应,还有可爱的 tony 可见,一家五口,义无反顾地前往阳台山。居然比 tony 一家还早到目的地。

城里仍是满目萧瑟,阳光却已很暖和了,出城不久,运河边的柳枝已轻染了一层嫩黄。呵,5 个多月的冬天,终于见着些许春意了!

花朵儿早上没什么胃口,只喝了杯奶,我一路哄着她吃水果,她只念念有词地背着三字经。这是我每天晚上在她耳边念叨的成果啊!

阳台山山势平缓,花朵儿用力地迈着小脚,一改往日 5 步一抱的陋习,兴致勃勃地,毫不言累,有时,竟然想甩开我和 hoot 的搀扶,独自攀爬。两小时的山程,花朵儿多半亲力亲为,让我们所有人都大跌眼镜。

我们对着崇山高呼同行妹妹的名字,花朵儿不禁大笑!那灿烂的笑颜竟让正午的阳光也失色许多。花朵儿就应该自然绽放啊!

回程路上,花朵儿沉沉睡去,错过了午饭,直至下午 5 时,方起。

这是花朵儿生平第一次自己登山。

记之,留念。

【花朵儿两岁】

1. 失忆【2008－03－16】

平日里，花朵儿一听到有人咳嗽，立刻会指出问题的严重性："感冒，打针！"你问她："花朵儿怕打针吗？"她定会斩钉截铁地回答："不——怕！"

每月，花朵儿都要去社区医院打预防针，这周五，是打预防乙脑的针。周四晚上，我提醒她："花朵儿明天要打针，怕不怕啊！"她仍然是一副勇往直前的口气。

第二天早晨，hoot 和奶奶带着花朵儿早早去了医院。

进入儿童注射室时，已然满满当当的一屋孩子，当真是哀鸿遍野。花朵儿即刻凝结了笑脸，惨白着脸色嚷嚷要去洗手间。奶奶抱着花朵儿急急往洗手间跑，到时，才发现那只是花朵儿的缓兵之计。

奶奶和 hoot 终于架着花朵儿去了注射室，整个过程，不过几秒，针入，针出，花朵儿已是满脸泪水，委屈地趴在奶奶的背上，哀哀地道："眼泪，眼泪！"

九点半，我关心地去电问花朵儿的情况，他们已在回程的路上，奶奶把手机放到花朵儿的耳边，我问她："花朵儿打完针啦？"她已是一派乐观："打完啦！"

再问："花朵儿哭了吗？"她坦坦然曰："没——有！"

2. 哄【2008－03－22】

一、哄

花朵儿和乐乐、帅帅是名副其实的发小，花朵儿比乐乐和帅帅大三天。自三个月大开始，他们几乎天天在一起。

一天，三个发小一起在小区的活动区晒太阳，乐乐不知何故大哭起来，乐乐爷爷奶奶百般劝诱，未果。

花朵儿飞奔至乐乐身边，歪着小脑袋，手抚乐乐背，轻言道："乐乐棒，乐乐不哭！"

乐乐寻声抬头，满脸挂着泪水。

花朵儿将大拇指竖到了乐乐的鼻子底下："乐乐棒，乐乐不哭！"乐乐终于破涕而笑。

身旁的大人们已笑成一团。

二、不起

每天晚上，花朵儿总是扭扭捏捏的不愿上楼洗澡，洗澡时，却也不愿爽爽快快地结束睡觉前这场最后的游戏。

我说："花朵儿数到十，就起来吧！"

花朵儿每次都慢条斯理地从 1 数到 5，然后大声宣布："不起！"

三、眼镜

今晚，hoot 在沙发上读刘和平的《大明王朝 1556》。花朵儿又凑过去在书中找"人"。

后来，干脆抢过那本 7 百多页的大书，摆在膝盖上，煞有其事地翻了起来。

过了一会儿，花朵儿突然对 hoot 说："花朵儿没戴眼镜，看不清！"

hoot 狂乐，奶奶寻声而来，原来是花朵儿要奶奶讲故事，奶奶常对付她的一句话。

3. 饯行【2008－03－30】

一、干活

花朵儿的叔叔婶婶就要远行美国，临行前，将细软搬到我们家。

搬家公司的人进进出出，花朵儿跟着跑前跑后，兴奋不已。奶奶看着深一脚、浅一脚上楼下楼的朵朵，忙把她抱开。

花朵儿在奶奶怀里挣扎，气急败坏地大叫："朵朵要干活，朵朵要干活！"

二、委屈

一般情况下，花朵儿还是勇于承认错误的，要她道歉，就道歉，要她作揖，就作揖，虽然事后依然故我，但态度一流。

叔叔搬家的晚上，我们一家人在红番茄为花朵儿婶婶的父母送行，第二天，他们就要回云南了。

吃饭的当间，花朵儿不耐烦地将自己的碗筷和饭菜撸了一地。

我大怒，花朵儿看着我神色大异于常，柔着声音道："妈妈……"

我头扭一边，继续和夫弟及弟媳说话。

奶奶出来打圆场，让花朵儿认错。

花朵儿打着岔，去叫爷爷，爷爷也温言要她认错。花朵儿未搭腔，却又开始从爸爸、妈妈叫至爷爷奶奶，从叔叔婶婶喊至婶婶的父母。

秉承着严于教子信念的大人们，默契地、沉默地拒绝着花朵儿。

从未在大庭广众之下，遭遇如此寒流，花朵儿大哭起来，抽泣着，一边用袖子抹着眼泪，一边自怜自艾地道："眼泪，眼泪！"

第一次，花朵儿用坚决的态度捍卫自尊。

呵呵，我的小花朵儿，开始有了自我意识……

三、质疑

在机场送别叔叔婶婶，花朵儿显得有些惆怅。

我问她："叔叔婶婶去哪儿啦？"花朵儿说："美国！"再问："花朵儿愿意去吗？"她摇摇头，我又问："爸爸妈妈带花朵儿去好吗？"她才乐颠颠地点点头。我心里略过一阵温暖。

我们决定参观一下新航站楼再回去。

走完一圈之后，我们在休息区停留片刻，我突发奇想地躲在 hoot 的背后，和花朵儿玩起捉迷藏，花朵儿转身不见我的踪影，开始寻找："妈妈呢，妈妈呢！"

突然，看到我依靠在 hoot 身上的背影，也许平常很少看见我背影的缘故，花朵儿开始大声地提出质疑："阿姨靠在爸爸的背上！"

我们狂笑，我冲过去抱住花朵儿。

花朵儿看着我忍不住的笑容，也微笑起来，居然长吁了一口气。

呵呵，维护妈妈的花朵儿呀！

4. 我【2008－04－12】

一、我

晚饭后，我端着杯子喝水，花朵儿跑过来，摊开双手，抱怨道："我没有，我没有！”

平日里，她会说：“朵朵没有，朵朵没有！”

第一次，花朵儿会用了“我”字。

二、阿姨

L阿姨远从深圳来京，白皙的双颊，舒适的装扮，声音甜美，姿态温柔。花朵儿一见就喜欢上了，缠前缠后的，连最喜欢的室外活动也没了兴致，不理小朋友，拉着奶奶手：“回家，回家，回家看阿姨！”

晚上，我哄花朵儿睡觉，花朵儿直指着阿姨的房间：“看阿姨，看阿姨！”出门来，就碰上刚从门前走过的阿姨，花朵儿忽然不好意思起来，痴痴一笑，便趴在我的肩头。我抱着她进屋，她又指着门外，深情款款地：“阿姨，阿姨！”

如此三番，近十一点半，才疲惫睡去。

今早，我带着花朵儿送阿姨。

阿姨关上出租车门，花朵儿突然感受到离别的痛苦，看着绝尘远去的车，放声大哭：“花朵儿要坐车，花朵儿要和阿姨走……”

三、短信

花朵儿拿着hoot的手机，煞有其事地按来按去。

hoot出言制止她：“花朵儿，把爸爸手机拿来！”

花朵儿很不耐烦地说：“朵朵要发短信！”

四、童言

我对花朵儿说：“明天爬山，见童言哥哥好不好？”

花朵儿用手做成喇叭状，对着我喊：“预备起！童言——”

上次爬山时，童言哥哥没上山，半山腰时，我和花朵儿往山下喊童言,呵呵,她仍然记得啊!

5. 记仇【2008-04-22】

一、心惊

从海南出差回京,起飞的时候,正赶上“浣熊”登陆前夕,大雨倾盆,飞机摇摇曳曳地穿破云层,行李仓内发出形同爆裂的声响,我与同事交换着恐惧的眼神,不出一声。

忽然想,如果不幸,花朵儿该是如何可怜。

对生的眷恋,从未如此刻一般真实……

二、记仇

星期天,是雨天,邀请了乐乐和帅帅来家玩。刚进门,就发生了争执,帅帅、花朵儿哭成一团。不过,一阵风,一阵雨的,很快就又游戏到了一起。

星期一,仍是雨天,奶奶欲打电话再次邀请小朋友,花朵儿制止奶奶道:“帅帅来过了,惹朵朵哭,不要打电话。”

三、代词

晚上,我正接一个重要电话,花朵儿拿着电话线纠缠一起,我示意奶奶将花朵儿抱走。

花朵儿一边挣扎,一边大声叫道:“要你妈!要你妈!”

我笑得差点将话筒摔掉,花朵儿“你我不分”如斯。

四、累了

早上吃完饭,爷爷拉花朵儿认字,花朵儿腻在沙发旁边,娇声娇气地说:“朵朵累了,朵朵要歇会儿。”

五、美如花

下班回家,按过门铃进楼道,刚走到二楼,就听到六楼传下花朵儿脆生生的喊声:“好妈妈,好妈妈……”

我三步两步地跑上楼,迎面看见花朵儿的笑颜,当真艳若春花。

6. 访友【2008-04-26】

一、谁最帅

星期六是当当弟弟双满月的日子,当当父母约了一大帮朋友庆贺,花朵儿在获邀之列。

临行前,爷爷奶奶叮嘱花朵儿讲礼貌,给小弟弟做个好榜样,我帮衬着要花朵儿加些时髦的玩意儿,见着叔叔不仅要喊,还要夸帅,见着阿姨不仅要叫,还要称美!

花朵儿果然礼貌敬人,嘴巴甜蜜,笑容可人,不过都是老老实实地叫着叔叔阿姨,没有形容词。

J阿姨打趣地问花朵儿:“花朵儿漂亮吗?”花朵儿腼腆地摇了摇头,再问:“那谁漂亮啊!”花朵儿救星似的指向我:“妈妈!”赢得一屋女士的艳羡。

X叔叔姗姗来迟,我要花朵儿献上敬语,花朵儿才突然想起我临行前的叮嘱,大声赞了句:“帅叔叔!”X叔叔顿时被带上了九云天。

先到的叔叔们很不服气,纷纷攻击X叔叔的外表甚至人品,我打圆场地让花朵儿说:“都帅,都帅!”

J阿姨在一边煽风点火地问:“花朵儿,说说哪个最帅啊?”

花朵儿微笑着环顾室内,说出一句语惊四座的话来:“小弟弟!”

正其时,当当弟弟已沉沉入睡,被月嫂抱在屋外晒太阳!

二、催眠曲

回家时,已是下午四点,花朵儿在汽车上的儿童安全座椅里昏昏欲睡,我让hoot放上催眠曲。没过几分钟,花朵儿就闭眼睡去。

hoot看着花朵儿未出一言,道她已然入睡,随手关了音乐。

花朵儿突然大哭起来:“不关音乐,不关音乐。”

惊得hoot又手忙脚乱地打开音乐,花朵儿在一边自怨自艾:“眼泪啊,眼泪……”

三、阴谋

一般情况下,睡觉前,花朵儿都只要我,不要hoot。

有一天,终于心血来潮地也要hoot。间隙,我悄悄地在门缝里望去,看见hoot慈爱地抱着花朵儿走来走去,嘴里念念有词地:“妈妈拍,妈妈哄,花朵儿睡大觉!”

我心头涌起一阵暖流,hoot不仅没有妒忌花朵儿对我的依恋,还加固着这种感情呢……

前天晚上,我累得不行,在花朵儿临睡前对她说,今晚爸爸哄花朵儿睡觉吧!

花朵儿一本正经地说:“爸爸讲,妈妈拍,妈妈哄,花朵儿睡大觉!”

顿时,我觉得,hoot实在称得上阴险教主啊!

7. 哲学思想【2008－05－06】

五一节，hoot所在学院集体出游河南，泱泱百余人，花朵儿小小身影，在人群中穿行，留下一串串欢声笑语，一家三口，尽享天伦。

一、黄色阿姨与黄色叔叔

出游的集合地，花朵儿被hoot一位同事的大眼睛妻子吸引，因其身穿黄色衣衫而昵称为："黄色阿姨"。

从河南首府、洛阳、开封一路，乃至回归郑州，花朵儿的身心为黄色阿姨所占据，登车、饮食、观景，皆以黄色阿姨的存在为切切在意，每每在人头攒攒之地，逡巡大呼："黄色阿姨"，甚而爱屋及乌，黄色阿姨的夫君虽未着黄衣，亦被花朵儿冠名为："黄色叔叔"。

hoot同事深异之，然乐之，尽随花朵儿呼贤夫妇，二人啼笑皆非，亦无可奈何。

二、哲学思想

身至异地，花朵儿为周遭新鲜事物吸引，一天溺身数次。我一边为其换衣，一边愤而责其倒退行径："哪个小孩又尿湿裤子啦？"

花朵儿一边享受着服务，一边漫不经心地答曰："哪个小孩不尿湿裤子？"

我哑然无语。反思自身，愧之。

三、我祈祷

开封大相国寺，有镇寺之宝，银杏树雕四面千手千眼观音像，宝相庄严。

花朵儿立于佛前，歪着小脑袋，做祈祷状，念念有词："我祈祷：爷爷健康、奶奶健康、爸爸健康、妈妈健康、叔叔健康、婶婶健康、黄色阿姨健康……"

我与 hoot 默然相视，暖流遍身，非言语能传。

四、逆反

人说，小儿三岁左右进入人生第一逆反期。

花朵儿刚逾二岁，已多逆反迹象，此次出游，头痛尤甚。

我说左，花朵儿行右，我说食，花朵儿答饮。

无奈，每每以反问句诱之，方有效，譬如："花朵儿一定不想吃饭的，是吗?"花朵儿即雀跃："要吃！要吃！"

hoot 不耐之余，放出狠话："不吃拉倒，饿死了算！"花朵儿即刻正告其爱父："那就没有花朵儿啦！"

8. 讲道理的花朵儿【2008－05－14】

一、讲道理

兴许是平日里总和花朵儿讲道理的缘故，花朵儿也越来越讲道理。

最多、最五花八门的理由是劝人抱她："花朵儿累了，花朵儿走不动了，花朵儿害怕！帅帅妈妈抱帅帅了！有车危险！风大！地滑……"

最促狭的理由是在晚上洗完澡，hoot 缠着让香喷喷的花朵儿亲亲他时，花朵儿悠闲躺在床上，慢悠悠地对 hoot 说："太远了，亲不到！"

最迂回的推脱是拒绝 hoot 的恳求，hoot 说："花朵儿让爸爸咬一口吧”,花朵儿婉拒道:“刷牙不能咬。”hoot说:“那刷完牙再咬吧!”花朵儿答曰:“睡觉不能咬。”hoot说:“那起来再咬吧!”花朵儿仍很有耐心:“起来玩也不能咬!”

二、花朵儿姐姐

上次去看当当前,爷爷教花朵儿讲礼貌:“见了叔叔和阿姨要主动叫人,看见小弟弟要说:‘我是花朵儿姐姐!’”

自此后,我们让花朵儿作自我介绍时,她总自称花朵儿姐姐。

五一去河南,当着诸位教授和前辈,花朵儿毫不怯场,在大巴上,大声地向众人表明身份:“我是花朵儿姐姐!”

9. 贴心小棉袄【2008－05－22】

一、贴心小棉袄

近两日hoot感冒发烧,前天晚上,我开车送他去医院看病,临行前,花朵儿很合作地让奶奶抱着和我们说再见。

昨天晚上,hoot继续去医院打消炎针,我留在家陪花朵儿。

花朵儿倚在我的膝头,问:“爸爸干吗呢?”我答:“爸爸去医院打针啦!”

花朵儿很诧异地说:“爸爸生病打针,妈妈要陪爸爸啊!”说完起身拉着我,把我往门外推:“陪爸爸打针! 陪爸爸打针!”

我只好解释,昨天爸爸发烧所以需要妈妈陪,今天不发烧,所以留妈妈在家陪花朵儿。

几次三番才说服花朵儿。

hoot真是幸福爸爸啊!

二、落水

星期日游植物园，花朵儿见着了童童姐姐和童言哥哥，尤其是童童姐姐，被姐姐拉着手，开心得挂满了笑容。

看着哥哥姐姐在小溪边又是捉鱼、又是戏水，花朵儿艳羡不已，一意要逗留在小溪边，趁我转身未留意，冲向溪边。等大家反应过来时，花朵儿已不知所措地站在水的中央。

一下午，花朵儿就裹着奶奶的衣服，坐在小溪边的栏杆上，忧郁地看着哥哥姐姐跑来跑去。临走前，花朵儿才穿上刚晒干的裤子，我问她："想不想玩水啊？"

花朵儿摆摆手、摇摇头。

我怕造成她的心理阴影，赶忙解释："花朵儿小心点就可以啦！"

第一次，花朵儿感到了自然的危险。

三、活学活用

花朵儿听的故事书里，有一段话，描写一个小狗眼中的婴儿，没有头发很难看。

一天，花朵儿在阳台上看见一位抱着小孩的保姆从楼下路过，她扭头对奶奶说："那位阿姨，扎着辫子真难看！"

四、自爱

花朵儿每次有感冒症状时，我都会要爷爷奶奶喂她保婴丹。

昨天，花朵儿打了个喷嚏，摸了摸鼻子，就吵着问爷爷要保婴丹："花朵儿病啦，要吃保婴丹！"

10. IQ情商【2008－06－02】

一、身体之重要

整个星期，hoot和我轮流感冒，不得不远离花朵儿，每每看见花朵儿哀怜的眼神，就忏悔不停，身体发肤不再属己身一人，为了午夜自由的灵魂而挥霍健康的事情，不该再有吧！

二、IQ情商

花朵儿越来越会察言观色，面对大人偶尔流露的疲倦和不耐，她会一遍又一遍地确认："爷爷生气了吗？奶奶生气了吗？爸爸生气了吗？妈妈生气了吗？"惟获否定回答，方安然。

昨日，舅舅来家贺花朵儿的儿童节。花朵儿很是高兴，在沙发上扭来扭去，手肘突然间撞上了我的头，我剧痛，忍不住叫起来："花朵儿你撞痛妈妈的头啦！"

花朵儿转头看见我龇牙咧嘴的怪样，笑颜顿时凝结在脸上，也就一秒钟的间隔吧，旋即开始放声大哭，直至hoot放言："妈妈不痛啦！"才破涕为笑。

花朵儿的情感逐渐丰富起来，她总是笑颜绽放的双颊，也常常挂上了泪珠。不过，那伤心就像夏日的浮云，一阵风来，一阵风去。花朵儿的嬉笑怒骂总是考验着我和hoot的耐心，只有爷爷是永远的好脾气，总能理解花朵儿的心境。

11. 聚会【2008－06－11】

端午节，在tony家叨扰三天，期间，人来人往，仅小人即达7人之多，成人更流水不断，烧烤、美食、投影和扑克，仿佛是烂柯山的岁月。花朵儿乐得不知几何，巧笑嫣然，不知不觉，语言已胜往日。

一、人生第一篇故事

hoot躺在床上，我抱着花朵儿哄其午睡，隔壁装修咚咚作响，花朵儿全然没有睡意。许是看着hoot扎眼，花朵儿诱其父亲去书房看书，未果。

花朵儿开始念念有词："爸爸睡小床，要花朵儿睡大床，花朵儿没床睡啦，花朵儿呜呜——哭啦！"然后，以手掩面作痛哭状。

二、王大大

王大大最爱逗花朵儿开心，花朵儿放歌"我爱北京天安门"，王大大亦步亦趋，然变调至爪哇王国，花朵儿认真作出判断："错啦，王大大错啦！"

第三天清晨，花朵儿在楼梯口遇上睡眼朦胧的王大大，殷勤地叫了声："王大大好！"

王大大张嘴仿公鸡打鸣："喔——喔——"，花朵儿凝神半晌，高兴地竖起拇指，指向半空："答对啦！"

王大大着实给花朵儿留下深刻印象，今天，花朵儿在读书时，指着图画书后面一个吐着舌头做鬼脸的小人，说："这是王大大！"

三、亮亮哥哥

亮亮哥哥是个特别会照顾人的七岁男孩，第一天晚上，自告奋勇地要哄花朵儿睡觉，花朵儿很合作地躺在床上要亮亮讲故事。

亮亮讲“狼来了”，完毕，花朵儿说：“再讲一个吧！”亮亮又讲了一个，花朵儿继续央求，亮亮没辙啦，长叹一口气：“那我给你背课文吧！”

四、表演睡觉

花朵儿很有表演欲呢，有节目一定要表演给所有人看。

聚会期间，花朵儿向所有人表演了“我爱北京天安门”、“翻跟头”、“做瑜伽”等等，每次都意犹未尽，表演毕，总环顾四周，发现有漏网未欣赏自己绝世芳姿的，一定要其补上一课，无论是在厨房里忙碌不停的tony姥姥姥爷，还是忙里偷闲聊天尽欢的大人们。

入夜，花朵儿仍然兴奋得不能入睡，吵吵嚷嚷要出房间加入大人的游戏，我关上房灯，强制要她闭上眼睛。

花朵儿找了种种出门的理由，都被我否决了，不甘心的花朵儿找了最后一个借口：“妈妈，我们出去表演睡觉吧！”

五、干吗呢

花朵儿已到了充满好奇的阶段，一天不停地问“干吗呢？”“干吗爷爷奶奶旅游呢？干吗tony要花朵儿走开呢？干吗姐姐要学tony呢……”一副打破砂锅问到底的态势，直问得大人头皮发麻。

今天，我抱着花朵儿坐在沙发上，她忽然指着鼻子说：“疼——疼！”紧接着又问：“花朵儿干吗会疼呢？”我看了看她的脸，好像额头被蚊子叮了一口，随口敷衍道：“蚊子叮的吧！”

花朵儿一副得意的神情，促狭地对我说：“不是，是花朵儿自己抓的！”

12. 小儿积食【2008－06－26】

一、小儿积食

从tony家回来的当天，花朵儿就生病了，回想起来，可能是花朵儿在tony家宽阔的厅堂，光着脚在凉地上走来走去、又贪热闹缺觉的缘故。

花朵儿蔫蔫地依偎在我怀里，浑身滚烫，我的心也缩成了一团。

为了花朵儿时高时低的体温，跑了三次医院，幸喜只是一般的病毒性感冒。

不吃不喝的花朵儿在三天后有了好转，脸上又绽开了久违的笑颜。忘性的妈妈周末又带着花朵儿去了L先生家，L先生住在门头沟水库边上的山上，世外桃源一般的地方，同去做客的还有三个小哥哥，花朵儿走在主人家后院石子拼成的小路上，抚摸身旁盛开的鲜花，开心得很。

可是晚上，花朵儿又开始发烧，还伴随着流涕、咳嗽。

再次去了附近的医院，我拿着医生开的又是消炎又是抗病毒的方子，放心不下，又去了儿研所的专家门诊，老医生划掉了抗病毒和两付中成药的药，增加了消积止咳口服液。

夜里，想着花朵儿这些天下来身形消瘦，冲了满满一瓶奶给她。然而，一睡下花朵儿就辗转反侧地开始咳嗽，难以入眠。夜里两点，花朵儿突然起身，吐得昏天黑地，折腾半晌才重新躺下。至此，方安然睡去。

我心存困惑，白天上网搜索，才晓小儿积食一说。患上小儿积食，不仅食欲不佳，感冒的话，还会加重咳嗽的症状。

这两天，花朵儿日渐向好，只是不会清痰，喉间仍有痰鸣，偶见咳嗽。

记之，以免好了伤疤忘了痛。

二、走自己的路

花朵儿喜欢在沙发上爬上爬下，我们再三警告她，这是危险行径。

这天，花朵儿穿着鞋在沙发上踱步，hoot 一看，火冒三丈，冲过去叉腰大吼："花朵儿又上沙发啦？爸爸怎么教你的！"

花朵儿镇定地看着 hoot，引用图画书上的一句话，举头答曰："我走自己的路……"

三、朵儿爸爸趣事

手机铃响，hoot 接通。一个陌生却熟络的声音传来："是××吗？"（空格是含糊不清的两个字）

hoot 已经积攒起别人未尊称老师就我心不爽的脾性，因而，不客气地回道："你，谁啊？"

那方带着福建口音，启发式地："是我呀，老朋友啦，这么快就不记得啦？"

hoot 接这种电话已非一次两次，有一次还和对方约了一个很遥远的地方要吃饭。

这一次，hoot 做醒悟状："喔，是老李嘛？"

那方显然很满意这个回答，说："是啊，想起来了吧！"

"最近忙什么呢？"

"我在石家庄呢！"

"你老兄真能跑啊，哎，你什么时候请我吃饭啊？"

那方显然非常诧异，有些支吾："为什么我要请你吃饭？"

hoot 乘胜追击："你欠我的那笔钱什么时候还啊？还不请我吃饭……"

看了半天好戏的我，听着 hoot 手机里传出一个勃然大怒的声音：

“有病……”然后是挂断电话的“嘀——嘀”之声。

我笑绝在座椅上,佩服 hoot 得不能自已……

13. 先见之明【2008-07-06】

一、先见之明

上次,带花朵儿去儿研所看病,人群济济。

一落座,医生稍稍不耐地让我撩起花朵儿的衣服听诊。蔫蔫的花朵儿不肯放过说话的机会,预言道:“前面听听,后面听听,再摸摸小肚子,没病啦!”

神情疲惫的医生不禁嘴角露出微笑,顿时和颜悦色起来……

二、工作

hoot 放暑假在家,天天关在书房里写文章。

花朵儿也习惯了腻在 hoot 身边,总找借口溜进书房。最新的理由是:“花朵儿要工作啦!”

问她:“花朵儿做什么工作啊?”她会煞有其事地答曰:“看书、写字,很辛苦的!”然后,拿起 hoot 正在看的书,一页页仔细翻阅起来。

再问:“花朵儿,书上写着什么呢?”她答:“爸爸、妈妈和花朵儿!”

三、交流

由于工作流动的关系,近期可能会繁忙起来。

周末,我陪着兴高采烈的花朵儿,有些内疚地向她检讨:“花朵儿,妈妈最近可能会出差、加班,就不能多陪花朵儿了,花朵儿会不会怪妈妈啊?”

花朵儿低头玩着帽子,答:“不会!”

我欣喜不已:“花朵儿真理解妈妈! 妈妈爱花朵朵,花朵朵知道吗?”她点点头,清脆地答曰:“嗯,知道啊!”

花朵儿的理解力真是超出我的想象呢!

四、辛苦

午饭时,为了启发花朵儿的孝心,我问:“平日里,照顾花朵儿,谁最费心啊?”

花朵儿环视了在座一圈,一个不落地说:“爷爷,奶奶,爸爸,妈妈!”

一句话,所有人都露出了满意欣慰的笑容。

五、鱼刺

花朵儿已经很会吃鱼了,很小的鱼刺都能吐出来。

昨天,我大意地将鱼肉泡在汤里喂花朵儿,她一口吞下去,立即满脸通红,不一会儿,开始大口大口地呕吐。花朵儿喘着气、嚷嚷着:“上医院,上医院。”

难言当时的懊悔和紧张,慌乱地手足无措,幸喜最后并无大碍。

现在想起来,仍是心有余悸啊。

14. 搭讪【2008-07-14】

一、确认

花朵儿一直很害怕打针,无论是生病还是打预防针。周三,爷爷要去 hoot 校医院补牙,一行四人穿过夏日郁郁葱葱的校园,来到校医院门前。

花朵儿瞥见门里晃动的白色身影，顿时脸上没了颜色，惊恐地要爷爷奶奶确认："花朵儿没病啊？今天要打针吗？不去！不去！"

直至奶奶郑重保证："爷爷要补牙，花朵儿不用打针！"花朵儿才稍稍心安。

坐在牙科室外的凳子上，花朵儿看着进进出出的护士小姐，生怕被抓进去打针，每次都向护士小姐媚笑着打招呼："医生阿姨来啦，医生阿姨又来啦！花朵儿没病，不打针……"

二、主见

花朵儿越来越有主意。

午后，从 hoot 的校园出来，花朵儿坚决不上 hoot 的车。

花朵儿扬了扬手中握着的作废银行卡，说："爸爸回去，回去工作！花朵儿要坐公共汽车回家！刷卡坐车！"

爷爷奶奶终究拗不过心意甚决的花朵儿，去了临近的轻轨站，花朵儿煞有其事地将银行卡放在入站口的感应器上，听到嘀嘀狂响后，信心满满地跨进了站门！

三、搭讪

轻轨站下来，尚需坐一段公交车。

车上的邻座是一位白白净净的五六岁男孩，花朵儿显然对他很感兴趣，一声接一声地叫："小哥哥，小哥哥……"

小男孩不堪被扰，气哼哼地躲到车的前部，花朵儿并不以为怪，笑嘻嘻地对奶奶说："小哥哥害羞啦！"

巧的是，白净男孩居然和我们住在一个小区。

今天，我带着花朵儿在院子里玩，突然，花朵儿指着远远走来的一个小男孩："小哥哥！小哥哥！"

等着小男孩走近，花朵儿热情地贴上去，熟络地叫："小哥哥，小哥哥！"

小男孩不置一词地继续往前走去，花朵儿亦步亦趋地跟在一边，娇滴滴地继续搭讪道："小哥哥，一个人啊？"

四、自信

花朵儿已经很会讨好人了，见着阿姨说漂亮，见着叔叔就说帅！

今天，hoot师妹来我们家，一身碎花旗袍，端的温婉贤淑，花朵儿自然而然地赞道："阿姨漂亮！"

hoot师妹应了一句："花朵儿才漂亮呢！"

我在一旁帮衬着要花朵儿谦虚一下，教她说："阿姨更漂亮！"

花朵儿想了想，自信地回道："花朵儿漂亮，阿姨也漂亮！"

15. 育女心经【2008－07－21】

一、父与女之表扬

hoot早晨六点多起来，就看见花朵儿衣着整齐地在那儿搭积木，赶忙夸道："花朵儿这么早啊？"

花朵儿抬起头，望了父亲一眼，带些炫耀地道："我吃手啦！"

hoot佯作大怒，责问道："吃手怎么办？"

花朵儿伸出白白嫩嫩的小手："打手吧！"

hoot有些骑虎难下地拍了花朵儿两下。

花朵儿一边向hoot跷起大拇指，一边朗朗上口地赞道："吃手打手，爸爸真棒！"

hoot哭笑不得，实在弄不清楚小女是不是无师自通地学会了嘲讽。

二、父与女之大肚

晚饭毕，hoot 将日益发福的身躯蜷缩进沙发里，眯缝着双眼，惬意地读着《南方周末》。

花朵儿一蹦一跳地跑过来，拍了拍 hoot 的肚腩，唱道："拍拍爸爸的西瓜肚，拍拍爸爸的西瓜肚！"

hoot 脸上顿时有些挂不住，转眼瞥见一旁狂乐的我，别有用心地提示道："花朵儿去拍拍妈妈吧！"

花朵儿果然聪敏过人，答曰："妈妈没有西瓜肚！"

三、没事儿

"没事儿"是花朵儿最近的口头禅。

花朵儿和发小乐乐在院子里玩，近中午，乐乐要回家吃饭了，花朵儿意犹未尽，一路小跑地往乐乐家跑，边跑边说："我们去乐乐家玩，好吗？"

我阻止道："乐乐要回家吃饭、睡觉，我们也要回家呢！"

花朵儿一副主人家的模样，大方地劝说道："没事儿，没事儿，上去吧，上去吧！"

四、识时务

我将会议的代表证别在花朵儿胸前，告诉她："这是开会用的代表证！"

花朵儿得意地在院子里向小朋友炫耀。

乐乐满心羡慕，向花朵儿讨要。

花朵儿扭捏地不愿给。

奶奶在一旁开导她："今天头伏，乐乐家有饺子吃，你不给乐乐，乐乐也不请你吃!”

花朵儿慌忙解下代表证,殷勤地别在乐乐的裙子上,追问道:“中午去你们家吃饺子,好吗?”

五、育女心经

花朵儿吃水果,经常咬一口,吐一口,浪费得紧。呵斥多次,均无果。

那天花朵儿又故伎重演,认真地玩着搬运西瓜的游戏:咬上一口,乐颠颠地跑到垃圾桶前,吐掉,再咬,再吐。

我正好看了专家育儿手册《如何听孩子说,如何对孩子说》没多久,于是,强忍着已冒到嘴边的怒火,活学活用地开导花朵儿:“花朵儿嘴里尝到西瓜的滋味,可是小肚子还没有尝啊?小肚子有些生气吧!”

这番话果然引起了花朵儿的注意,她飞速地咽下一口,说:“花朵儿的小肚子也尝到了!”

我拍了拍她的小肚子说:“嗯,花朵儿的小肚子没东西吃,就会咕咕叫地提意见呢,饱了的时候,才会嘭嘭响呢!”

花朵儿很快吃完两丫西瓜,开心得拍了拍肚子:“花朵儿小肚子也吃饱啦!”

我反省着,多数时候,我们都是急躁、粗鲁的!我们的宝贝,需要的不是简单说教,而是快乐有趣的沟通啊!

16. 男女有别【2008－07－28】

洛洛弟弟一家从美国归来,众人为之接风。

聚会地点是在中南海附近的一套四合院，纯中式的风格，青瓷装饰的墙壁，木制的窗棂，静静的院子中间，有几棵茂密的槐树，在微风中摇曳。闷热抑郁的盛夏里，这里竟是凉爽的。

花朵儿在房屋和厅堂间逡巡穿梭，绕着回廊的柱子转圈，裙衫飞扬，快乐莫名。

一、英雄救美

一年不见，洛洛弟弟出落得英俊非凡，且有绅士之风。

花朵儿进院没多久，洛洛就拉着花朵儿的手，献宝似的要带她去看青瓷盆里养的金鱼。

主人家有个更小的小女儿，活泼伶俐，霸道的小模样，比花朵儿更胜一筹。

那小女儿和花朵儿并排站在水边，看着花朵儿跃跃欲试、想摸鱼的样子，伸手拍了花朵儿一掌。

洛洛脸色一暗，冲过去，报复性地也拍了那小女儿一掌，一副英雄救美的神态。

众人大乐，花朵儿亦抿嘴微笑。

二、当当弟弟

平日里，我总对花朵儿说："花朵儿长大啦，不能用奶嘴啦！不能再让妈妈喂饭啦！不能一直让妈妈抱在怀里啦……"

昨晚，我对花朵儿说："明天我们要去见洛洛弟弟和当当弟弟啦！"

花朵儿记得当当弟弟是个小婴儿，所以问道："我长大了，弟弟还小，我可以抱弟弟吗？"

我只得说："花朵儿还不够大呢，只能搂着弟弟，抱不动呢！"

花朵儿今天见着了当当，很是高兴，尽管没提出要抱抱弟弟，却一直跟在抱着当当弟弟的保姆后面，一会儿摸摸当当的小手，一会儿一声接一声地叫着："当当，当当！"

后来，看着保姆阿姨自始至终抱着当当，花朵儿可能想要纠正弟弟的懒惰，于是，拽着 5 个月大的当当的小腿，大叫："下来，下来！"

三、领悟

花朵儿晚饭时和洛洛比着，吃得很开心，又是鱼、又是虾，还吃下满满一碗乌冬面。

回到家，洗完澡，hoot 习惯性地叫花朵儿小坏蛋。

花朵儿生气地驳斥道："我今天吃晚饭啦，不是小坏蛋！"

四、男女之别

花朵儿最近刚学会脱衣服，新鲜得很，外出回来，经常是一眨眼的工夫，就脱得一干二净，然后，裸着身子兴奋得跑来跑去。

我捉住她，告诉她："你是小淑女，不能学男孩的样子，太不文雅了！"

花朵儿疑惑地看着我，仰头问："我长大了就是男孩了吧？"

17. 孤独【2008－08－04】

一、孤独

花朵儿的发小出国的出国，避暑的避暑，上幼儿园的上幼儿园……

白天，爷爷奶奶照例会带花朵儿去小区的院子里晒太阳，没有伴的花朵儿很是孤独，她并不愿和不太熟悉的孩子一起玩耍。和大人一样，大多数时候，花朵儿在陌生人面前是胆怯的。

于是，花朵儿和奶奶之间就有了下面这场对话：

“奶奶，你记得当当弟弟吗？”

“记得啊！”

“奶奶，你记得洛洛弟弟吗？”

“记得啊！”

“那你带我去看他们吧！我想他们了！”

周末，前一天刚会过童言的花朵儿依然央求我：“妈妈，我们去看童言吧！”

“昨天不是刚见过童言嘛！下礼拜再见，好吗？”

“那亮亮哥哥呢？我们去看看他吧！”

我无语。

被爷爷奶奶、爸爸妈妈众星捧月般照顾的花朵儿，缺少了友谊的浇灌，仍是孤寂的呀！

想想自己的童年，在父母忙碌的空隙间，和无数个同龄人一起，像野草一样疯长，尽管缺少关爱和营养，却是自由、天然的。路边的花草没有农药；蟋蟀和小鸟，不是只见图文，不闻鸣声；大自然就是百呆不厌的游乐场。

本来犹疑着是不是秋季就送花朵儿去幼儿园，为着解开花朵儿的孤独，下个月就送去吧！

二、危险

花朵儿拿着一堆名片和磁卡数落着。

hoot 问：“花朵儿，干嘛呢？”花朵儿答曰：“我在打牌呢！”

不一会儿，花朵儿忽然将手里的名片，一股脑地扔到垃圾桶里。hoot 惊奇地问道：“花朵儿为什么把牌都扔了？”

花朵儿神秘兮兮地道：“危险！”

三、冰激凌

花朵儿迷上了冰激凌。

我们好不容易发现了这个法宝，就拿着它和花朵儿做交易：吃完一碗稀饭可以尝两口，自己上楼，可以享用一个小蛋筒，吃了水果也能品上几口……

花朵儿大多数情况下是遵守规则的，有一次，从三楼起就开始自怨自艾地不愿爬楼，但为着口腹之欲，被奶奶连拖带拽上了六楼，开门时，已是泪眼婆娑。

周末，我仍拿出法宝威胁花朵儿，要她吃完米饭。

花朵儿思想斗争许久，忽然大彻大悟："不吃啦！不吃啦！"

爷爷问："花朵儿，你的冰激凌呢？"

花朵儿两手一摊："没有办法啦！不能吃啦！"

法宝终于失效……

18. 花朵儿看奥运【2008－08－11】

奥运盛事，举家沸腾。

从未在花朵儿面前看电视的我和 hoot，也整天做沙发土豆，眯着双眼，紧盯屏幕。花朵儿像蝴蝶一样在我们周围飞来飞去，稚气的言语，给紧张的观赛带来了轻松和欢乐。

一、游泳

菲尔普斯如蛟龙入水，翻腾鱼跃，演绎夺金神话，花朵儿趴在我的膝头，不解地问："他的澡还没洗好吗？"

二、体操

中国队体操资格赛,一位参赛的小姑娘不幸从单双杠上摔下,我惊呼,一下子吸引了花朵儿的注意力。

花朵儿问:“小姐姐摔跤了吗?”

“是啊,真可惜!”

“小姐姐会哭吗?”

“不会啊,只是比赛失败了……”

不一会儿,结束比赛的小姑娘躲在教练的怀里哀哀地哭泣,花朵儿胜利地指着小姑娘泪流满面的特写,说:“小姐姐哭啦!”

三、射击

中国女子10米气枪的颁奖典礼,hoot指着冠军告诉花朵儿:“姐姐得了第一名,那位白胡子爷爷要给姐姐发金牌!”

花朵儿疑惑地问:“那奶奶呢,奶奶到哪儿去了?”

hoot无言以对。

四、亲属状况

花朵儿看比赛,最关心地就是运动员长辈去向,看到年轻一些的,她会问:“他们爷爷奶奶呢?”看到年纪稍长的,就问:“他们的爸爸妈妈呢?旁边的是他们的爸爸妈妈吧?”

每每如此,问得不胜其烦。

19. 花朵儿看奥运之二【2008－08－20】

一、举重

花朵儿最喜欢举重比赛，看多了，自然窥出点门道来。

运动员力拔山河之际，花朵儿居然轻松作出点评："这个叔叔腿有点软，不行！""这个叔叔没问题！"

每当我们转台欲另选其好时，花朵儿会急切地抗议："举重！举重！"

一招不行，花朵儿继而会双手捂着脸躺倒在沙发上，一字一句地哭诉："我——要——看——举——重！"

对举重比赛真是一往情深啊。

二、摔跤

花朵儿显然不接受摔跤这项运动。

实际上，我们也很少看。转到摔跤比赛的直播台，纯属偶然。

一看见电视里闪现的摔跤场面，花朵儿顿时两眼发直，几乎是跳起来地大叫："叔叔别打啦！别打啦！"

摔跤运动员自然听不见花朵儿天真美好的呼喊，交手愈发激烈。

花朵儿无可奈何，仍心有不甘地对爷爷奶奶抱怨道："叔叔怎么不听花朵儿的话？"

在爷爷奶奶忍俊不禁的间隙，花朵儿作出了自己的判断："不听花朵儿话，叔叔是小坏蛋！"

三、复杂情感

颁奖仪式上，中国运动员含着金牌，眼里闪烁着泪花。

花朵儿诧异地问我："阿姨摔跤了吗？"

我说："不是，阿姨得到了第一名，心里激动！"

过一会儿，另一次颁奖仪式上，含着金牌的运动员露出了幸福的笑容。

花朵儿诧异地问我："叔叔干嘛没有哭，他不激动吗？"

我一时语塞。

要向一个尚不足两岁半的孩子解释人类丰富的情感，真不是一件容易之事。

四、口号

如何给运动员加油，花朵儿自有一套。

每每碰到我们心潮澎湃地为比赛兴奋或失落时，花朵儿也会在一旁为运动员鼓劲："加油，加油，加麻油！""加油，加油，加香油！"

至于何时加香油，何时加麻油，纯依花朵儿的心境。

上礼拜五，我们去洛洛家，花朵儿又搬出加油的一套。

洛洛真是个小天才，再创造道："加油，加油，加妈妈油！"洛洛最亲妈妈，自然认为，妈妈的油是最棒的。

于是，这周花朵儿的口号，又多了新词。

唉，有这样一个天天给妈妈添油加醋的女儿，我的瘦身计划只好推到奥运以后啦！

20. 伶牙俐齿【2008-08-30】

一、奥运谢幕

奥运谢幕，真的像一场狂欢节的终结。

我从来就不是竞技比赛的 Fans，仍然被这举国的欢腾所感染。现场领略了篮球的炫目神技、中国男排的拼搏以及暴雨中沙滩宝贝的火辣。

最大的遗憾是国人在观赛过程中体现出来的素质。作为东道主,在有中国队参赛的时候,常常以嘘声对待对手的精彩,在没有中国队比赛的场合,却沉默而宁静,仿佛完全事不关己。那种冷落的态度,让我这个非体育爱好者都觉汗颜。

我们并不真正热爱体育啊!或许,真正热爱的人都没买上票?

狂欢结束,我们家最感遗憾的,可能还属花朵儿,就今天,她还缠着要我打开电视,说要看比赛,要喊:“中国加油!”

她说:“王楠阿姨还在打球吗?她比赛完了,会饿的,我要准备饭菜给她吃!”

花朵儿已经无师自通地学会了过家家,将印象深刻的王楠引入了她的角色扮演。

二、伶牙俐齿

上礼拜天,我正在电脑前赶一篇急活。

被冷落的花朵儿突然跑过来,一把将我的移动硬盘扒拉到地上。待我拾起来的时候,电脑屏幕上的文章已经无法显示。

我怒极攻心,拎起花朵儿往床上一扔,吼道:“妈妈平日怎么讲的?不许动妈妈的电脑,该不该打小屁屁!”

花朵儿看我怒得反常,闷着头,结结巴巴地讲:“不能打小屁屁,小屁屁是用来尿尿的……”

我举起她的右手,“那打手吧!就是这只手干的坏事吧?”

花朵儿可怜兮兮地用左手护着右手:“不能打手,手是用来吃饭的!”

hoot已在一旁乐不可支,自豪得不行。

我开始历数花朵儿身上的器官,要施以惩罚。花朵儿看出我态度的变化，更是对答如流，言之凿凿，不能动她一丝一毫。

我灵机一动，抓住她的头发："那么头发呢，没什么用吧？妈妈要惩罚你，扯掉吧！"

花朵儿愣了一会，急智地讲："头发应该是剪的！"

三、呵斥

有晚，我不在家，花朵儿洗完澡，吵吵嚷嚷要在楼下睡觉。

hoot 抱着花朵儿，学着她平日的口气："干嘛要在楼下睡呢？"

花朵儿答："要爷爷奶奶陪！"

hoot 继续学道："干嘛要爷爷奶奶陪呢？"

花朵儿转脸用手堵住 hoot 的嘴，不耐烦地道："不许问为什么！哪有那么多的为什么？"

唉，尽管好笑，可是，我们得好好反思自己的行为呢！我们是否有时就这样粗暴对待了孩子的好奇心？

四、外交手段

早上，花朵儿抱着玩具小熊上楼来，我和 hoot 尚未解困，相互推诿着，让对方把花朵儿抱下楼找爷爷奶奶。

花朵儿看情势不对，将小熊往 hoot 身边一扔，拉起我的手，说："爸爸陪小熊，妈妈陪花朵儿！"

21. 移祸东墙【2008－09－06】

一、智取

我和 hoot 带着花朵儿上六楼的家。从进楼门口开始，花朵儿就哼哼唧唧的想让 hoot 抱上楼。

hoot 举起手上拿着的我的包说:“爸爸要给妈妈拎包!”

花朵儿眼神转向了我,我立即说:“妈妈穿着裙子,不方便抱花朵儿呢!”

花朵儿闷声不响地随着我们上到了二楼,忽然对 hoot 讲:“爸爸怎么拿着妈妈的包,我帮你还给妈妈吧!”

说完,花朵儿抢过 hoot 手上沉重的背包,连上几个台阶递到我的手上。

花朵儿转过身,抱着 hoot 的大腿,一只脚虬在半空,胜利地说:“好了,爸爸可以抱我了吧!”

二、距离感

我正和父亲通话,花朵儿抢着要和外公说话。

花朵儿举过电话,就开始汇报晚上的日程:“我今天晚上好好吃饭啦,拉了臭臭,还吃冰激凌呢!”

我听着电话里传来外公献媚的声音:“花朵儿,给外公吃点吧!”

花朵儿立即打碎了外公的念想:“你在武汉,吃不着!”

三、眼不见,心不烦

花朵儿和 hoot 一起吃冰激凌。

我将一只冰激凌削了尖头部分给花朵儿,她很宝贝地吃了起来,因为实在少,所以还是很快地吃完了。

花朵儿扭头看着 hoot 惬意地躺在沙发上,边吃冰激凌,边看报纸,便扑过去,讨好地:“给我舔一下吧!”

Hoot 很有原则地讲:“不行,明天好好吃饭,再说吧!”

花朵儿仇视着 hoot 慢条斯理的吃相,气急败坏地讲:“快吃,快吃,吃完了，我就看不见啦！”

四、移祸东墙

家附近驻有消防支队，故经常有消防车从窗外呼啸而过。

爷爷总是拿着消防车来威胁花朵儿：“花朵儿快吃饭吧！不吃饭，警报车就来抓花朵儿了！”

花朵儿每次吃完饭，总会声明：“花朵儿吃过饭了，警报车别来了！”

前一天晚上，花朵儿扭捏着不愿吃饭，正其时，一辆消防车由远及近而来。

花朵儿顿时神色紧张，白着一张小脸，对着窗外大叫道：“警报车，三楼有个小孩不好好听话，你们去找他吧！”

五、爱幼园

从网上给花朵儿买了一个红色的书包，花朵儿非常喜欢，出去玩时，总要背着。

每次出门，她都先跳出门，然后回头装模作样地对我讲：“bye-bye，我要去爱幼园啦！”

奶奶一度想纠正她：“是幼儿园！”

可她一直坚持着爱幼园的叫法。

不过，在我看来，这真是一个很有创意的误读呢！

22. 花言巧语之一日三省【2008－09－16】

一、同等待遇

吃完晚饭，花朵儿靠在我身边，让我读故事给她听。

hoot跑过来，巴巴地讨好花朵儿："花朵朵，爸爸念故事给你听罢！"

花朵儿颐指气使地说："爸爸走，你找你妈妈去吧！"

我和 hoot 都以为自己听错了，问："爸爸的妈妈？"

花朵儿很不耐烦地说："奶奶啊！"

二、抗议

一大早，花朵儿执意要吃四川小食"卤制豆腐干"，爷爷奶奶怕里面有太多的盐和防腐剂，阻止花朵儿多吃一块。

从来将吃饭当做负担的花朵儿，理直气壮地质问爷爷奶奶："我饿了！你们干嘛让我饿着！"

三、一日三省

爷爷奶奶关于警报车的灌输最见成效。

花朵儿现在一听警车或消防车的声音，立即不太自信地反省自己，并询问大人："我今天好好吃饭了吗？喝药了吗？拉臭臭了吗？"

四、中国加油

hoot 学院组织家属观看残奥会的乒乓球赛。

花朵儿举着小红旗兴高采烈地坐在观众席上，比赛刚开始，就兴奋地用上了平日电视前的演练："中国加油！中国加油！"

在一群安静的观众中显得特立独行。

花朵儿更加高兴："大家都看着我呢！"

爷爷奶奶回家学给我们听："大家怎么不看她呢？比赛根本没有中国队！"

23. 花言巧语之预见【2008－09－27】

一、预见

花朵儿喜欢赤脚在地板上走来走去。

天渐凉，爷爷奶奶担心光脚的花朵儿受寒气侵袭，总督促花朵儿穿好鞋袜，而花朵儿往往一眨眼的工夫就将鞋袜脱得干干净净。爷爷奶奶未免抱怨几句、作势打花朵儿几下小屁屁。

一天，花朵儿故伎重演，奶奶刚给花朵儿穿好鞋袜，转身进厨房没两分钟，花朵儿就光着脚丫站在厨房门口，笑眯眯地叫着奶奶。

奶奶怒火中烧，一边给花朵儿穿袜，一边道："这小孩真是——"

话音未落，花朵儿就接了下嘴："烦人！"然后，很得意地看着奶奶，将奶奶的满腔怒火化作了扑哧一乐。

二、吃手之辩

上班时，我接到 hoot 质问的电话："花朵儿讲，你允许她吃手？"

我凝神一想，才念及星期天的那一幕。

花朵儿的舅舅及其女朋友来访，我们坐在沙发上闲谈。

也许是为了引起大家注意吧，平日里已不再吃手的花朵儿，站在沙发前，将大拇指吸得啵啵响。

我一把拉开花朵儿的手："花朵儿，不许吃手啦，再吃就没有冰激凌啦！"

花朵儿赌气地说："好！不吃冰激凌就不吃！"

hoot 听了我的解释："怪道呢！花朵儿肯定理解成不吃冰激凌的时候，就可以吃手！她还举了一堆的人证，有鼻子有眼地讲，舅舅也听见，阿姨也听见啦。爷爷直指她撒谎呢！"

怎么办呢？以后说话可要小心咯！

24. 想念【2008－10－24】

我与远在安徽滁州的花朵儿通电话。

花朵儿在电话里娇滴滴地哀求道："妈妈过来看我吧！"

"怎么办呢，妈妈要上班呀！"

花朵儿惹人怜爱地反问道："那么，谁陪我讲话呢？"

心里忽地一紧，花朵儿巧笑嫣然的娇俏模样若在眼前。不知不觉，我离开她已经半个月……

一、钟爱

江西婺源，花朵儿懂得了表达喜爱之情。

是日久生情吗？花朵儿忽然发现自己爱上了童言妈妈！自婺源的第二天始，花朵儿时时刻刻声称："我最喜欢童言妈妈啦！"要她牵手要她抱，甚至扳过童言妈妈的脸蛋，在她唇上轻轻一吻。这不禁惹恼了三个人：童言婉转的抗议、童言爸爸半真半假的调侃以及 hoot 充满嫉妒的眼神。

有天夜里，花朵儿一定要见着童言妈妈才肯入睡，我恐吓道："外面黑着呢，你自己去找童言妈妈吧！"

童言妈妈住的小院离了我们住的小院有十几米，一向害怕夜晚的花朵儿毅然冲进黑暗里，一路小跑地进了童言妈妈的小院。小院里灯火通明，十几个大人玩"杀人"游戏正酣，众目睽睽中，花朵儿一头扑进童言妈妈的怀里……

二、讨好

是从童言妈妈那里获得了热烈回应吧！到武汉的外公外婆家时，花朵儿已经熟能生巧地运用赞赏之语了！

她摸着外婆戴在颈上的珍珠项链，夸奖穿着新衣的外婆："外婆真好看！比童言妈妈还好看呢！"

她赞赏正在做早饭的外公："外公真会做饭啊！"外公受宠若惊，不好意思地回应道："外公只是把早饭热热而已啊！"她继续由衷感叹："外公真辛苦啊！"

她甚至对只是在一旁照看自己玩耍的 hoot 表示惊叹："爸爸真会带孩子呀！"

三、创意

滁州，花朵儿听到窗外警报车的声音，自问自答道："警报车也来滁州啦！嗯，北京的警报车讲，花朵儿去了滁州，那我也去滁州看看吧！"

四、上学

也许有感于童言哥哥上了小学，花朵儿有天清晨突然对奶奶说："我上小学啦！"

奶奶吃惊地重复道："你上学啦？"

"嗯，小学一年级！"

"那老师上课教了你什么呢？"

花朵儿思索片刻，茫然道："不知道……"

25. 婚礼【2008－11－16】

好友D的婚礼，邀花朵儿做花童。

婚礼前一天，好友快递过来白色的仙子礼服。

晚上回家，花朵儿指着礼服，娇声娇气地问："是谁送来的礼物啊？"我答道："新娘子送的呢！明天花朵儿一定要跟牢两个花童姐姐啊！"

许是爷爷奶奶已叮嘱多次，花朵儿似懂非懂地直点头。

突然，花朵儿咳嗽了两声，我惊问："花朵儿怎么啦？"

花朵儿跑过来扑进我的怀里，在我耳边叹了一口气："唉！还不是每天抱小熊累的？"

第二天一早，一家三口来到了香山脚下。

余秋尚在，香山在亮兰的天空下，显得灿烂高远。这是一个承诺的好日子，干净而明丽。

婚礼举行得忙乱而隆重，六位小花童不负重托。

花朵儿尤其值得夸奖，作为两岁八个月的花童，在三四百人面前，毫不怯场。其间，在狭窄的通道中，花朵儿双手托住的新娘头纱被人群挤掉了，花朵儿一时间泪流满面，大叫："我没有婚纱了？"

众人不禁笑道："这个花童真是敬业啊！"

花朵儿一直追逐着美丽的新娘，我们提前离场时，花朵儿意犹未尽地说："我们走了，我不在了，新娘怎么办啊？"

这两天，花朵儿患上了严重的婚礼后遗症。

症状之一，花朵儿有腔有调地对我们每一个人说："我——爱——你！"

症状之二，睡前一定要听新郎过关见新娘之前在门外唱的"月亮代表我的心”。

症状之三，经常要我回答一个艰深的问题：“新娘为什么要人陪啊？”

唉，我至今都没找到一个合理答案。

26. 花言巧语之分享【2008－11－18】

一、分享

平日里，我们非常注意培养花朵儿的慷慨之气，好东西定要和家人朋友一起分享。

有一天，hoot拿着手机发短信，花朵儿也吵着要给童言妈妈发短信，饱受花朵儿乱按手机之苦的hoot，坚决不允花朵儿的请求。

花朵儿趴在hoot的膝头，仰着小脑瓜，批评道：“爸爸，分享，你知道吗？”

hoot一脸惭愧，与花朵儿约法三章后，赶紧把手机塞到了花朵儿手中。

二、报复

花朵儿的发小乐乐，胃口非常好。我们经常将乐乐与不爱吃饭的花朵儿相比较：“你看，乐乐吃饭多专心啊！乐乐多爱吃水果啊……”

上周，乐乐爷爷开车，载着两家人一起去奥运公园游玩。十字路口等红灯之际，一个要饭的老头突然出现在车的窗口，伸手索要，吓得乐乐大哭。

一直冷眼旁观的花朵儿，突然发出评议：“你不是吃饭吃得很多吗？你还怕啊！”

三、立志

正在学说话的花朵儿,经常自言自语。

一天,奶奶凝神细听花朵儿的讲话,居然是小儿的立志之语:“我要好好学习,我要考××大学,我要和爸爸做同事!”

27. 劝慰【2008-11-25】

一、劝慰

hoot 正为写论文的事情窝在沙发里烦恼。

花朵儿拍着 hoot 的膝头,细声细气地劝慰道:“爸爸,你要像新娘子一样,好吗?”

我十分诧异:“为什么要像新娘子一样呢?”

花朵儿理直气壮地答道:“像新娘子一样高高兴兴地嘛!”

二、同事

我们带花朵儿去参加 L 先生的生日 party。

花朵儿倚在窗棂上,郑重地将第一次谋面的 Y 先生介绍给 hoot:“这是我的同事,也是妈妈的同事。”

Y 先生是 hoot 学弟,一向以正襟危坐形象示人。其时,只得无可奈何地向 hoot 点头示意。

三、告诫

从 L 先生家回来,我在厨房里张罗晚饭。

hoot 站在厨房门口,有一搭没一搭地聊着。

花朵儿拽着 hoot 的衣角，骄傲地指着我对 hoot 说：“这是我的妈妈，不是你的妈妈！你不要和我抢妈妈呀！”

四、创意

花朵儿坐在自己的小马桶上，一边使劲，一边抱怨道：“为什么臭臭不自己出来呢？小红帽和奶奶都自己从狼肚子里跳出来！臭臭还要我嗯——嗯才出来！”

28. 新娘【2008－12－05】

一、新娘

我在上海出差，hoot 打来电话，喜滋滋地讲：“还是生女儿好啊！”

那天晚上，花朵儿洗完澡，躺在自己的小床上，向 hoot 撒娇：“爸爸，过来陪陪我吧！”

hoot 幸福地坐到了小床边。

“爸爸，我是新娘！”

“你是新娘？”hoot 惊问。

“对啊，我是新娘，你是新郎！”

“为什么我是新郎呢？”hoot 又惊又乐。

“新娘要新郎陪呀！”花朵儿非常肯定地回答。

回来后，又一天晚上，我给临睡前的花朵儿念故事，hoot 进房拿东西。

花朵儿热情地邀请 hoot：“爸爸，过来陪陪我和妈妈。”

hoot 踱步过来，倚在床头。

花朵儿摩挲着 hoot 的袖子：“我是新娘，妈妈也是新娘，爸爸，你有两个新娘呢!”

二、批评

晚饭后,我伸了个懒腰:“嗯,妈妈工作一天真累啊,花朵儿,让妈妈靠靠!”作势将头落在了花朵儿的肩头。

花朵儿一下子跳了起来,抗议道:“不可以,妈妈,我又不是枕头,爸爸,你批评妈妈!”

三、认识规律

我在里屋上网,无意间,听到了祖孙二人的下面对话:

“爷爷,为什么爸爸妈妈上班,你和奶奶不上班?”

“爷爷奶奶以前也上班,现在老了,没法上班了。”

“花朵儿也会长大,长大就能上班啦! 花朵儿也会老,老了就不去上班啦!”

我想着花朵儿说话时如鲜花一般的小脸,不禁呆了。

29. 花言巧语之急中生智【2008-12-18】

这些天,因为公务与花朵儿疏离了许多,更不要说更新了。不过,即使是方寸间,也能凸显花朵儿的可爱!

一、急中生智

通常我们都不让花朵儿看电视,我们家只有爷爷奶奶才看电视。不过,花朵儿总有办法溜缝看会儿电视。

昨晚,花朵儿又被电视节目吸引,坐在爷爷奶奶身边不肯挪步。

爷爷拿起遥控器作势要关电视。

花朵儿急得直跳:“不关,不关!”

爷爷答:“小孩子不能看电视!”

花朵儿僵着身子呆了几秒,眼珠子转了几圈,急中生智道:“不能关!关了奶奶就没电视看了,那怎么办哪?”

二、伤心

hoot 上课很晚才回,奶奶炒好了鸡蛋饭等他。

花朵儿刚好晚上没好好吃饭,我诱导她再吃些鸡蛋:“快,我们和爸爸抢吃鸡蛋!”

花朵儿不动声色,扭着小脑袋说:“我们把鸡蛋都吃完了,爸爸伤心怎么办啊?”

三、辈分

花朵儿看我们称爷爷奶奶为爸爸妈妈,很是好奇,也对着爷爷奶奶叫爸妈。

爷爷很是生气,我赶忙要花朵儿改正称谓。

花朵儿疑惑道:“那我上爱幼园,可以叫他做爸爸吗?那时,我已长大了!”

四、小熊

有一天,我听到她很有气派地教训小熊:“该睡觉的时候不睡觉,该吃饭的时候不吃饭,唉!你上爱幼园以后怎么办哪?老师会批评你的!”

30. 勇敢【2008－12－25】

一、敏感的花朵儿

这些天我和花朵儿相继感冒，我的咳嗽一直持续了半个多月。

冬至那天下午，我们围着餐桌包饺子，花朵儿远远地在客厅里搭着积木。

我忍不住咳嗽了几声，奶奶提醒我道："那天看见医院门口有三九贴的广告，你要不要试试，兴许对咳嗽管用呢?"

我正要答话，就看见花朵儿突然甩开手中的积木，跌跌撞撞地跑过来："奶奶只关心妈妈，不关心我！"说着，小小的脸庞已经泪流满面。所有的大人都开始忍俊不禁，不知道何时花朵儿已经敏感如斯。

二、断语

晚上，给花朵儿洗澡，花朵儿扭扭捏捏地不肯让 hoot 抱。

hoot 一时火气，对着花朵儿大吼："再闹，就打屁屁！"花朵儿顿时安静下来。扭过头，背对着 hoot，向我眨了眨眼："爸爸脾气不好！"

三、勇敢

叔叔婶婶从美国回来，经常同出同进。

昨晚，仅余婶婶一人回来，花朵儿迎到门口，仰头问道："叔叔呢?"婶婶打趣道："啊，叔叔呀，婶婶把他弄丢啦！"

我帮腔道："花朵儿，叔叔丢了，你伤心吗?"

花朵儿凝神半晌，坚决地摇了摇头："我勇敢，我不哭！"

31. hoot：敏感花朵儿的另一版本【2009－01－04】

一、敏感的朵朵

冬至，包饺子。我带着朵朵在客厅的沙发边玩，爷爷、奶奶和妈妈在餐厅忙活。

北京最近骤寒，妈妈和朵朵都咳嗽的厉害。奶奶一边包饺子一边和妈妈唠叨：你咳嗽，可以去医院试试三九贴。这边厢，不知朵朵同学怎地听到了，飞奔过去，哭诉："我也咳嗽了，奶奶怎么只关心妈妈，不关心朵朵啊？呜呜……"瞬时泪流满面。

众皆惊。不知朵朵同学啥时变得如此敏感？

二、告别

平时教育朵朵要有礼貌，和人分手时要说再见或拜拜，还要分别说早上好、中午好、晚安。结果，在多次、多人、不同时段的教育之后，朵朵同学主动汇总了学习结果。现在她和任何人在任何时候告别时都是这样一气呵成的："再见、拜拜、早上好、中午好、晚安"。

三、早点回家

早上十点多，俺准备离家去学校工作。走前，朵朵郑重嘱咐我："爸爸，早点回来啊，早点回来陪朵朵啊"，"再见、拜拜、早上好、中午好、晚安"。诺诺。

半小时后，俺刚进办公室，电话铃响。拿起电话，朵朵在大声责备俺："爸爸，我不是让你早点回来吗？你怎么还没有回来？你不回来，就没有人陪朵朵了"。

我倒。

四、不听话的嘴

朵朵睡觉时总是吃手,这个恶习迄今难改,尽管经过了大人多次批评。

某晚,朵朵睡觉时提出:自己睡,不要爷爷哄。爷爷只好把她自己放进小床,在旁边上网。一会儿,只听朵朵在那里严肃的批评人:“不要吃手了,说了你还不听!”

爷爷好奇地问:你在说谁呢?

“我在说嘴呢,它不但吃东西,还要吃手,说它,它还不听话。”

“不听话?那还不打它?”

“爷爷,我打了,可它还是不听话,你看,它又吃手了。它是个不听话的坏小孩。”

爷爷也倒。

32. 花言巧语之“赞美”【2009-01-14】

一、叔叔

叔叔婶婶从美国回来,花朵儿黏上了叔叔。

晚饭时,花朵儿声称夜里要叔叔陪着睡觉,那可是一项莫大的荣誉哟!

叔叔受宠若惊地问:“花朵儿为什么要叔叔陪?”

花朵儿飞了叔叔一眼:“看你漂亮、看你美丽、看你健康呗!”

说完冲着婶婶说:“怎么样,你满意吗?”

不知是问婶婶满意自己的赞美还是满意叔叔的优点,反正笑倒了一屋子的人。

二、萱萱阿姨

最近，花朵儿喜欢上了芳邻萱萱阿姨，每天都盼着她早早下班，好跑到芳邻家疯玩。

萱萱阿姨弹得一手好古筝，花朵儿也总在古筝上比划来比划去，那架古筝音色非常美，即使是花朵儿的“乱弹琴”，也如泉水般动听。

花朵儿每每拉我去欣赏她的表演，每次拨完，都把头扭向我，伸出一个小指头，信誓旦旦地说：“下一首，下一首更好听。”

有时留在萱萱阿姨家很晚，爷爷奶奶催她回家睡觉，她总是嚷嚷着：“我要在这里，要呆这里。”

我忍不住问她：“萱萱阿姨家有什么好？”

她寻思片刻，答：“当然好啦！萱萱阿姨家有稀饭，还有鸡蛋！”一副苦大仇深的模样。

我学给爷爷听，爷爷哭笑不得：“在家里，要她吃这些东西，不知要费多少口舌呢？”

萱萱阿姨显然很得意自己在花朵儿心目中的地位，于是问花朵儿：“喜欢萱萱阿姨吗？”

花朵儿说：“喜欢萱萱阿姨！”

她又看了倚在桌边冷眼旁观的我，连忙补充道：“喜欢爸爸妈妈，还喜欢爷爷奶奶！”

三、骆医生

骆医生是萱萱阿姨的朋友，是一名医术高超的中医，曾给花朵儿看过两次病。

一天，花朵儿在萱萱阿姨家玩，正好骆医生打来电话，花朵儿抢过萱萱阿姨的手机,自来熟地和骆医生聊起天,我听着她说:“骆医生你干嘛呢?你正在去医院?你生病了吗?喔,你要给病人看病啊?我也生病了,你为什么不来给我看病、把脉呢?”作势就咳嗽起来……

四、劝说

有一次,我听着花朵儿苦口婆心地劝说奶奶:“奶奶,你不要看电视了,你陪我好吗?看电视多了,容易伤眼睛!”

33. 中国人【2009-01-17】

一、中国人

一天,我拿着常温奶给花朵儿喝,芳邻萱萱看见了,质疑道:“你怎么给花朵儿喝凉牛奶?”我说:“外国人从小就喝冰水呢!”萱萱不以为然:“花朵儿可是中国小孩啊!”

没两天,花朵儿突然质问我:“妈妈,你干嘛给我喝凉牛奶?”

我老老实实答:“那是常温奶,不是很凉。”

花朵儿气宇轩昂地反驳道:“我是中国人,不是外国人!我不喝凉牛奶。”

二、小骆医生

最近,花朵儿频频感冒,都是骆医生开了中药治愈。

花朵儿对此印象深刻。

晚上,我听到花朵儿抱着小熊在那儿自言自语:“我是小骆医生,小熊生病咳嗽了,来,我给你把把脉!”

三、察言观色

奶奶新洗了沙发套，花朵儿就将水倒在了上面，奶奶一阵心疼："刚洗的沙发套，你就……"

花朵儿看着我脸色不如奶奶那般难看，立马制止奶奶道："奶奶不要讲，妈妈讲，妈妈批评！"

四、萱萱阿姨

花朵儿非常喜欢和芳邻萱萱阿姨玩。

一大早，花朵儿就连喊带敲地去叫萱萱阿姨家的门，半天没回应，灰溜溜地回来了。

我问："萱萱阿姨在吗？怎么没开门？"

花朵儿长叹一口气："萱萱阿姨在，她在闹人呢！怎么大人也闹人呢？"

34. 小熊妈妈【2009－01－27】

一、小熊妈妈

我和 hoot 已经升格为外公外婆啦，因为我们的宝贝女儿在家里总是以三个小熊的妈妈自居。

花朵儿一天真是忙碌，为小熊们做饭、喂饭、洗澡、看医生，还要努力劳作，养活一家四口。

我问她："小熊爸爸呢？"

花朵儿沉思起来，踌躇半天，终于在玩具中，挑了小蜜蜂玩具车做小熊父亲——那已是玩具中最大个的了，看来还是有些审美。

今天，爷爷奶奶要去看《梅兰芳》。花朵儿嚷嚷着也要去。奶奶被她缠得没法。只好劝说道:“电影是大人看的,你还是小孩子,电影院不让进。”

花朵儿跺了半天脚,突然问奶奶:“那小熊妈妈可以看电影吗?”

奶奶半天没反应过来:“小熊妈妈?”

花朵儿得意地说:“对啊,我就是小熊妈妈呀!”

二、萱萱阿姨的美丽

芳邻萱萱阿姨在花朵儿眼里一定美丽无比。

花朵儿总是记着萱萱阿姨那条雍容的晚礼服,常常问一身家居打扮的萱萱阿姨:“你今天为什么没穿裙子呀?”

有天,她俩趴在沙发上看杂志,花朵儿指着花枝招展、五官完美的封面女郎:“这是你吗,萱萱阿姨?”

萱萱阿姨又惊又喜:“不是的呢。”

花朵儿更惊奇地问:“那你为什么不去?”

真是一碗迷死人不赔命的迷魂汤啊……

三、挣钱事大

这些天,花朵儿每天醒来的第一件事情就是问我:“妈妈,你今天上班吗?”

我总是回答:“妈妈今天在家陪你,一整天!”

前两天,花朵儿欢天喜地,幸福满满。

问到第四天,花朵儿开始忧虑自己的前景:“妈妈,你和爸爸天天不上班,谁为我挣钱买奶呢?”

四、活动减肥

今天,当当弟弟一家来访。

花朵儿看着还处在爬行阶段的弟弟,兴奋而得意。她先是飞快地在屋里膝行一圈，然后，又显摆地问我要了一块口香糖放在嘴里——我曾经告诉她，只有大孩子才能吃的。

咀嚼良久，她将口香糖吐掉。

我说："花朵儿，快来陪陪当当弟弟！"

花朵儿在匍匐于地的当当弟弟身旁走来走去，并不俯身，很得意地回答我："我刚吃完口香糖，要活动活动，我正减肥呢！"

五、诚实

前些天我感冒，由 hoot 陪花朵儿睡觉。hoot 与花朵儿约好，睡着了再抱到楼下爷爷奶奶房间里。

花朵儿要 hoot 讲自己"小时候的故事"。可是，那天晚上，任凭 hoot 从花朵儿出生讲到两岁，花朵儿仍在小床上翻来覆去不能入睡。

花朵儿合眼良久，突然对 hoot 说："好了，我睡着了，你把我抱到楼下去吧！"

hoot 如逢大赦，抱起花朵儿往楼下走去。

至楼梯口时，花朵儿实在不愿欺骗 hoot，良心发现地说出了事情的真相："爸爸，其实我没有睡着！"

35. 新年快乐【2009－01－31】

爆竹声声，迎来 2009 年。与花朵儿朝夕相对，她的如珠妙语带来最欢乐的一个年关。

一、决心

放假最后一天早晨，花朵儿听说明天我就不能陪她了，犹豫再三，下了大决心,对我说:“妈妈,我不喝奶了,你明天别上班、在家陪我吧!”

唉,真的很羡慕西方的全职妈妈呀!

二、美连美

我们一家三口与芳邻萱萱郊游。

路上,我问花朵儿:“花朵儿美,还是萱萱阿姨美?”

花朵儿不假思索地答道:“萱萱阿姨美,爸爸美,妈妈美,朵朵美,美廉美(美连美)!”

三、同情

郊游回来,才想起小熊忘在萱萱家。

花朵儿去敲芳邻的家门,无人应门。

我安慰花朵儿道:“萱萱阿姨可能累了,午睡啦!等她睡起后,再去找小熊罢!”

不一会儿,我听见花朵儿倚在沙发旁,自怨自艾地:“小熊一个人待在萱萱阿姨家,谁来陪陪它?谁来抱抱它?”

四、男女之别

午饭前,hoot要给花朵儿穿围兜,花朵儿扭捏着不让穿。

hoot气愤填膺地问:“妈妈穿和我穿,有什么区别?”

花朵儿理直气壮地答道:“爸爸是男人,妈妈是女人!”

五、芳邻宣宣

花朵儿成天粘着芳邻萱萱。

奶奶看不下去,指责花朵儿道:“人家萱萱阿姨没事干啊?天天打扰她?”

花朵儿见招拆招："萱萱阿姨不是别人家的，她是我的萱萱阿姨。"

六、英文

这些天，花朵儿常常嘴里叽里呱啦地，不知所云。

问她，你讲什么呢？

她会非常骄傲地答："我说的是英文！老外没教你吧？"

七、打扰

我和 hoot 轮番陪花朵儿入睡，有天，轮到 hoot 执勤。

花朵儿央求我道："妈妈先陪，爸爸再陪。"

过了一会儿，hoot 走进卧室："花朵儿，要爸爸陪了吧？"

花朵儿立即将头埋入枕头："爸爸走，爸爸走，我都快睡着了，你干嘛进来打扰我睡觉？"

八、动情

我给花朵儿在客厅读小鸡看大海的故事。

正读到黑夜降临，小鸡在无边无际的大海中开始想念爸爸妈妈。

身边花朵儿突然放声大哭，惊天动地地将爷爷奶奶从内屋引出来。

花朵儿泣不成声地："小鸡找不到爸爸妈妈啦？"

良久，才复宁静。

36. 自创的游戏【2009－02－17】

一、创作

花朵儿近来迷上了玩游戏，把一家人折腾得够呛！

最雷人的一个自创游戏，规则如下：

花朵儿言："活大款（音，实际涵义询问多次不知其指，推测花朵儿也不明其意，乃随口占之）"。

众位大人得异口同声答："大！"

花朵儿再言："活大款"。众人答："小"。花朵儿再叫，众人再答："长"。花朵儿再叫，众人再答："短！"

以上所答必须异口同声，如遵军令，否则会遭花朵儿严厉批评。

然后，花朵儿自发口令："跑！"遂即，如脱兔般在屋中四处奔跑，口中哇哇乱叫，后扑到一人怀里，胜利大喊："捉住爸爸（或妈妈或奶奶或爷爷）啦……"

一晚上，乐此不疲。急躁如 hoot，庄重如爷爷，温婉如奶奶，都被花朵儿莫名的快乐所感染，均不忍负其美意。

今晚，花朵儿试图和芳邻萱萱玩此游戏。

萱萱一阵迷茫："花朵儿，活大款什么意思？"

花朵儿突然做羞涩状，答："唉，乱七八糟的！"

二、模仿

花朵儿越来越亦步亦趋地效仿成人言行。

◎ 她会拽着 hoot 的衣服，试图将其从笔记本前引开，说："爸爸，你出去玩吧，我要工作了，你可不能影响我的工作喔！"

hoot 问："你工作要养活谁呀？"

花朵儿煞有其事地说："我不工作，谁给小熊和小小熊买奶啊？它们的奶都快喝完了！"

◎ 花朵儿给我打电话："妈妈，你怎么还不回来？你不是答应要早点回来的吗？"我答："妈妈要工作，要做完事情才回家。"

下午，临近下班我打电话回家，花朵儿拿起电话说了一会儿，突然放下电话跑走了，我听见她越来越远的声音："妈妈，我要去做事情了。"

◎ 那天，我们一家三口和花朵儿发小乐乐一家去爬百望山。一路上，乐乐兴奋得很，蹦蹦跳跳，一直自己爬到半山腰。

花朵儿却懒懒地，动不动就琢磨着让我和 hoot 抱，我和 hoot 以乐乐为榜样，说乐乐都自己走，你为什么想让大人抱？自己走吧！

说多了，花朵儿突然酸溜溜地对乐乐讲："你牛，牛死了！"

大家不由被她唬住了，我想起来，这正是萱萱阿姨说花朵儿的口头禅呀！

37. 哥哥【2009－02－22】

一、哥哥

hoot 一位学弟来访，该学弟尚未婚娶。

hoot 指着学弟，调侃地对花朵儿说："来，叫哥哥！"

花朵儿狐疑地看着满是络腮胡子的叔叔，犹豫半晌，答："他不是我哥哥，是爸爸的哥哥！"

hoot 顿时晕倒在地。

二、吴老师

我对花朵儿说："明天，我们去看爸爸的老师吴老师吧！"

花朵儿大声说："我的老师也是吴老师！"

"你的老师怎么是吴老师呢？"我诧异道。

花朵儿一边扭着小身子、转着小圈子，一边得意道："是啊，我的老师就是舞老师，舞老师就是跳舞的老师！"

三、大吃一惊

花朵儿和 tony 哥哥大逛颐和园。

中午吃饭，花朵儿食欲特别好，一改往日拖沓扭捏作风，既没让人喂，也没吃一口玩三口。

花朵儿三下五除二扒完了一小碗饭，骄傲地说："我要让 tony 哥哥大吃一惊！"

四、鱼翅与熊掌

颐和园里，W 老师将台湾学生送的小饼干给了花朵儿，hoot 接过来放在了口袋里。

中午饭后，我们送 Y 老师回家，临别，tony 妈妈送给 Y 老师两袋家乡脆枣。

花朵儿一上车就要吃东西，Y 老师就要把脆枣递给花朵儿。我想着，那是 tony 妈妈千里迢迢从贵州带回的礼物，试图转移花朵儿的注意力："花朵儿，你吃 W 老师给你的饼干吧！"

花朵儿很爽快地答应了："好吧！"

花朵儿手里紧紧攥着 hoot 递过来的饼干，意犹未尽地问："Y 老师给我的枣呢？"

五、高兴

我从南粤出差回来，花朵儿高兴得手舞足蹈，扑在我怀里。

她大声宣布："妈妈回来了，我真高兴啊！妈妈不在家，我就很想妈妈。"

有女如此，夫复何求。

38. 存在【2009－02－28】

一、存在

花朵儿问我："妈妈，你结婚没有啊！"

我说当然。

花朵儿又问："我怎么没见你穿纱裙啊？"

为此，我专门去了一趟老房子拿回了婚纱照。花朵儿非常喜欢。

有一天，花朵儿翻看着我和 hoot 的婚纱照，充满疑虑地说："我怎么没做你们的花童啊？"

我说："那时候还没有你呢？"

"那我在哪儿呢？"花朵儿问个不休。

我一时语塞，不知如何回答，终于找了另外一个她感兴趣的话题，绕开了。

晚上洗澡，花朵儿向奶奶提出同一个问题："妈妈结婚的时候，我在哪儿呢？"

还没等奶奶回答，花朵儿就自己找到了答案："他们去结婚了，是你陪的我，对吧？"

奶奶大乐，我也松了一口气。但关于生命起源的解说，真是一个难题啊！

二、当当周岁

今天，当当抓周。

非常隆重的仪式，抓周用的居然是一套紫檀雕刻，木质温润，色彩光华，雕工细腻，象征十二种职业或是嗜好。

当当一下子就被书简吸引，紧紧抓在手里，另外一只手，在诸多木雕中挑来选去,终于选中了美食。真是龙生龙、凤生凤。不过,也有“进化”,他还喜欢美食,这样的爱好,令人更觉亲近随和。

花朵儿抓周时,毫不犹豫地选择了U盘,洛洛抓的也是书。果然都是书香熏陶的后代。

我问花朵儿,那些木雕你会选择什么?

花朵儿选择了象征执业医师的碾船(俗称药捻子),如果真能做个悬壶济世、妙手仁心的医生也不错啊!

三、老师

花朵儿下周就要上幼儿园了。在吃饭问题上,我们都忧心忡忡。

这些天,我们都尝试着要她自己吃饭,且不断在她耳边敲警钟:要好好吃饭,老师可不像我们,耐心给你喂饭!

今天,我又开始老调重弹,她突然发难:“爸爸也是老师,他怎么给我喂饭?”

四、管教

花朵儿越来越有主意,hoot也越发忧虑自己的前景。

下午睡起,我们带花朵儿去买鞋,车上,hoot严词教训花朵儿:“花朵儿,以后不许管爸爸,只准爸爸管你,听到没有?”

花朵儿立即针锋相对:“爸爸,你还不去理发,你看你,头发都这么乱糟糟了!”

哈哈,真是一物降一物啊。我想着倔强狂傲如hoot,也有恐惧的这一天,不仅幸灾乐祸起来……

五、不喜欢

花朵儿总是喜欢所有的人,问她喜欢谁,只要想起来的,都会列上,家里人自不用说，萱萱阿姨、童言妈妈、锦萍阿姨、July阿姨、舅舅、骆医生……她的名单总是一长串。

今天，我换了一种问法："花朵儿，你不喜欢谁？"

她沉吟片刻，答："陌生人。"

六、昵称

大家都吃完饭的时候，花朵儿滴米未进，还在到处乱逛。

奶奶一把捞起花朵儿就走，花朵儿惨叫："救命，救命，有人救救我吗？"

大家均无动于衷，爸爸看报纸，爷爷上网，我一言不发，乐见其成。

花朵儿终于被摁在了饭桌前，她长叹一口气："唉，你这个小奶奶啊！"

39. 爱幼园【2009－03－04】

一、爱幼园

花朵儿终于去了爱幼园。

曾经听说过多少个孩子上爱幼园后，总要经历一段以泪洗面的日子，我心恻然，也许我比花朵儿更害怕这一天。

上午打电话回家问花朵儿情况，hoot说，好着呢，到爱幼园门口的时候，乐乐都哭成泪人了，花朵儿却很开心地与爸爸爷爷道别："Byebye，早上好，中午好，晚上好，上午好，下午好，好啦，完啦！"

下午三点接她回来的时候，她还直对hoot抱怨："怎么这么早来接我啊？让我玩不成滑滑梯了！"

二、感慨

星期天，我开车独自带着花朵儿从奥林匹克公园出来，准备去洛洛家玩。

没开多远，就听见坐在后排儿童椅上的她嘴里咯嘣咯嘣吃得起劲，我诧异道："花朵儿，你在吃什么呢？"

她答："湿纸。"

"湿纸？"我一时迷惑，反复问之。

她不耐烦起来："你停车就知道是什么了！"

过会儿，趁着等红灯的当儿，我解开安全带，扭身过去，看见她含着从公园里捡的小石子，不停吸吮，一副快活模样。

我不禁怒火中烧："回家，回家，这么不听话的孩子！"

花朵儿声音顿时变小："妈妈，你生气啦？"

我怒得一言不发。

半晌，后面一片沉默。

"唉，妈妈，你什么时候能不生气啊？"

我心里一紧：自己是不是太过分了？孩子真是一面镜子，照出自己性格的闪亮和缺损。

三、月亮

花朵儿念着布告上她认识的字和数，看到文字后的"】"时，她很自然地读道："月亮"。

四、儿歌

花朵儿歪着小脑袋拍手唱自己编排的儿歌："一呀二呀，我爱你呀，三啊四啊，鸡啄米！"

颇有老鼠爱大米的风范呢！

40. 不去爱幼园的N种理由【2009－03－11】

第一天，从爱幼园回来，花朵儿兴高采烈。

第二天，从爱幼园回来，花朵儿就宣称明天不愿再去。

第三天以及此后的两天，从爱幼园回来，花朵儿总是一副幽怨欲泣的样子。逢人便说："明天，我不去爱幼园了，好吗？"

我说："为什么不去呢？"

花朵儿找了N种理由："爱幼园没有小熊呀？"

"爷爷可以陪它呀！"

"可我是她的妈妈！小熊没有妈妈怎么办？"

"那好吧，你把小熊带到爱幼园去吧！你们俩一起上学，好吗？"

花朵儿一计不成，又生一计："爷爷奶奶需要我陪呀！"

我高声问："爷爷奶奶要花朵儿陪吗？"

"我们有很多事要做，不用花朵儿陪了！"爷爷奶奶很配合地回道。

"我想陪爷爷奶奶！"花朵儿固执地讲。

"爱幼园不好吗？"

"不好，就不好！"花朵儿说着说着就泪流满面了。

我们也束手无策了，正逢周末，我对花朵儿说："这两天我们不谈这个话题好吗？星期天晚上再说吧！"

可是，整个周末，花朵儿翻来覆去一句话："星期一我不去爱幼园，好吗？"

"不是说星期天晚上再说吗？"

"我怕你们忘了！"花朵儿振振有词地答道。

还是奶奶心软:“要不,星期一花朵儿去宝宝六班,奶奶去宝宝一班,好吗?”

花朵儿这才心安一些。

这两天回来,花朵儿终于不再提不去爱幼园的事儿,还学唱儿歌,问奶奶:“你们宝宝一班教了没?”

“没有啊,老师说我老了,学不会,就没教!”奶奶忍不住地答道。

听到这样的回答,花朵儿很满意,一晚上反复问过好多次。

看着花朵儿逐渐接受了爱幼园,我心稍安。

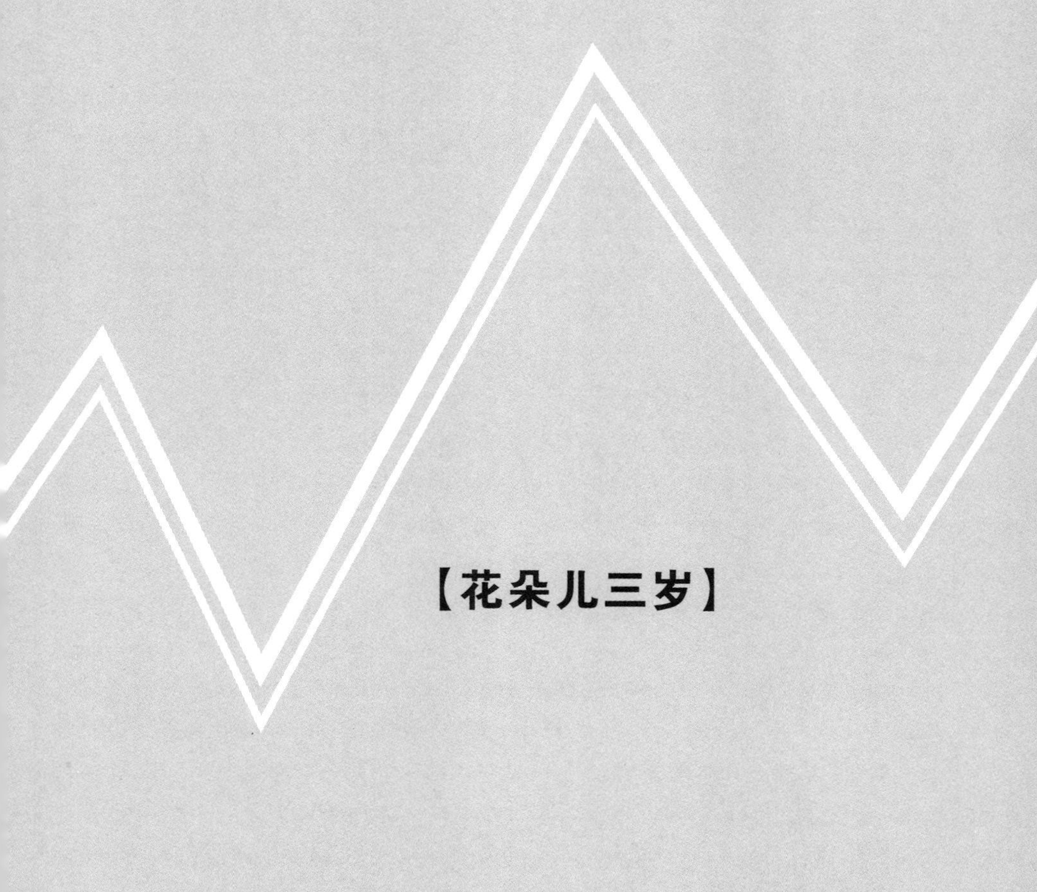

【花朵儿三岁】

1. 花朵儿三岁【2009－03－15】

一、生日礼物

岁月如梭,不知不觉中,花朵儿已三岁,

生日前,我问花朵儿:"花朵儿要什么生日礼物?"

花朵儿欢呼雀跃道:"像当当弟弟一样的生日蛋糕,你们都祝我生日快乐!"当当弟弟的周岁生日仪式一定给她留下了深刻的印象。

我说,当然。除了生日蛋糕,你还可以挑一件礼物。

花朵儿沉吟半晌,说,我还是要很好听的故事书吧。

我对她的选择很满意。

在当当网上,花朵儿挑了一套故事书:《嘟嘟和巴豆》,讲述了两只小猪的友谊。吸引花朵儿的可能是网页上登载的几幅清新精致的插图:两只身材窈窕、着红衣的小猪,乘着木筏滑过雪地的森林;盛秋的丛林,几只活泼的小猪,爬上一颗老树,身边漂着金色落叶。用笔寥寥,神态传神。

花朵儿贪婪地指着那几幅图画,说,"妈妈,我全部都要,好吗?"

二、生日聚会

小鱼儿姐姐和花朵儿同月同日生,老早说着一起庆生。

我们在白鹭园的木屋茶舍里庆贺生日。

木屋邻水，周遭还是一副冬的风景，枯萎的灌木，萧瑟的小桥流水。但是，阳光已经有些许热度，透进冰雪消融的湖水，许多尾轻灵的小鱼在布满枯枝的水间穿梭，孩子们兴奋的欢笑声越过寂静的水面。

男人们谈论着时政，女人们安详地看着孩子们嬉戏。平凡的幸福裹着春意扑面而来……

聚会散后，我问花朵儿："生日开心吗？"

花朵儿答："开心啊，我们明天还过生日好吗？"

三、五二

爷爷奶奶策划着五一节目："花朵儿，我们五一出去旅游怎么样？"

花朵儿答："好啊！五二我们干嘛呢？"

四、私密

奶奶给花朵儿洗脚，刚出完长差归来的 hoot 也想凑个热闹。

花朵儿毫不客气道："爸爸出去！"

hoot 很受伤，气呼呼地道："花朵儿为什么要赶爸爸走？"

花朵儿理直气壮地答："洗脚是一件很私密的事情啊！"

五、美容

花朵儿坐在萱萱阿姨的左边惬意地吃着橙子，我坐在萱萱的右手边和萱萱闲聊着。

花朵儿想着锦上添花的一招，非要挤到我和萱萱中间来。

萱萱调笑着对花朵儿说："看把你美的！"

花朵儿羞答答地答："我不美，我要做美容！"

2. 原创剧作【2009-03-19】

一、原创剧作

昨天下午,载着咳嗽好几天的花朵儿去看骆医生。

花朵儿一个人坐在后座的儿童座椅上,自言自语。这是她最近喜欢的一种游戏,有时抱着小熊念念有词,有时则是对着一堆积木,一边摆弄,一边说着。大人一般都忙着自己的事情,无暇顾及。

我一边开车,一边凝神细听,不禁大乐。以下记录尽量保持原汁原味。

人群中,陌生人抱起奶奶飞奔。

朵朵非常焦急,跟在后面大喊:“快把我的奶奶放下!你干嘛抢别人家的奶奶,快把奶奶还给我!”

警察将陌生人抓上了警报车,警报车呜呜走了。

警报车上,警察问小偷:“你还偷不偷人家的奶奶?”

小偷说:“还要偷,还要偷!”

然后,警察拔出手枪,砰的一声,将小偷打死了。小偷就没有了!

晚饭时分,我将花朵儿的创作学给爷爷奶奶听,他们笑不自禁。花朵儿兴之所至,又做了改编,陌生人变成了武林高手,将爷爷和奶奶一同抱起飞奔。花朵儿救人的英雄事迹再度上演……

二、摆酷

我带花朵儿去了骆医生办公室。

骆医生的女同事拿出奶糖,花朵儿摇摇头,说:“我们家有!”又拿出花朵儿最爱的巧克力,花朵儿犹疑了一下,像是要抵制诱惑似的,转过身:“我们家也有!”

过会儿,骆医生拿出两个小公仔给花朵儿玩,花朵儿并不伸手:“我们家好多呢!”

尽管我在一旁帮腔,说花朵儿拿着吧,她仍然一副岿然不动的模样。

我有些茫然,似乎这样子也不太好,不通人情似的。不过,要向花朵儿解释什么是陌生人、什么是朋友,并不是一件简单的事情。

三、赛天线宝宝

天线宝宝是花朵儿最爱看的儿童片之一,不过,我们每天最多只让花朵儿看二十分钟的电视。

昨天晚上,为了让花朵儿喝下苦苦的中药,特批她再看几分钟的天线宝宝。

奶奶正给花朵儿开电视呢,萱萱回来了。

花朵儿站在门口,看着萱萱阿姨开门、整理杂务,思想斗争半天,说:“我不看天线宝宝了,我到萱萱阿姨家吃药吧!”

花朵儿兴高采烈地,一边和萱萱阿姨聊天,一边眉也不皱地喝完了苦药。

萱萱阿姨的魅力真是如滔滔江水,势不可挡啊……

四、感叹

晚上,花朵儿突然从背后抱住我,感叹道:“妈妈,我好爱你呀!”

3. 新朋友【2009-03-22】

一、新朋友

萱萱阿姨家来了一个小男孩，欢声笑语传来。

花朵儿好奇地伸头张望，我问，花朵儿想不想去看看小哥哥？花朵儿说，不，我要去看萱萱阿姨。

二、相识

我要花朵儿叫小哥哥，花朵儿很伤自尊地说："我是朵朵姐姐！"她怎么会有这种想法？小男孩比她高半个头呢！

我说，你看看，哥哥比你高很多呢。花朵儿倔强地答，我已经上爱幼园了，是大孩子了！

论起年龄，小男孩四岁，已经上爱幼园小班了。花朵儿有些遗憾地不坚持了，但一起玩时，仍不由自主地自称姐姐。

三、争吵

花朵儿看着小哥哥踩到自己平日里在萱萱家仰躺的羊毛地垫，很心疼，说，那是我睡觉的地方。小哥哥不理会，仍在垫子上蹦来跳去。

花朵儿将沙发靠垫全扔在了羊毛垫上，小哥哥顿时觉得受了伤害，跑上楼去。

花朵儿对着楼上大喊："你下来吧！我不会欺负你的！"

四、照顾

不一会儿，两人像什么事情没发生一样玩在了一起。花朵儿还把新买的橡皮泥拿来给小哥哥玩。

突然,花朵儿起身跑到我和萱萱聊天的桌前,扯了两张餐巾纸:“小哥哥流鼻涕了,我去帮他擦擦!”

我伸过头,看见花朵儿很仔细地帮小哥哥擦鼻涕,心中颇为花朵儿的爱心自豪。

五、嫉妒

小哥哥还是很有创意,用橡皮泥捏了一条盘蛇,还用另一种颜色给蛇做了眼睛。我们都交口称赞。

花朵儿跑过来,将小蛇捏成一团,嚷嚷着要把橡皮泥给收起来。

六、恋恋不舍

吃完晚饭,我抱花朵儿回家喝药。花朵儿说:“喝完药再来,好吗?”

小哥哥倚着门在我们身后喊:“你要答应我,待会儿你一定回来!”

4. 莫须有【2009-03-30】

一、莫须有

花朵儿向我叙述爱幼园里的遭遇:“我扯贝贝袖子,贝贝哭了。”

我问:“贝贝告诉老师了吗?”

“告诉了。”

“老师批评你了吗?”我再问。

“批评了,我对老师说,贝贝扯我袖子也不对呀?”花朵儿答。

“老师又怎么说?”

“老师没说什么了。”

我总觉着有些不对,又追问一句:“那贝贝真的扯你袖子了吗?”

花朵儿说:“没有。”

我绝倒。连忙告诉花朵儿要勇于承认错误的大道理,她仍然有些不服气地说:“我扯自己的袖子总可以吧!”

二、掩饰

最近,花朵儿不知受哪个孩子影响,一不如意,就躺地大哭。

我当然不会迁就于她。

今天,外婆从武汉打来电话,花朵儿突然伸手切断电话。我瞪她一眼,又拨通了电话,顺势挡开了她的再次干扰。

她就地滚开,号啕起来。

我熟视无睹,继续在电话里说笑。

花朵儿哭着无趣,起身坐到茶几前,一边抽泣,一边大声诉道:“爸爸,爸爸,我——想——你,爸爸,你怎么还不回来呀?”

我看着她也哭累了,就给了她一个台阶:“花朵儿,你要不要跟外婆讲话?”

花朵儿点着头走过来,接过电话道:“外婆,我想爸爸,就哭了……”

三、张老师

自花朵儿上爱幼园以来,身上越来越多老师的影子。

花朵儿经常会说:“你们大家都看着我的眼睛!来,排好队!轮到妈妈(或者爷爷、奶奶)上台表演了……”

有一天,我听着她对小熊自称是“张老师”。我说,“你应该是彭老师啊!你又不姓张!”

可花朵儿始终自称“张老师”,也许她认为,只有张老师才有权威吧!

5. 把这些都写到博客上去吧!【2009－04－06】

一、表扬

从爱幼园回来路上,奶奶问花朵儿:“今天老师表扬你没有?”

花朵儿酷酷地答:“不要总是问老师表扬我没有,能不能问些其他问题?”

二、成语

经常听故事的花朵儿学会了很多词语。

我开车带她出去玩,随手就放上音乐,好几次,花朵儿说:“把音乐关上,我要安安静静地。”

有次是 hoot 开车,她翻着书说:“我要专心致志地看书了!”

还有一次,我听见她抱着小熊,情深意切地说道:“唉,辛辛苦苦养大的孩子,就这么远走高飞了……”

三、侠义

周末,一帮好友聚在奥林匹克森林公园。

正是春花烂漫时分,柳枝轻摇,漫长的北方冬季终于退去。

几个大男孩将 hoot 当成了假想敌,玩起了警察抓小偷的游戏,hoot 被追得四处逃窜。

花朵儿临危不惧,拦截住比她整整高出一个脑袋的大哥哥们,喝道:“不许欺负我爸爸!”

四、自己的事情自己干

hoot 抱起花朵儿走出公园,花朵儿流连忘返,一意要留在园内。

花朵儿对 hoot 大叫:“放我下来,我要自己走!”

hoot 不理,继续往前走。

花朵儿理论道:“爸爸,为什么不让我自己走? 老师说了,自己的事情自己干!”

五、把这些都写到博客上去吧!

我偶尔会将博客念给花朵儿听,每次她都听得津津有味。

昨晚睡觉前,给花朵儿洗漱。花朵儿贪玩不肯洗澡,我硬撑着给她脱衣。她扭捏着哭起来。

我阴沉着脸。

她叫了我两声,见我不应,突然说:“妈妈,把这些都写到博客上去吧! 好吗?”

6. 杞人之忧【2009－04－11】

一、杞人之忧

我们开车出去,路过一座桥。

花朵儿质疑道:“我们的车会掉下去吗?”

hoot 说:“不会,有栏杆呀!”

花朵儿继续:“没有栏杆,我们的车会掉下去吗?”

hoot 吹嘘自己的车技道:“不会,爸爸车技好得很呐!”

花朵儿仍然不信任:“为什么你不会将车开下去呢,其他车会掉下去吗?”

hoot 只好挠头不言。

我想起,童言乘飞机,对于飞机的平稳着陆,也问个不休。看来,对万有引力,人们天生有种恐惧呢。

二、砍树

花朵儿将纸巾抽得到处都是。我启发她:“纸巾都是小树做的,你浪费那么多纸巾,人们就要多砍树,你听到小树在哭吗?”

花朵儿似懂非懂地点点头,不再以抽纸为乐。

其后,花朵儿每每抽纸,都云:“妈妈,我砍树啦!”然后,歪着脑袋,笑眯眯地问:“小树哭了吗?”

真是令人哭笑不得!

三、自夸

花朵儿在院子里和乐乐一起疯玩,围着露天健身器材转个不停。

跑到半途,花朵儿突然停下来:“来,我们夸夸自己吧!”一边竖起大拇指比划,一边唱和道:“嘿嘿嘿,我真棒,嘿嘿嘿,我最棒!”

得意之情,可爱之态,难描难述。

四、半夜里好

花朵儿道晚安时都会说:“再见,bye-bye,早上好,中午好,晚上好,上午好,下午好,没啦!”

昨晚,花朵儿躺在小床上与我道别:“再见,bye-bye,早上好,中午好,晚上好,上午好,下午好!”停顿一下,露出狡捷的笑容继续道:“半夜里好,夜里好,咯咯……”

话没说完,已经为自己的创意兴奋地不能自已了。

7. 我要把最爱的图画书送给你【2009－04－18】

一、我要把最爱的图画书送给你

我给花朵儿念书:“因为我爱你,我要把最爱的图画书送给你。”画面上,小男孩背着玩具熊,将一本色彩鲜艳的故事书递给小女孩。

花朵儿问:“为什么他不将玩具送给小姐姐?”

我答:“因为书里有故事,可以百读不厌,玩具几分钟就腻了,是不是?”花朵儿点头称是。

此后,只要是喜欢的人,她都会记得带上心爱的图画书,作为礼物。她的赠书名单已经很长:舅舅,J阿姨,萱萱阿姨……

有天,她津津有味地随我朗诵三字经,忽然说:“我们把三字经送给萱萱阿姨吧!我喜欢她!”

二、评论

我和hoot因某事争论几句,声音稍响。

一旁默不作声的花朵儿突然插道:“哎,你们不在一起又想,在一起就吵架!快,对老师说道歉!”

三、判断

hoot挑起事端:“快,花朵儿,咬妈妈一口!”

花朵儿冲过来,抓起hoot胳膊咬了下去。

hoot不甘心:“好,轮到妈妈了,你去咬她一口。”

花朵儿摇摇头,反驳道:“不,妈妈是我的好妈妈!”言毕,又咬了hoot一口。

赫赫,我的女儿,真是慧眼如炬呢!

四、化干戈

爷爷奶奶在厨房里准备早餐，刚准备去将花朵儿叫起来。

一扭头，见花朵儿穿着大睡袋，已经从床上走下，拖曳着越过两个房间来找爷爷。睡袋自然成了拖布，一路擦着地板过来。

爷爷气往上涌：“这个孩子真是——”

花朵儿笑眯眯地讨好地接上嘴：“胆子太大了！”

五、心形的另一种解释

花朵儿将一张纸递给我：“看，妈妈，这么多小屁股！”

我伸头一看，快晕过去了，原来是一排美丽的心形图案，被花朵儿拿倒了。

我想纠正花朵儿的看法，忽然想起那个因为幼儿园老师教自己孩子圆为“圆圈”而提起诉讼、认为老师限制了自己孩子想象力的母亲，费好大力气忍住了自己。

后来，上百度，发现原来花朵儿并没有错误。

下面是百度知道上的一段话：

科学家研究发现，象征爱情的心形符号并非源于心脏，而是从女性臀部的形状演化而来。美国弗吉尼亚州罗亚诺克学院的心理学家加尔迪诺·普兰扎罗恩表示，心形符号受到了女性臀部的启发。他在接受“发现频道”采访时说，典型的“心”形符号跟女人臀部相似，也与心脏解剖面相似，但心脏器官的颜色不是鲜红色，在形状上，上部没有内陷、底部有尖。另外，古希腊人把女性臀部的曲线与美联系在一起，象征爱情的心形符号是从女性臀部的形状演化而来的。

孩子的想象力,啧啧……

8. 臭美【2009-04-21】

一、臭美

萱萱送了两对耳环给我,我当即美滋滋地戴上一对。

我得意地问花朵儿:“妈妈漂亮吗?”

花朵儿答:“臭美!”

我愕然。转眼瞥见抱着花朵儿的萱萱一脸坏笑,我诱导:“萱萱阿姨戴耳环漂亮吗?”

花朵儿扭头看看萱萱,也一脸坏笑地答:“也臭美!”萱萱心有不甘:“花朵儿才臭美呢!”

花朵儿理直气壮反驳道:“我又没戴耳环!”萱萱指着花朵儿的新鞋:“你穿了新鞋也臭美!”

花朵儿终于开始气急败坏:“我不臭,就是不臭……”

二、陪伴

半夜里,花朵儿忽然惊醒,问奶奶:“萱萱阿姨一个人睡觉吗?”

奶奶迷迷糊糊地:“是呀!”

花朵儿说:“那她一定很孤独吧!”

奶奶又嗯了一声。

花朵儿叹了一口气:“唉,那我明天早晨起来后,去陪陪她吧!”

三、王小丫

电视里,美女王小丫正在娇媚地主持节目。花朵儿自然关注美女:

“爷爷,这位阿姨是谁呀?”

爷爷答:“她叫王小丫,是中央台的主持人。”

花朵儿诧异地纠正爷爷道:“她都这么大了,还叫小丫? 她叫王大丫,她是王大丫!”

四、自知自明

堂舅自远方来,花朵儿兴奋不已,又是背三字经,又是躺在地上转圈,摆明了想吸引舅舅的眼球。

吃晚饭的当儿,我们正聊天,花朵儿插嘴进来:“今天我表现好吗?”边说边往嘴里乱扒了两口白饭。

我说,“舅舅来了,你的表现真不错。”

花朵儿有些心虚地问:“舅舅没来呢?”我反问:“你说呢?”

花朵儿嬉皮笑脸地接道:“舅舅没来,我就闹人!”

9. 饥饿之夜【2009-05-05】

一、沉醉不知归路

五一三天,参加大学同班同学聚会。在那些熟悉而又陌生的面孔上,追逐并未随岁月淡去的青春记忆。

没带上花朵儿的决定是正确的。饮酒、歌唱、闲逛和夜聊,如同梦境一样回到少年,仿佛一切从未开始,无数种可能性等在前方。在深圳海上世界的酒吧,微醺地,听着甲板传来陌生的音乐和人群的喧嚣,身边是同样沉醉于消逝过往的同窗,不知不觉醉入膏肓。

梦游一般踏上回程,在机场与同窗作别,依恋地看着她步入登机口的背影,与青春年少的约会就这样倏忽即逝。

熟睡了一路，直至飞机落地。拨电话回家，花朵儿稚嫩的声音传来：“是妈妈吗？你回来了，太好啦，太好啦！”喜悦之情婉转直上，我很快地重新沉入这俗世的幸福……

二、理发

天渐热，花朵儿额前的头发总是在一拨拨汗水中打绺。我决定带她去理发。

前两分钟，花朵儿还算安静。此后，每隔半分钟，花朵儿就对理发叔叔不耐烦地宣告：“好了吧，好了吧！”

我制止她：“什么时候理完发，理发师说了算，而不是你！”

在口香糖的诱惑和我不断地示威之下，花朵儿终于捱到了结束，理发师直起腰，脸上布满了紧张的汗水。

花朵儿没心没肺地问：“噫，理发师叔叔怎么满头大汗？”

三、饥饿

上爱幼园后，花朵儿的一日三餐都在学校里解决。

让花朵儿吃饭一直是个让全家人都头痛的问题，现在终于眼不见心不烦。不过，从花朵儿偶尔流露的信息里，她并未改邪归正。

周末在家时，我们质问仍不肯就范的花朵儿：“难道你在爱幼园吃饭也是这么磨蹭吗？”

花朵儿答：“老师说，今天又是你最后一个！”有时则答：“老师催我时，我就大喊，马上吃完啦！”还有时，则会诉苦：“唉，今天鸡腿还没吃，就被老师收走了！”

所幸的是，在爱幼园，花朵儿保留了自己吃饭的自尊，老师说，每次准备喂她时，都被严词拒绝。

昨天半夜，花朵儿从饥饿中醒来，问奶奶要吃的，奶奶当然一口拒绝。

花朵儿急切地要求："爷爷不是会骑自行车吗？让他去买。"在得到商店已经关门的回应后，花朵儿开始憧憬明天："我明天早上要吃油条（天知道，我们家从来不吃油条，爱幼园的食谱里好像也没此东东）、喝豆浆！中午吃麦片，晚上喝牛奶，好吗？"

奶奶迷糊地应付着。

画饼充饥没有解决问题，花朵儿开始闹着要奶奶冲感冒茶，奶奶仍然拒绝。花朵儿开始哭泣，终于塞住了鼻子，理直气壮地说："我鼻子塞了，感冒了，我要喝感冒茶。"

奶奶真假难辨。于是，在感冒茶的抚慰之下，花朵儿度过了有生以来第一个饥饿之夜。

10. 我爱的叔叔来了吗？【2009－05－11】

一、自信

下午放学时，老师告诉爷爷，花朵儿午睡时尿床了。

回家的路上，爷爷问花朵儿："老师批评你没有？"

花朵儿答："老师怎么会批评像我这么可爱的孩子？"

二、喜欢

周末，hoot 学院在植物园旁边的度假村里聚会。hoot 好友 D 教授携夫人搭了我们的顺风车。

一路，花朵儿为风趣的 D 教授所倾倒。下车时，花朵儿对着 D 教授甜甜蜜蜜地表白："我喜欢你……"

晚饭时，花朵儿常常离开我们所在的家属"专桌"，去喝得满面红光的D教授身旁晃悠。

第二天一早，花朵儿在早餐桌前尚未坐定，便四处张望，大声疾呼："我爱的D叔叔来了吗？"

一时四座皆惊。自此，广受女生倾慕的D教授变成老幼通杀！

三、感叹

公园里，一个五岁大的男孩向妈妈发脾气，母子俩扭打成一团。

花朵儿凝视半刻，感叹道："唉，这个妈妈已经降不住她的孩子了！"

四、好为人姐

同去的浩浩已经四岁半了，比花朵儿高出了大半个头。

我们让花朵儿叫哥哥，花朵儿怀疑道："他也上爱幼园了吗？"我耐心地劝说道："浩浩比你大一岁多呢，他个子也比你高呀！"

花朵儿仍讨价还价："我是小熊妈妈呀，要不，我叫他哥哥，他叫我姐姐，好吗？"

五、君子浩浩

浩浩私下里对妈妈说："男孩子不能打女孩子，要让着女孩子！"妈妈问："那么女孩可以打男孩吗？"浩浩说当然。

花朵儿和浩浩抢飞碟，不注意推了浩浩几下，浩浩忍气走到了一边。花朵儿得了势，越发猖狂。

我赶紧拉开花朵儿，好好教导一番。

相比之下，君子浩浩，真有乃父之风。唉，花朵儿的淑女之路，不是那么容易走啊！

11. 我想有个妹妹【2009－05－15】

一、我想有个妹妹

我躺在沙发上看报纸,花朵儿走过来说:“妈妈,你再给我生一个妹妹吧!”

我说:“好吧!”

她突然伸手拍了拍我平平的肚子:“你现在肚子里有宝宝没?”

我很心虚地敷衍道:“现在还没有呢!”

花朵儿满是讽刺地质问:“你生不出来了吧?”

我只好举手投降,想用深奥的理论捍卫自己:“不是妈妈生不出来,是法律不允许呢。”

花朵儿拿起沙发上的小熊:“那我就把小熊当妹妹吧,好吗?”

我简直快要抬不起头来,用更小的声音夸她:“花朵儿真懂事呢!”

二、女承父业

我教花朵儿认字,花朵儿欣喜地抬起头:“你是老师吗?”

顿时,虚荣心涌上来,我喜滋滋地承认:“对啊,我教你知识,可以做你老师呢!”

花朵儿说:“那我叫你妈妈老师,好吗?”

“好,太好啦!”我更加高兴。

花朵儿也很喜欢这个新鲜称谓,接连叫了好些声。

此时,hoot下班走进家门,花朵儿远远地喊:“大彭老师,过来,过来!”hoot听了也是满心欢喜,兴冲冲地小跑过来。

花朵儿说:“爸爸,你也叫叫我!”hoot回应道:“花朵儿真棒!”

花朵儿很有些不喜,说:“不对不对,你应该叫我小彭老师才行啊!”

当然，她的要求也得到了满足。

三、说理

花朵儿感冒了，我让她在家歇一天。

一大早，她就起来要我也在家陪她，我说不行啊，妈妈要上班挣钱呢！

她很有逻辑地劝我："妈妈，你看你，一直咳嗽（我有慢性咽炎），你去上班，传染给同事多不好，还是在家陪我吧！"

四、自知之明

一家人开始吃晚饭，只有花朵儿无事般逡巡在餐桌周围。

hoot 呵斥道："花朵朵！你——"

花朵儿唠叨地接嘴道："爷爷奶奶在吃饭，爸爸妈妈在吃饭，你在干嘛呢？真不像话！"

12. 完美主义者【2009－05－29】

一、自信

花朵儿爱幼园的张老师扭了脚，歇了好几天才上班。

我问花朵儿："你慰问张老师了吗？"

花朵儿答："嗯，我对张老师说，你很伤心吧？这么多天没看见我，想花朵儿了吧？"

这么自信的孩子，我顿时晕了过去……

二、都是鼻炎惹的祸

hoot 因患鼻炎，每天不停地打喷嚏。

端午节，花朵儿去 tony 家玩，偷偷问我："我能不能问问王大大打不打喷嚏？"我说你去问吧。

花朵儿在大庭广众之下，小声地质问王大大："你打喷嚏吗？"

谁没打过喷嚏？花朵儿自然得到了肯定答案。

花朵儿朝我暗暗笑了一下，hoot 父亲的形象在这一笑中得到了维护。不过，花朵儿不会因此认为，所有爸爸都是喷嚏不断的吧？

三、恋恋不舍

花朵儿在 tony 家玩得不亦乐乎。

临行时，一边摆着小手，一边对着送别的王大大和 tong 妈妈大喊："我想念你们……"

四、抱怨

临睡前给花朵儿穿睡衣，我忘了将花朵儿内里的小裤裤拉上。花朵儿总在那里不停地说，裤子不舒服。

过了好一会儿，奶奶才发现问题所在。

花朵儿抱怨道："怎么这么不负责任？我们家只有一个宝宝，又不是很多宝宝看不过来！"

五、审美

晚上，我给花朵儿盖上一条粉色的毛巾被。

花朵儿问："这是你的吗？"

我答："嗯，是爸爸妈妈用的。"

花朵儿怫然不悦："爸爸怎么能用粉色被子，男士只能用蓝色被子！"

六、完美主义者

临到楼门口,奶奶将花朵儿旅行杯里剩下的水泼在了水泥地上。

花朵儿陡然大哭起来:“不要泼掉我的水!”

我们诧异非常,苦口劝道:“到家后可以给你换新的呀。”

花朵儿沉浸在自己的悲伤里:“不是这一杯,不是这一杯!”完全一幅哀伤覆水难收的样子,良久不能平复。

13. 辩才【2009－05－31】

端午节,和当当弟弟一家相聚。

几月不见,当当弟弟已长成小男子汉模样,走路四平八稳,嗯呀,嗯呀,一肚子的小主意。最难得的是,对任何食物,都是大肚能容,羡煞花朵儿的爷爷奶奶。

午餐前,花朵儿去洗手间。女洗手间紧闭着门,服务员指着另一间说,没事儿,通用的。

我抱着花朵儿就冲了进去,花朵儿挣扎着下地:“不要,不要!这儿是男士用的,我要去女洗手间。”

服务员在门口忍俊不禁:“这儿就是女洗手间!去吧,去吧!”

花朵儿指着门上的标志,义正词严地:“你看,男洗手间!穿裤子的!穿裙子才是女洗手间!”一副你可蒙不住我的样子。闹得服务员晒晒地说:“小姑娘几岁啦,真明白啊!”

这可苦了我,只好拎起花朵儿,百米冲进临近的小四合院去解决这个难题。

14. 外婆家【2009－06－08】

出差武汉，带着花朵儿还乡。

一、兴奋

去时航班延误，起飞时已接近晚上十点。

花朵儿却兴奋莫名，左看看，右看看，诸多成人都已昏昏欲睡。花朵儿非常不满，高声叫道："大人们，起床喏，大人们，起床喏！"

我赶忙掩住花朵儿的嘴，稍一放，花朵儿又叫起。

临近午夜飞机落地前一刻钟，花朵儿才沉沉睡去。我抱着她等待行李，一位路过的同机人同情又理解地问候我道："哈哈，小姑娘终于睡着啦？"

二、我家爷爷

在外公外婆家，花朵儿总是拿自己家里的物事相比较。嗯，这个蚕豆我们家也有，那个花生我们家也有。

外公种菜，午饭有新鲜水灵的苋菜，我向花朵儿夸耀道："这可是外公亲手种的苋菜哟，你要多吃点！"

花朵儿很自信地说："我爷爷也亲自种苋菜。"

我吃惊问道："爷爷在什么地方种菜？"我心想，我们可是住顶楼的！

花朵儿转动着小眼睛，不紧不慢地答道："在南瓜里……"

三、心心姐姐

花朵儿超喜欢心心姐姐，要和心心姐姐一样穿牛仔裤、粉红衣衫，要和心心姐姐坐一样的凳子，看一样的书。

离开的下午，花朵儿依在心心姐姐身边，向心心姐姐发出邀请："心心姐姐，你暑假里来北京玩吧！"当然，这句话是我教的。

但花朵儿接着补充了一句我意想不到的话："如果你不来，我就会哭，拼命地哭！"

四、记仇

大姨喜欢和花朵儿开玩笑，说是要打花朵儿的小 PP，说了好多新鲜词："要把花朵儿的小 PP 打红、打青、打紫、打开花……"

花朵儿听得兴高采烈，大姨每说一个词，花朵儿都笑得不亦乐乎。

临走时，大姨看见心心姐姐在花朵儿心中的重要位置，也想确认自己的地位："花朵儿，大姨暑假去看你好吗？"

花朵儿马上给了个否定答案："不要！"

大姨非常委屈："为什么？大姨给你做那么好吃的菜，带你坐车，带你玩……"

花朵儿坚决地说："因为你会打我的小 PP！"

五、玩笑

回程的飞机上，花朵儿高兴地说："又可以看见爸爸妈妈啦！"

我纠正她："胡说，妈妈不是在这儿吗？"

花朵儿嬉皮笑脸指着我道："这不是妈妈，这是阿姨！"

看我眼神不善，花朵儿赶紧抱着我的胳膊摇晃："妈妈，妈妈，我好喜欢你呀！"

我哪里还绷得住。唉，碰上这样一个小女儿，拿她有什么办法！

15. 送别【2009－06－14】

一、送别

hoot要去上班，花朵儿如往常般送至门口。门关上前的一刹那，花朵儿突然伸手把住门："爸爸，我送你到楼下吧！"她扭头对奶奶正经地说："奶奶，我已经是大孩子了，我一个人送爸爸，你别跟着我！"

hoot甜蜜地拉着花朵儿的手，一直走下六楼。

hoot打开楼道门，花朵儿道："爸爸，我就在楼道里不出去了，这样陌生人就不会把我抱走了！"

言毕，一个人蹦蹦跳跳地回到六楼。

我听到这个场景的时候，故事已经过去几个小时，而hoot仍陶醉在小女儿的关爱之中……

二、劝说

花朵儿约发小乐乐出去玩，我听着她在电话里说："乐乐，你陪我去体育公园好吗？"

过了一会儿，(可能是遭到了拒绝)她突然换了一种甜腻的口气，诱劝比她小两天的乐乐："妹妹，你陪姐姐去体育公园，好吗？"

三、测试

我和hoot一边一个陪花朵儿睡觉。花朵儿开始吸吮起大拇哥，hoot啪地打掉了花朵儿的手。

花朵儿翻过身，对着我，又把手放进嘴里。我默默地拿开她的手，花朵儿圆睁着小眼睛："妈妈，你为什么不打我的手？"我微微笑而不语。

花朵儿又翻过身，对着hoot，再次将手放进嘴里，正给花朵儿念故事的 hoot,用余光扫到了花朵儿的举动,啪的一声又打掉了花朵儿的手。

花朵儿大声宣布测试结果:“爸爸打我手,爸爸不喜欢我,对我不好!”

四、彭老师

我告诉花朵儿下周要出差,周日才能回来。

花朵儿央我带她一起去,我说那怎么行?妈妈要去工作呢。

花朵儿劝道:“那你的同事问,董老师来了,为什么小彭老师没来,怎么办?”

“小彭老师?”我有些没有反应过来。

“是呀,我就是小彭老师,你自己讲的!”

这些天,花朵儿突然觉着自己已经长大成人,已不再自称小彭老师,她称 hoot 为“男彭老师”,自称“女彭老师”。

16. 舍不得【2009-06-21】

一、舍不得

早上,经历一夜高烧的花朵儿,迷迷糊糊地向我撒娇:“妈妈,今天爸爸不送你上班了吧,让爸爸陪陪我。”

我道:“那妈妈怎么办呢,又要走到小区门口,还不知有没有车!”

花朵儿坚持,说了好多替代方案,比如让同事送我、让萱萱阿姨送我等等。

我劝说半天,最后道:“你真的不让爸爸送我了吗?”

花朵儿腻腻地说:“我舍不得!”

hoot 一脸得意，睡眼蒙胧向我摆摆手："bye-bye！"

二、大人们

临睡前，花朵儿总说小裤子没给她穿好，我给她整理了多遍。

我去洗手间刷牙，换成 hoot 陪她，花朵儿感叹道："唉，小裤子还是没穿好，大人们总是弄不好！"

三、孙红雷

爷爷奶奶喜欢看《人间正道是沧桑》，花朵儿不过是偶尔瞟上一两眼。

已经快到大结局了，花朵儿突然指着孙红雷说："我喜欢这个解放军叔叔。"

真是让人不可思议。我问："你为什么喜欢他呢？"

"因为他漂亮。"花朵儿答。

"你的意思是说他帅吧！"

"男士也可以漂亮呀，不过他也帅！"花朵儿接着表扬道："他还很有趣！"

嗯，这个品位快赶上童言妈妈了！我的女儿，眼光真不赖呢！

四、笑得手发软

花朵儿很自信地说唱着自己的原创歌曲，意犹未尽道："妈妈，我唱歌你跳舞吧！"

在她的催促之下，我做了几个夸张的舞蹈姿势。

花朵儿顿时乐不可支，不一会儿趴在沙发上道："唉，我笑得手都发软了！"

17. 保险意识【2009－07－07】

一、保险意识

在花朵儿身上，绝对体现了什么是耳濡目染。

从青海出差回来，hoot就对我说："看看咱们的女儿多好玩！"

那天，爷爷从爱幼园接花朵儿回家，花朵儿不小心将小脚伸入了滚动的自行车轮，脚背弄破了皮。

晚上，暂时忘记伤痛的花朵儿对hoot说："唉，我伤了脚，打电话给保险公司，也没有人接电话。"

周末，hoot又听见花朵儿打电话给保险公司："保险公司吗？我的小自行车与小推车撞上了，你们快来看看吧！"

（附注：朵妈从事保险监管工作。）

二、漂亮

晚上回家，花朵儿拿着小梳子给我梳头。

她边梳边念叨说："明天，你去单位，你们同事说，呀！今天你怎么这么漂亮呢？谁给你梳的头呀！"

"你要对同事讲，是我女儿给我梳的头，漂亮吧？她是我的好朋友呢！"

三、入梦

晚上，花朵儿一直粘着我，迟迟不肯入睡。

在打了无数个哈欠之后，花朵儿熬不住两眼要合上了。她迷迷糊糊地抓着我的手："妈妈，你答应我，到我的梦里来好吗？"

我说好。

“可是，你怎么来我的梦里呢？”她有些不放心。

“我化成一阵风，从你梦里的缝隙里钻进去好吗？”

花朵儿终于沉沉睡去。

四、自信

早上起来，花朵儿自己穿好裤子。很自信地说：“看看我穿得多好，你们大人总是让我不舒服。”

五、结婚

花朵儿一手戴一个我从青海带回来的菩提子手链，晃晃地转着小圈：“我结婚啦，我结婚啦！”

hoot 问：“你结婚啦，怎么没穿纱裙呢！”

花朵儿举手再次 show 了自己的手链，有些不屑地答道：“我不用穿纱裙，我结婚就是这个样子。”

“那你和谁结婚呢？”

“妈妈呀！”花朵儿亲昵地跑过来搂着我的胳膊：“我最喜欢妈妈，妈妈就是我的新郎！”

18. 慈善晚宴【2009－07－13】

一、慈善晚宴

应 tony 妈妈的盛情之邀，带着花朵儿参加了一个为打工子弟中学筹款的慈善晚会。

花朵儿当然不知道，站在台上用稚嫩的歌曲表达心声的哥哥姐姐与自己有着云泥之别。她很羡慕地问我：“我可以上台唱歌跳舞吗？”

不能满足心愿的花朵儿，只能在节目的喝彩环节用尖利的叫声表达兴奋的心情。

幸运的是，tony 哥哥不再因为花朵儿的幼小敬而远之，花朵儿跟在 tony 和亮亮哥哥的后面，将晚宴门外的大厅变成了名副其实的儿童乐园。

晚宴的歌声显然给花朵儿留下了深刻印象，以至于第二天早晨，奶奶说，花朵儿半夜里忽然从床上爬起，扒着床栏，清脆地唱起了儿歌，被惊醒的奶奶叫了两声花朵儿。

花朵儿倏然倒下，不再出声。

早饭时，花朵儿担心地问："昨天晚上，tony 哥哥没回家，被陌生人抱走了怎么办呢？"

二、马戏王国

朋友送了两张马戏王国的票，犹豫着是否合适带花朵儿去看。询问了票务，两岁孩子就允许进场。于是成行。

整整一个小时，惊险、刺激、有趣。花朵儿丝毫没有厌倦，却充分显示了忧患心理，每个节目完毕，她都会担心地问："结束了吗？还有吗？"

整个表演对我们日常的风险教育形成了挑战。

身材完美的俄罗斯姑娘在高空中做着危险而优美的体操，花朵儿满手心汗地紧紧抓着我的手，讷讷地道："太危险了，摔下来怎么办啊？"

有一场表演，一个未系安全带的小伙子在十米高的滚动飞轮上，一会儿跳绳，一会儿玩杂耍，最后竟然蒙上了双眼，我看得心惊肉跳，禁不住鼓起掌来，花朵儿生气地打开我的手："别鼓掌，别鼓掌！"生怕我惊动了表演者。

只有在动物表演的时候，花朵儿才露出了轻松的笑容，一会儿拍掌，一会儿大笑，甚至无所畏惧地对着笼子里正在表演的狮子大声吼叫,呵呵,整个一个小河东狮吼。

19. 奖励【2009-07-20】

一、奖励

下班回家,在楼道口按门铃,奶奶说,花朵儿愿意在院子里玩一会儿。

两三分钟后,花朵儿一蹦一跳地下楼来,满脸欢喜。

花朵儿将一张小贴画贴在我的衣服上:“你今天表现很好,这是奖励你的!”我喜道:“我今天怎么表现好啦,你要奖励我?”

花朵儿说:“你没有乱跑,也没有尿裤子,还好好吃饭,这不是表现好嘛!”

我暗中点头,看来,老师对孩子们的要求还是很基本的嘛,并没有太多限制她们的自由。

二、忧虑

hoot去爱幼园接花朵儿的时候,老师建议我们带她去看一下医生,因为花朵儿总摔跤。

让老师头疼的是,同班更小的小孩显然觉着摔跤是一件有趣的事情,每当花朵儿跌倒在地时,小朋友们纷纷模仿,像多米诺骨牌一样,一倒一大片。这样的效应让老师们措手不及。

周六去了儿研所,幸喜医生没看出什么问题,只是让花朵儿再检查一下视力和微量元素。

我想花朵儿只是太活泼了,也许她真的认为,摔跤是一件有趣的事情。

三、长大了

最近，让花朵儿非常得意的一件事是，爱幼园里她们的班级标签由宝宝六班改成了小六班。

花朵儿挂在口头的一句话是："我已经是小六班的学生了，还不大么？"

四、冰川时代

第一次带花朵儿去看电影，我们自认为，3D生动的影像毫无疑问会吸引花朵儿的注意力。

但是，沉重的3D眼镜影响了花朵儿的情绪，她很不情愿地戴了半个小时，然后嚷嚷着要回家，在我们无奈地摘掉她的眼镜之后，尽管图像模糊，她却兴致勃勃起来，再不提回家之事。

我们只是可惜专门给她买的票，她本来不需要票，但如果要3D眼镜的话，就要买成人票。呵呵，财迷的父母呀！

20. 求救【2009-07-29】

一、求救

花朵儿与洛洛同游银山塔林，盛暑下，塔林里微风习习，两个小孩子在塔间穿梭，风景自然，童心欢喜。

洛洛带了两辆小车，一辆送与花朵儿玩，花朵儿却看上了洛洛手中那辆，向洛洛索要，洛洛不与。

花朵儿苦劝无果，向hoot求救："爸爸，你是老师，你劝劝洛洛吧！"

hoot亦无奈："可我是大学老师啊，洛洛还不是大学生，他不听我话呢!”

花朵儿问:“那我是大学生吗?”

hoot答,你也不是呢。呵呵,我在一旁听着,好像hoot已经落入花朵儿的小坑了。

二、小心眼

两小的纷争一会儿就风吹云散。花朵儿将小车递给我:“妈妈,你玩玩洛洛的小车吧!”

我划拉着小车,算是应付花朵儿的建议。

花朵儿接着说:“妈妈,明天从幼儿园回来,我陪你去洛洛家玩小车,好吗?”

唉,刚才还在担心hoot,现在已经被这小人算计了。

三、妹妹

好友生女佐玛,刚过百天。

花朵儿看着小佐玛在婴儿游泳池里惬意地飘来飘去,很是喜欢。

我拉她回家,她把最喜欢的小熊放在小佐玛外婆的身边:“我把小熊送给你!”

我正要夸她大方呢,她接着道:“妈妈,我们把妹妹带回家吧!”

21. 我爱妈妈【2009－08－03】

一、我爱妈妈

我平常用的茶杯,杯壁上有“I love daughter”的字样。

那天,我带着花朵儿去超市给她买杯子,货架上正好有印着“I love

mother”和“I love father”的杯子，看风格应该和我的茶杯同属一套。

我举着杯子问花朵儿：“花朵儿，你要‘我爱妈妈’还是‘我爱爸爸’？”

花朵儿早被货架上五颜六色的卡通杯迷住了，根本没心思答话。

母女俩继续各看各的花杯子。突然，“叭嗒”一声，我扭头，花朵儿正对着被摔成两半的瓷杯子发呆。

她仰首可怜巴巴地望着我，满脸浮现讨好的微笑：“我要‘我爱妈妈’”！

二、黄鼠狼

近来，花朵儿总是让我给她复述《冰河世纪 3》的故事，最爱的就是那只中文被译成黄鼠狼的巴克。

她总是自称为：“我就是那只机智勇敢的黄鼠狼！”

又想起很久以前我教她唱的儿歌：“黄鼠狼跳水缸，一跳跳到缸中央，缸中央有个花朵朵，花朵朵就是黄鼠狼。”

言毕，得意得大笑不已。

三、孤独寂寞

花朵儿刷完牙，非要把她的牙杯放在我的牙杯旁边：“让它和妈妈的杯子在一起吧，否则它会孤独寂寞的！”

四、调皮鬼

hoot 拥着花朵儿说：“花朵儿让爸爸咬一口吧！”

花朵儿扭头拍了拍 hoot 的脸：“好的不学，尽学坏的，你这个调皮鬼！”

22. 讲道理【2009-08-17】

一、花言巧语

午饭前,我让花朵儿去洗手。

花朵儿说:“妈妈陪我去吧,要不我会浪费水和肥皂的。”

二、讲道理

花朵儿在家里闹脾气,外公烦起来:“哭吧,哭吧,看你哭到什么时候!”

花朵儿停止了哭泣:“外公,你为什么不和我讲道理!”

三、大学老师

花朵儿午睡时,外婆给花朵儿念故事。

花朵儿睁大了双眼:“外婆,你是大学老师吗?你是大学老师,才能给我讲故事!”

要求真高呢。幸亏,现在这个屋里,除了妈妈以外,都是大学老师,否则,要累死爸爸了。

四、俄罗斯

同事MN小姐去了俄罗斯,我们在清华园里游玩的时候,俄罗斯之游是个很好的话题。

晚上,花朵儿问hoot:“爸爸,什么是俄罗斯?是好吃的冰激凌吗?”

23. 我听自己的!【2009－08－27】

一、我听自己的!

花朵儿发烧了,hoot在花朵儿的额头贴上退热贴。

hoot离开给花朵儿倒水的间隙,花朵儿已把退热贴撕掉。

hoot气往上冒,强忍着怒火威胁道:“花朵儿,你不听我的,是不是?”

花朵儿烧红着一张小脸,闭着双眼,坚决地回答:“不,我听自己的!”

二、发明

晚上吃饭,三个菜里两个菜都是辣椒。

花朵儿把筷子伸向剁椒鸡蛋,尝了一口,居然没有如往常那样立即吐出来。

我们看着她接连吃了好几口,惊奇不已:“花朵儿,你不怕辣?”

花朵儿得意地道:“你看,用牙齿咬舌头儿下,就不辣了。这是我发明的!”

三、帅爸爸

hoot戴上了新配的眼镜,被细心的花朵儿发现了:“爸爸,你戴新眼镜了?”

hoot故作深沉:“嗯——”然后,继续吃饭。

花朵儿歪着小脑袋,由衷地发出赞叹:“爸爸,你戴这个眼镜真帅啊!”

hoot再也绷不住威严,软化在花朵儿的天真无邪里:“谢谢花朵儿的夸奖!”

四、辩才

花朵儿和乐乐一起从幼儿园里放学回家,两小在车里闹了开去,花朵儿一把抓上乐乐的脸蛋,顿时留下两道红印。

我立即严肃指出问题并要求花朵儿道歉。

花朵儿知错道了歉。乐乐奶奶在一旁帮腔:“花朵儿,可不能抓脸喔!”

花朵儿好像找到了台阶:“那我可以抓乐乐的身上咯?”

24. 我是法律【2009-08-31】

一、我是法律

花朵儿见 hoot 刷牙,提出质疑:“爸爸,你怎么用妈妈的杯子?”

hoot 调侃道:“这不是妈妈的杯子,是妈妈用我的杯子!”

我心领神会,开始考验花朵儿的判断能力:“花朵儿,爸爸抢了我的杯子,你帮我拿回来!”

花朵儿几乎没有任何犹豫,很 cool 地裁决道:“我是法律,这个杯子爸爸可以用,妈妈也可以用,就这样吧!”

二、hoot

hoot 哄花朵儿睡觉。

让她盖被子,她要 A 不要 B,给她讲故事,她要 C 不要 D,给她量体温,她忸怩不许。

我在外面听着 hoot 逐渐失去耐心,直至开始气急败坏地耍权威:

“我是大学老师！你是吗？你必须听我的……”

我不禁莞尔，强势如 hoot 也有这么一天。

三、自我

爷爷奶奶从美国回来之前，花朵儿很不满意：“我也要去美国！”

我搪塞：“爷爷奶奶就要回来了！”

花朵儿有些郁闷：“叔叔婶婶还在美国，我要去看她们！”

“可是，叔叔婶婶下个月也要回来了呀！”

花朵儿双眼开始湿润，声音开始呜咽：“他们不能回来，我还没有去美国，他们怎能回来呢？”

25. 我想得还挺美的嘞！【2009－09－08】

一、我想得还挺美的嘞

前些日子，花朵儿生病，一直吵吵着要吃冰激凌，我说必须生病痊愈后才能吃。

周末，不再感冒的花朵儿要我兑现承诺。

我说，你午睡刚起，先喝一杯水，再吃吧！

花朵儿开始憧憬：“嗯，冰激凌太凉了，喝一口水，吃一口冰激凌，我想得还挺美的嘞！”

二、对话

花朵儿问：“妈妈，你昨晚什么时候回来的？”

“我十点回来的，还去看了你一眼，你已经睡得很香，所以妈妈就没有打扰你呀！”

“你为什么不打扫我呢?”

“不是打扫,是打扰!”

花朵儿用手撸了一下我的脸:“就是打扫,哈哈……”

接下来的几分钟,花朵儿一提起打扫这个词,就乐不可支,欢笑不停。

孩子的快乐真是简单,美丽。

三、第一次开怀大笑的记忆

记忆中,花朵儿第一次开怀大笑是在四五个月大的时候。你看,多好的记忆都不如烂笔头。

花朵儿无意中碰倒了桌上的矿泉水瓶,她咯咯笑了两声。

我扶起瓶子,花朵儿用手再次碰倒,眼里充满了对自己拥有力量的惊奇!

当我再次扶起瓶子时,花朵儿已经领会了游戏的涵义,开怀大笑起来,那种感染力的欢笑真是难描难述:专注,神奇和发自内心的喜悦。

这种游戏的状态一直持续了十分钟之久,仅仅是碰倒瓶子的刹那,就给花朵儿带来无穷的快乐,可惜我们到了尾声才想起录下她的欢笑……

成长的代价是越来越对任何事物都习以为常。看着孩子们简单的快乐,才发觉,我们缺少的,也许只是一双好奇的眼睛。

26. 意外【2009-09-13】

前天下班回家,hoot在城铁站接我,车里坐着奶奶和花朵儿。花朵儿一脸沮丧,原来是从游戏架上摔了下来,嘴里磕破了一个大口子。

我甚至不敢仔细看她的伤口，就直奔医院。

先是社区的儿童医院，没有外科。再是社区医院，一个看起来像是刚刚实习完毕的年轻医生很肯定地说要缝针，一副跃跃欲试的样子，我哪里敢让他下手。去了二十里地以外的儿研所，在大厅就被拦住了："去口腔医院吧，我们这儿做不了！"

折腾了三个小时，晚上九点，我们终于在北大口腔医院得到了肯定答复。

医生也很年轻，但毕竟是专业医院的急诊室。花朵儿的伤口对他来说应该只是小 case 吧！

手术真的很简单，hoot 躺在手术椅上抱紧花朵儿的身子，我把着她的小脸儿，消毒、上麻药、再缝针，统共不过十几分钟。

对我来说，这段时间却漫长得无边无际。医生上完麻药，在花朵儿撕心裂肺的哭声中我不敢继续，把花朵儿让给奶奶和护士小姐，闪躲到诊室的走廊上，泪水满面。

医生给花朵儿缝了多久，我的泪水就流了多久，浑身上下像抽紧的麻绳，拧得失去了感觉。

做完手术、回家一路，我仍然不敢看花朵儿的伤口，实际上，即便是已过去几天的现在，看见花朵儿口里齿牙交错的黑色手术线，我仍旧会心悸，简直不敢想象如果是我一个人该如何面对这一切？

伴随花朵儿成长，不仅需要耐心和柔情，至少，我还需要更多刚硬的品性，唉，到哪里去寻找？

27. 花言巧语之不哭【2009－09－13】

今天花朵儿满三岁六个月。

◎ 花朵儿走到楼门口，对奶奶说："奶奶，你喜欢我吗？喜欢我就抱我上楼吧！"

◎ 我们在讨论哈根达斯的月饼，花朵儿聆听半晌，作万分可怜状道："大家都可以吃，只有我不能吃，对吗？"

◎ 花朵儿问我："妈妈，你下礼拜出差，是吗？我会想你的，不过，不要紧，我会在梦中和你相会！"

◎ 花朵儿听说小区里有个孩子不愿意去幼儿园哭得都生病了，向我许愿道："妈妈，我上幼儿园不哭，就是上北京大学也不哭！"

◎ 花朵儿不好好吃饭受到奶奶的批评，花朵儿委婉地提出："奶奶，你能不能轻言细语地批评我呀？"

28. 温柔【2009－09－17】

一、理由

花朵儿伤痛好得差不多了，早上我们叫她起来："花朵儿，你今天上不上幼儿园？"

花朵儿慵懒地睁着小眼睛："我今天不上幼儿园了。"

我们问："为什么不上啊？"

朵朵叹口气："唉，我就是没有理由！"

转眼看到奶奶，她找到了借口："我要在家陪奶奶。"

二、温柔

hoot毕业的研究生教师节来访，花朵儿喜欢上其中一个很文净的叔叔。

吃饭的时候，她指着那个男孩子说："我喜欢这个叔叔！"

“为什么呢?”我们当然要问。

答案一如既往地令人惊奇:“因为他很温柔!”

晚上睡前,花朵儿忸怩着不肯入睡,hoot粗着嗓子教训她,花朵儿亦怒火中烧:“爸爸,我今天晚上吃饭的时候说什么来着?你要温柔些,就像那个叔叔一样!”

29. 情伤【2009-09-20】

一、情伤

下班回家,花朵儿表现出前所未有的暴躁,突然地大哭、故意地将东西掼到地上。

我抱紧她:“花朵儿怎么啦?受老师批评了吗?”

她摇头。

“那是小朋友欺负你了吗?”

她继续摇头。

“那怎么啦?告诉妈妈,好吗?”

她抽抽搭搭地说:“今天放学,我叫F,他不理我,又叫L,也不理我!”

我的花朵儿,自尊心受到了伤害。

我安慰道:“花朵儿,他们可能没在意呢!你是不是有时候小朋友叫你,你也不应啊?”

她想了想:“乐乐有时候叫我,我也没答应。”

“是的呢,你心情不好的时候,也不想理人,对不对?不过,以后,别的小朋友叫你的时候,即使心情不好,也要答应,否则他们心里多难受啊!”

一场风波就这样平息。

hoot 说,第二天,见着 F 和 L,花朵儿仍然大叫那两个小朋友的名字,就像什么事情没有发生一样……

二、多少

hoot 想讨好花朵儿:"花朵儿,你洗完澡,爸爸让你看 15 分钟电视,妈妈可只让你看 10 分钟哟,花朵儿,你说,15 分钟多,还是 10 分钟多?"

花朵儿冷静地答:"100 分钟多!"

三、道理

花朵儿有些闹肚子,一天下来,空空如也。晚上,花朵儿睡觉到一半,我给她喝了些白粥,hoot 怜惜地说:"花朵儿喝完粥,爸爸给你颗巧克力吧!"

我正欲制止 hoot,花朵儿接道:"我早上吃过啦!晚上也不能吃巧克力呀,吃多糖,牙齿会生病的!唉,爸爸上大学了都不知道!"

我搂住花朵儿狂乐。

花朵儿继续教训爸爸:"也不能多吃零食,只能吃一点点。我上幼儿园都知道呢!"

四、爱

花朵儿听《海的女儿》,里面说到小美人鱼爱上了王子。

花朵儿不解:"为什么小美人鱼会爱上王子,她是他的妈妈么?"

"当然不是。"我正在想措辞,怎么解释爱情这种负责的感情。

hoot 直截了当接过话题:"妈妈就很爱爸爸,但她也不是爸爸的妈妈呀?妈妈,你说对吗?"hoot 得意地向我眨巴着眼睛。

花朵儿果然没有穷追不舍:"那小美人鱼为什么会爱王子呢?"

标准的答案是王子很英俊，但显然不符合爱情需要心灵契合的真义，不过时间紧迫，hoot 只好按照安徒生的逻辑："因为王子很英俊！"

花朵儿对此倒没什么疑问，因为她爱人的理由本来也多，英俊即为一种。

王子公主的童话太多了，相信以后我们还会和这个问题多次相遇。

小女孩的公主梦就是这样一点点编织起来的吧……

30. 关于吃饭【2009－09－27】

一、关于吃饭

在洛洛家吃螃蟹大餐。

洛洛妈妈拿着碗，送到正在玩耍火车的洛洛嘴边。而我宁愿让花朵儿认为吃饭不是一件愉快的事情，也要她遵循在饭桌前吃饭且必须自己吃的规则。

规则发生了冲突。花朵儿疑惑地看着洛洛妈妈："她为什么离开了饭桌？"

洛洛妈妈急中生智："我走来走去是想让饭菜凉得快一点！"

花朵儿立即推开了我递过去的碗："我的饭菜也很烫！需要凉一下！"然后，欢快地加入了洛洛的火车之旅。

二、角度

花朵儿总是有那么多让人挠头的"为什么"。

她唱"我在马路边捡到一分钱"，突然会问："为什么马路上会有一分钱？是前面的叔叔掉的吗？"转眼看见路边的警察，马上冒出泡泡："为什么歌里有警察，这条街上没有警察？那条街上有警察？"

31. 阅兵式【2009－10－03】

花朵儿回武汉，正是江南好时光，且与心心姐姐朝夕相处，不亦乐乎。

一、痴迷

我们从校园体育馆走过，碰上大学生在上华尔兹课。一群美少女姿态曼妙，在舞乐中翩然而动。

花朵儿先是注意到老师手臂上的止痛贴："老师胳膊上是什么呀？她摔跤了吗？"心里顿时觉得宽慰："老师这么大了还摔跤啊？"（难怪我也成天摔个不停了）

接着花朵儿就沉浸到美少女的舞姿中去，不肯稍离，其间最多因为老师讲解的间隙问我："为什么没有了音乐啊？"

这样一直过了半个多小时，音乐声停，美少女们开始陆续步出教室。我们催她离去，花朵儿仍依依不舍："姐姐们还没走完呢……"

二、阅兵式

花朵儿似乎对国庆盛大的阅兵式并不感兴趣。

只是，当导弹部队通过广场，我们指指点点："喔，导弹部队来了！"

花朵儿突然抗议道："这是不捣蛋部队！解放军怎么会捣蛋呢？你们说错啦！"

三、会意

晚上，在校园里散步。

前面有车经过，我下意识地伸手要抱花朵儿。车却在前面的路口拐弯了。

还没等我收回手，花朵儿立即扑向我："妈妈，你刚才伸手，是要抱我的意思吗？"

自此不依不饶，终于得偿所愿。她得意地："妈妈，你可不能骗我呀！"

32. 代沟【2009－10－06】

一、代沟

花朵儿最喜欢心心姐姐，总是跟在比她大整整十岁的心心后面，娇声娇气地："姐姐啊——姐姐！"然后，抱着已经身高163cm的姐姐双腿作百般依恋状。

心心姐姐决心教花朵儿下围棋，她很耐心地讲解什么是"气"，几颗棋子几口气。花朵儿哪里能明白这么复杂的事情，开始还作势认真听讲，回答问题时可就露马脚了，答非所问，严重挫败了心心老师的热情。

晚上散步时，心心对于这十岁的鸿沟耿耿于怀，很认真地向我建议："小姨，你要让花朵儿早点生孩子，否则，我和花朵儿的孩子就更没法在一起玩啦！"

二、喜欢与爱

早上起来，花朵儿向刚到武汉的hoot示好："我最喜欢爸爸了！"

我开始表示抗议："那妈妈呢？"

花朵儿避开话题："妈妈，我们一起起床吧！"

我叹了一口气："花朵儿不喜欢我，我可没有力气起来！"

花朵儿一下子扑到我的怀里："我最爱妈妈，也最喜欢妈妈了！"

三、小熊妈妈

花朵儿打电话回北京，想起了自己的孩子："我要和我的孩子小熊讲话！"

过了一会儿，她对着电话说："小熊是不是想妈妈了？我后天，后天的后天，后天后天的后天就回去啦！你在家里一定要听话喔！"

四、医生

大姨是医生。

不过，对于花朵儿而言，大姨主要的任务是给她洗澡。

于是，花朵儿问从医院值班回来的大姨："大姨，你在医院给小宝宝洗完澡了吗？"

33. 能言【2009－10－14】

一、善辩

许是昨夜没吃饱的缘故，一大早，我就发现花朵儿在梦乡很享受地吃着大拇指。

我一把拉出她的手。花朵儿自知理亏，讨好地笑道："妈妈，我在上课呢？"

"什么？"我以为她在说自己的梦。

"嗯，我给自己上课——如何吃手！"

二、听外公的话

外婆阻止花朵儿继续吃零食，外公心有不忍，仍然塞给花朵儿几块糕点。

花朵儿顿时理直气壮，抱紧外公，向外婆示威道："我最爱外公了，我要听外公的话！"

三、鼻炎

花朵儿打了一个大喷嚏，外婆紧张地看了看花朵儿的脸。

花朵儿满不在乎地说出了两个字："鼻炎！"

四、比喻

花朵儿拉臭臭时放了一个屁。hoot 趁势嘲笑了她。

花朵儿连忙申明："不是小屁股放屁，它只是打了一个喷嚏！"

五、环湖游

一家三口去武汉东湖游玩。

十一长假刚刚结束，天气刚好有些阴，湖面是悒悒的灰蓝色。但游人甚少，我们在大门口租了一辆三人自行车，作环湖游。

我们穿梭在湖边的树林、湖心的小路和莲花池旁，花朵儿在车后快乐歌唱……

这个时候，天气的好坏一点不影响人的心情。

六、作别武汉

十几天的武汉之行就要结束，这能给花朵儿留下记忆吗？

回程的飞机上居然不提供晚餐，只有几块面包和饼干，我和 hoot 相当不满，只有花朵儿欢呼雀跃："今天晚上不用吃饭，只吃零食，对吗？"

34. 生死【2009－10－20】

一、赞叹

花朵儿从爱幼园回来，奶奶问今天吃饭怎么样？

花朵儿王顾左右，奶奶再问："是不是又是最后一名呀？"

花朵儿兴高采烈地赞叹道："奶奶，你答对啦！"

二、奖励

花朵儿从爱幼园回来，眉心贴了一个红色笑脸。我们问："花朵儿是不是得到老师奖励了？"

花朵儿叙述道："吃饭时，乐乐和我讲话，我说，吃饭时要坐好、不能讲话，老师表扬了我，还给我和乐乐一人一张小贴画。然后，我们就开始讲话啦！老师批评我们说话不算数……"

三、反诘

花朵儿很想吃零食，我警告她："花朵儿，今天没吃完饭之前，你甭想吃零食！"

花朵儿反问："我最后一个吃完呢？"(通常我们说，最后一个吃完属于表现不好，得不到零食的奖励)

hoot 幸灾乐祸地看着我："嘿嘿，以后说话要小心哟！"

四、生死

最近，花朵儿总是问我死亡的问题："妈妈，你会死吗？奶奶会死吗？我会死吗？"

我说，每个人都会长大、变老和死亡。

前天，花朵儿突然对我说："妈妈，如果你要死了，我就把你放到水里，给你洗脸洗澡，你就不会死了，这是我想的办法。"

昨晚，看来花朵儿对自己的办法也没有什么信心，在床上入睡前，眼里噙着泪水反反复复地问我："妈妈，你会死吗？"

我安慰她："有了花朵儿，我会努力活着，多陪花朵儿一段时间！"

她很担心："你怎么能做到？"

我说："好好吃饭、锻炼身体！"

花朵儿呢喃着坠入梦乡。我凝视着她长长的睫毛映衬的安详睡容，愈发眷恋红尘……

35. 比喻【2009－10－22】

一、比喻

晚上临睡前，我准备给花朵儿泡脚。

花朵儿兴奋莫名："就像叔叔婶婶那样吗？"

叔叔婶婶怎么啦？

花朵儿答："昨天晚上，叔叔婶婶在一起泡脚，他们的脚在水里游来游去！我也要像他们那样，我的脚要在水里游来游去！"

二、判断

早上，我和花朵儿起床，在楼下转了一圈上楼。

花朵儿蹦蹦跳跳地踏着楼梯："我们俩都起来了，爸爸还赖在床上，这就是懒惰，对吗？"

三、生死

晚上回到家，花朵儿对我说："妈妈，昨晚我梦见你死了！"奶奶在一旁补充道，唉，这个话题都说了一天了！

我说那是什么情形啊？花朵儿却说不上来，问："那什么是死啊？"

我说死亡就是没有感觉，不能言语，也不能看见光明和家人。说着说着，花朵儿的眼睛开始湿润，声音开始哽咽。我连忙重申要好好吃饭、锻炼身体、多陪花朵儿的决心。

花朵儿说："陪我长大吗？"我说是。"陪我吃饭吗？"我说是。"陪我一起做饭吗？"我说是……

花朵儿把头埋进我的怀里："妈妈，我真不想让你死！"

36. 抉择【2009－10－29】

一、笑话

花朵儿向我描述了一件幼儿园里发生的故事：

老师要我们排队，说女生这边，男生这边。刘××站到了女生队里，老师问，刘××，你是站着尿尿还是蹲着尿尿的？站着的，就在这边，蹲着的，就在那边。突然，李××跳出来说："不准随便尿尿！"

哈哈，真是笑死我了！花朵儿好不容易讲到了故事的结尾，已经笑得上气不接下气了。

花朵儿笑弯腰的样子真是可爱极了……

二、编舞

花朵儿忽然有了创造的想法，和我一起编了一段小歌舞，我取名为

《小袋鼠跳跳》!

花朵儿双脚跳,唱:“小袋鼠,跳跳跳! 小袋鼠,找妈妈!”

我在一旁张开手,夸张地唱:“妈妈在哪里呀,在哪里?”

花朵儿欣喜地指着我:“呀,妈妈在这里,在这里!”就势扑进我怀里。

我抱着她,边唱边跳:“妈妈带着小袋鼠,跳跳,跳跳!”

半小时内,我们都在一起跳舞,反反复复,乐此不疲!

三、抉择

最近,一直在各个城市间飞来飞去。花朵儿有些失落,我总是答应每出差一地都给她带小礼物。

有天晚上,花朵儿忽然对我说:“妈妈,我还是不要礼物了,我的礼物太多了,你就不要出差了吧! 我不需要那么多东西。”

花朵儿的话真是让我汗颜……

37. 谁能懂我【2009－11－13】

一、谁能懂我

花朵儿最近看了很多英语卡通片,所以嘴里总是叽里咕噜地不知在说些什么。

晚上上楼睡觉前,她和爷爷奶奶说 goodbye,又擅自叽哩呱啦的加了几个词,惹得我们都笑了!

花朵儿得意地说:“嗯,爷爷奶奶听不懂英文呢!”

我和 hoot 忍住笑:“爸爸妈妈可是懂英文的,怎么也听不懂呢? 你说的是朵朵语吧?”

花朵儿无语低头,哀怨地看着怀里的小熊:“唉,只有小熊懂我……”

二、戏剧场面

睡觉前,花朵儿问我:“是不是宝宝都要睡在大人们的中间?”

我不明所以,点头称是。

花朵儿说:“那今晚就让爸爸睡我们中间吧!他变成小宝宝啦!”她越想越得意:“你本来就是大人,我本来是小孩,这样就变成大人啦!”她叠加着双手:“你看,我的手是不是变大了一倍?”

“就这样定了吧!”一副美得不行的样子。

半夜里醒来,花朵儿发现横在中间的 hoot,大叫:“爸爸走开!走开!”

hoot 满是恼火:“这不是你说要这样的吗?”

花朵儿哭诉道:“妈妈来!妈妈来!明天再这样吧!”

满腹怨气的 hoot 就这样被赶走了……

38. 与女之交锋【2009-11-16】

一、父与女之恭维

花朵儿对 hoot 赞道:“爸爸,你怎么这么帅呢,就像电视里的人一样!”

如果当时 hoot 不是正躺在花朵儿身边陪她入睡的话,估计会当场绝倒。他事后得意洋洋地说:“别人这么说,我还真不敢相信,但花朵儿都这么说,可见真是童言无忌啊!”

二、父与女之交锋

入睡前，花朵儿苦口婆心地相劝 hoot："爸爸，你还是走吧，我要妈妈陪！"

hoot 自尊心受到了伤害："花朵儿，你为什么不要爸爸陪？你说，你喜欢爸爸还是喜欢妈妈？"

花朵儿真是老实："喜欢妈妈！"

hoot 开始耍蛮："你不喜欢我，我就不走！"

花朵儿只好答："喜欢爸爸……"

hoot 变本加厉："你喜欢爸爸，为什么不让爸爸陪！"

唉，hoot 为了讨得心肝女儿的爱，痴情近乎于无赖啦。

三、成语

花朵儿和乐乐打完电话，兴高采烈地对奶奶说："乐乐要到我们家玩！"

奶奶奇道："我怎么没听见？"

花朵儿撇撇小嘴："你正在专心致志地给爷爷打毛衣，哪里听得见？"

四、替代方案

MN 阿姨周末来访。

我和花朵儿商量："MN 阿姨远到为客，我晚上陪她去看电影，你乖乖和爸爸在家好吗？"

花朵儿立即表示否决："不行，我要和妈妈在一起！"

我温言软语相劝半天，花朵儿仍坚决不允，最后提出了替代方案："那，让爸爸陪 MN 阿姨去看电影吧！"

我说:“这样不太好吧,MN阿姨是妈妈的朋友,又不是爸爸的朋友!”

花朵儿拽着hoot的衣衫,万分诚恳地说:“爸爸,你为什么不把MN阿姨变成自己的朋友呢!”

五、金口

花朵儿指着我对叔叔讲:“你看,你的姐姐多漂亮呀!”过了一会儿,又指着hoot对叔叔讲:“你看,你的哥哥多么帅呀!”

叔叔满是郁闷:“那我呢?”

花朵儿摇头不语。

叔叔百般讨好花朵儿,花朵儿依然高深莫名地摇摇头。直到第二天早上,叔叔与花朵儿玩了半天“举高高”,花朵儿才稍稍松口:“叔叔,我觉得你现在还比较帅!”

六、得意

周日叔叔在家,花朵儿第一次不是最后一个吃完早餐,她神气活现、挺着小肚子对叔叔说:“你最后一个吃完饭,今天一天都不许吃零食!知道了吗?”

39. 快乐与孤独【2009－11－30】

一、快乐与孤独

花朵儿对我说:“爷爷是快乐的!因为他有老人陪(奶奶)!”

我察觉出那一丝言下之意:“花朵儿应该也是快乐的呀,你有两个老人陪呢!”

花朵儿悒悒地摇了摇头:“不,我不快乐,我是孤独的,我没有小孩子陪!”

二、弟弟妹妹

花朵儿向我抱怨:“叔叔婶婶怎么还不要小孩呢?他们是不是太忙了?”

我问:“你想要弟弟还是妹妹?”

花朵儿扬起小脑袋憧憬道:“我要一个小弟弟,一个小妹妹!我一手牵一个带他们上爱幼园!”

她显然被自己的构想迷住了,过一会儿就向全家人宣布:“我有两个妹妹了:一个是乐乐,一个还没有出生!”

三、小孩与大人

hoot 叫花朵儿吃午饭,花朵儿手里举着玩具手机,嗯嗯有声,回头对 hoot 很不屑地说:“小孩子在打电话,大人不要插嘴!”

四、大懒虫

周六的早晨,我和花朵儿早早起来了,在楼下兜了一圈。

花朵儿上楼去叫 hoot:“大懒虫,起来啦!”

hoot 脸上顿时有些挂不住:“花朵儿,不许这么叫爸爸!”

花朵儿理直气壮地和 hoot 辩道:“我每天早早的上学了,你还在睡觉,那还不是懒么?”

hoot 总是早上送完花朵儿,回来就睡个回笼觉,可花朵儿是怎么知道的呢?轻轻松松就抓住了 hoot 的小辫子。

嗯,真是不能小看她呢!

40. 忘恩负义【2009－12－07】

一、忘恩负义

hoot给花朵儿讲《东郭先生》。花朵儿问："什么是忘恩负义？"

hoot答："喏，就是东郭先生救了狼，狼却要吃掉他。"

讲完故事，花朵儿很自然地说："好了，你去工作吧，让妈妈来陪我！"

hoot大怒："花朵儿，你为什么不要我，你这就是忘恩负义。"

花朵儿不解："你没有救我呀？"hoot很是委屈："可是我辛辛苦苦给你念故事了啊？"

花朵儿很不承他的情："可这是妈妈让你念的呀！"

二、推理

花朵儿经常揉鼻子，我警告她："不许再揉鼻子了，否则像你爸爸那样得了鼻炎，那可难受了！"

近来，花朵儿感冒咳嗽缠绵了半月多了。看了几次医生，都说是感冒引发的过敏性咳嗽，最近的一次，医生诊断为过敏性鼻炎，而且说可能是从hoot那儿遗传而来。

出了医院，花朵儿非常生气地质问hoot："爸爸，你小时候为什么总是揉鼻子，你看看，现在害得我也得了鼻炎！"

三、谦虚

我陪着花朵儿看加菲猫。

花朵儿不停地问为什么，我逐渐失去了耐性："花朵儿，你自己看嘛，不要总是问妈妈！"

花朵儿有些委屈，却是一副好耐心地解释："妈妈，我还小，他们有些话，我听不懂！"

唉，这么浅显的道理……

四、巧克力天空

冬日下午，午睡起来，我给花朵儿念故事，

念了一个又一个故事后，当我们从故事书中抬起头，不知不觉天色已黑。

我微微叹了一口气，一天的光阴，又溜走了。

刚刚从故事中走出的花朵儿，开始左顾右盼，突然发现了窗外的天空，兴奋地叫嚷起来："妈妈，快看，天空变成巧克力啦！"

41. 职责所在【2009－12－15】

一、职责

周末，叔叔的心情突然不佳，一脸苦瓜样。婶婶催促花朵儿："花朵儿，你去哄哄叔叔吧，让他高兴些。"

花朵儿扭头望了望无精打采倚在沙发上的叔叔，撅着小嘴答道："我才不去呢！孩子不高兴了，应该妈妈哄才是，怎么能让孩子的孩子哄呢！"

花朵儿很不理解地质问坐在一边无动于衷的奶奶："奶奶，你的孩子不高兴了呢！怎么你不去哄哄？"

二、担心

我和花朵儿商量："花朵儿，想不想学画画？"

花朵儿沉吟片刻:“好吧,可老师会不会老是批评我呀?”

当然不会啦,我向她保证,因为我们会陪着她一起去。

联想起花朵儿每次都很害怕上的舞蹈课,想必老师一定是凶的,因为花朵儿有好几次都委屈地说:“妈妈,为什么每次我都学不会呢,我不去上舞蹈课了吧!”

老师在我们面前却是另外一副面孔,昨天花朵儿看病晚去了学校,老师满面春风地迎接花朵儿:“花朵儿上学简直太好了,她不来,我们都没法排练了。”原来花朵儿在班上,还是一个角呢。可她仍然不喜欢跳舞。

老师的态度是多么重要啊!

三、不解

我给花朵儿读海底世界的科普读物。

花朵儿很不解:“为什么动物是我们最好的朋友呢?我最好的朋友明明是乐乐嘛!”

四、深奥问题

花朵儿最近的提问越发深奥,直击人之为人的本质:“妈妈,人为什么会说话呢?人为什么会走路呢?”

42. 会飞的太阳【2009-12-20】

一、会飞的太阳

周日,我们开车去亲戚家。

车行数里,冬日的太阳不停地变幻着方位,沉默许久的花朵儿突然指着天空:“妈妈,看!会飞的太阳!”

这就是传说中的诗人吗……(得意的妈妈)

二、网络的权威

儿研所的医生给花朵儿开了三五种药治疗花朵儿的过敏性鼻炎,花朵儿最难以忍受的就是直接插入鼻子的喷雾剂,每天两次的给药极其困难。

周日的早晨,在我们让她服药之前,花朵儿跑到 hoot 的电脑前,煞有其事地敲击半天。然后,向我们宣布:“我刚才上网查了一下,那个喷鼻子的药,对鼻炎一点好处都没有,而且还会伤害肺。”

嗯,这些术语不是我的杜撰,都是她的原话。

三、Good night

花朵儿很得意地问奶奶:“奶奶,你会英文吗?”

奶奶逗她:“我不会呢,我又没上过大学!”

花朵儿很好心地说:“那也不要紧啊,你可以学着说 good night,这个比较好学!”然后,扭头问我:“妈妈,为什么我没上过大学,也会说英文呢?”一副索要表扬的样子。

四、萱萱阿姨

花朵儿极喜欢萱萱阿姨。

她和我讨论死亡问题:“妈妈,你会死吗?”我说,当然。以前她会很伤心,这两天居然说:“嗯,你死了,我还有萱萱阿姨。”

我有些郁闷,尚未接话,hoot 在一旁忍不住了:“就是你惯的,以后不许说什么死呀活的!”

哪里能控制生离死别?好好把握住每一天吧!

今天早上,hoot 看着花朵儿安宁的睡姿,满怀希望的憧憬道:“你说,我们再要一个孩子的话,是不是会另有一番可爱?”

这是一个永不能实现的梦想吧!

43. 小秘密【2009－12－28】

一、小秘密

花朵儿悄悄地在我耳边说:“妈妈,我告诉你一个小秘密。”

我低头望着她天真无邪的笑脸:“好啊,我的宝贝!”

花朵儿续道:“昨天,我在幼儿园的楼梯上,摔倒了,张××把我扶了起来,他真好啊! 我爱上他啦!”

我惊道:“真的吗?”

花朵儿很甜蜜自豪地说:“他还长得很帅呢!”

二、安慰

花朵儿叙述幼儿园里发生的事情。

乐乐因病有一周没上幼儿园,刚上幼儿园,就放声大哭,花朵儿叙述道:“我就对她说,哭什么哭,又不是第一天上幼儿园!”

爷爷听了说道:“那你应该安慰她呀!”

花朵儿很老成地撇了撇嘴:“老师也是这么说的!”

三、爷爷的家

爷爷将花朵儿抱在膝头拉家常。

爷爷问:“花朵儿,爷爷的家在哪儿?”

花朵儿奇怪地扭头看了一眼爷爷,质问道:“你是谁?”

爷爷很奇怪:“我是你爷爷呀!”

花朵儿很有逻辑地答道："你是我爷爷呀？你是我爷爷，这里是我的家，也就是你的家呀！你干嘛还问我家在哪里？难道你连自己的家在哪儿都不记得了吗？"

四、陌生人

花朵儿又不好好吃饭，爷爷百劝无果，语气开始带有威胁的意味："花朵儿，你再不好好吃饭……"

花朵儿见多不怪、一派镇定地接道："你是不是准备说，陌生人会将我抱走呀？"

五、男女大防

我带花朵儿去骆医生那儿看病。

花朵儿饶有兴致地在门诊室里问这儿问那儿，我顺着她的兴致："花朵儿，你长大想当医生吗？"花朵儿点头同意。

"那你就拜骆医生为师吧！"

花朵儿却果断地摇了摇头，说："不！"

当着骆医生的面，我觉着有些尴尬，继续问："为什么呢？"

花朵儿慢吞吞地答："他是男的，我是女的，怎么能拜他为师呢！"

一屋人大笑。

44. 每个孩子的脑袋里都有一个小叮当【2010－01－04】

一、每个孩子的脑袋里都有一个小叮当

奶奶坐在沙发上读报。

花朵儿坐在一边口中念念有词。

奶奶仍在读报，花朵儿突然歪着小脑袋娇嗔：“奶奶，书上的话你听到没有？”

奶奶奇道：“书上讲什么呢？”

“书上说，”花朵儿得意洋洋地拿着本中英保险词典，煞有其事地指着上面的字句：“小孩子犯了错误，大人不能批评，不能打，也不能关小黑屋！”

奶奶问：“为什么呢？”

花朵儿笑眯眯地答：“因为——每个孩子的脑袋里都有一个小叮当！”

二、梦境

书上讲，儿童一般在 4 至 5 岁会出现男女爱恋的敏感期，会特别喜欢某个异性。

花朵儿的这个敏感期似乎提前到来了。

入夜，花朵儿向我讲述愿望：“妈妈，星期一，我要和张××坐在一起。”

我说好啊！你喜欢他，是吗？

花朵儿说，是呀，他又帅又懂礼貌！

我问，那李××呢，你不是经常提到他么？

花朵儿不屑道：“我才不喜欢他呢，他说话很粗鲁。”（天知道，花朵儿是从哪儿知道这个词的）

早晨，我仍在梦中，被花朵儿从旁边探过来小手惊起。朦朦胧胧地，花朵儿带着一丝伤感的小脸落在了我的眼里。

我低声问起缘由。

花朵儿情绪低沉地叙道：“妈妈，昨晚，我做梦了，梦见张××正拉着别人的手，我很伤心……”

三、潜伏

乐乐爷爷过生日，花朵儿特别想去乐乐爷爷昌平的家。

奶奶将难题摆在了花朵儿面前："怎么办呢？乐乐没有邀请我们呢！"

"那我们可以自己去呀！"花朵儿坚持道。

"可是我们不知道她们家在哪里呀？"奶奶继续质疑。

花朵儿思索片刻："那这样吧，明天早晨，我们悄悄地躲在乐乐楼下，等她们一出现，我们就跟上去，不就行了吗？"

45. 亲爱的【2010－01－11】

一、亲爱的

北京大雪，花朵儿已经一周没去幼儿园了。周末，花朵儿问我："我什么时候可以去幼儿园呀？"

我说你想同学啦？

花朵儿满脸喜悦地说："我思念亲爱的张××啦！"

二、法律

知道什么是耳濡目染吗？

花朵儿在一个本子上密密麻麻画了很多小道，然后大声念出来："小孩子犯了错误，大人不能打，也不能关小黑屋！喏，这就是我写的法律！"

（附注：爸爸是教法律的老师。）

三、明理

晚饭后，我洗完碗，从厨房出来，正看见花朵儿倚在沙发土豆的

hoot 旁边，苦口婆心地劝导："爸爸，你的脾气不要那么大好吗？妈妈批评你，是为了你好呀！你要改正错误，那才对呀！"

46. 谁比谁帅【2010－01－13】

一、谁比谁帅

晚上，花朵儿突然表扬 hoot："爸爸，你真帅啊！"

hoot 顿时迷失了自己："真的吗？"

"不过，张××比你更帅呢！"花朵儿一下子又把 hoot 摔到了谷底。hoot 哪里能接受现在就冒出来的竞争者："他哪里比我帅啦？"

花朵儿用手比划着小脑袋："张××的头发那样子，就比你帅嘛！"

二、孩子的爸爸在哪里？

有一天，花朵儿很困惑地问我："妈妈，孩子的爸爸在哪儿呢？我的孩子还没有爸爸呢？"

我赶紧找出关于父亲母亲的科普读物，仔细读给她听，果然比我费尽脑筋想的理由通畅得多。

三、悬念

花朵儿对我说："今天，张老师让我打白老师！"

我当然吃了一惊："张老师怎么会这么教你？"

花朵儿好像等着我的反应："哈哈，是用雪打！打得我手冰凉冰凉的。"

四、逆反

花朵儿说："妈妈，告诉你一件幼儿园里发生的故事吧！"

我说什么事呢？

花朵儿说："老师要我们不讲话，我却讲话，老师让我讲话，我却很安静！"

我大吃一惊，赶紧问起缘由。

花朵儿疑惑地道："小朋友们都这样呀！"

花朵儿已经到了人生第一个逆反期了，我说了一番推己及人的道理。不知道这几天的花朵儿是否有了改观？

五、无所不能的张晶

可能是平时我和 hoot 总提起同事的缘故，花朵儿照葫芦画瓢地声称自己也有同事。我们自然问她，同事姓甚名谁呀？

花朵儿煞有其事地说："嗯，她的名字叫张晶(音)。"

随着时间的推移，张晶越来越神通广大，每次当我们说起她不太懂的事情时，她总是说："张晶也这么对我说过！她还经常出差呢！"

前几天，被我们关于同事有多大的问题缠绕住了，花朵儿很骄傲地宣布："张晶她四岁啦！她不是大人，但是她比大人、比你们所有人都懂得多呢！"

47. 理想和现实【2010－01－19】

一、同情

hoot 对奶奶说："八点半叫我起来吧，我要去学校！"

八点半，奶奶让花朵儿上楼叫醒 hoot。

花朵儿拍了拍熟睡的 hoot，睡眼蒙眬的 hoot 一看是宝贝女儿，翻身睡去："让我再睡一会儿吧！"

过了一会儿，奶奶见花朵儿一个人闷声不响下楼来，诧异道："咦，不是让你叫爸爸起床的吗？"

花朵儿长叹一口气："唉——让他再睡一会儿吧，我同情他！"

二、理论

hoot 见花朵儿在向鱼缸里投食，试图启发她的自主能力："花朵儿，你看！小鱼儿都自己吃饭，为什么你总是让爷爷奶奶喂饭呢？"

花朵儿撇了撇小嘴，很不屑地说："那是因为没有人喂它们，它们只能自己吃啦！"

哈！真是真理呀！

三、地震

海地地震，花朵儿看见报纸整版的图片报道，就问 hoot："什么是地震？"

hoot 费力解释半天，花朵儿听得似懂非懂。

晚上，hoot 不知为了什么夸奖花朵儿："我的花朵儿什么都懂，真棒！"

花朵儿不再像平日那样欢欣鼓舞："不，我并不是什么都懂，我连什么是地震都弄不懂！"

四、理想和现实

花朵儿很喜欢涂鸦，我自然高兴，hoot 在一边打击我："我们俩都没有什么艺术细胞，你就别指望花朵儿成为一个艺术家了。"

我不以为然："那是花朵儿自己的选择呀！"

hoot 就在那儿开始憧憬："嗯，花朵儿也不能学法律，在中国既痛苦，也没有什么前景，还是让她学医吧！治病救人，多崇高！"

我刚巧给花朵儿讲完贝贝熊系列的《熊王国里的工作》,顺势问花朵儿:“花朵儿你长大了想干什么呀?”

花朵儿沉思片刻:“嗯,我长大了,要当歌唱家、舞蹈家还有画家!”

我悄悄向 hoot 做了个鬼脸,真是女大不由人呢!

48. 抱抱别生气【2010-01-31】

一、屏蔽

让花朵儿吃饭真是一个难题。

我威胁花朵儿,如果不好好吃饭,就不能看“智慧树”(电视节目)。

说了几遍,花朵儿都沉浸在图画书里,完全没有回音。

正欲发怒,花朵儿突然抬起头,笑眯眯地说:“妈妈,说什么呢?我耳朵有问题,听不见!”

二、挑拨

花朵儿仍然拖着最后一个吃完饭。知道我不可能让看电视,她跑到 hoot 面前献媚,要开电视,hoot 坚定地说:“不行,我们得听妈妈的话!”

花朵儿腻声腻气道:“为什么要听妈妈的呢?难道不应该妈妈听你的吗?”

hoot 顿时心神激荡,眼睛往我这边瞟来。

我沉默地望望他。

显然,我们的统一战线经受着严峻考验。

三、抱抱别生气!

我默然地在桌边看小说,故意不理花朵儿。

不一会儿，花朵儿跑过来："妈妈，你笑一个吧！"

我冷哼一声，别转脸去。

花朵儿拿出惯用讨好的一招，做了个鬼脸。我有些不忍，坚持道："哼哼，反正你不能看电视！"

花朵儿伸出双手紧紧搂住我，好脾气地说："妈妈，我不看电视，来！抱抱别生气！"

四、主见

周末，我带花朵儿去学画画。

那还算不得一种真正的学习，一位年轻的男教师带着三五个学生，剪纸、捏陶泥或者用三原色随便地在水粉纸上涂抹出各种色彩！

这很符合我快乐教育的理念，花朵儿也是乐此不疲。

小伙子难得有一副好耐心，懂得启发式教学。

这一次，捏完泥人后，小伙子让小孩子们在水粉纸上用彩笔作画，画出刚刚做好的泥人。

花朵儿随性涂鸦，小伙子走到花朵儿的身边，问："花朵儿，你画的是什么呀？"

花朵儿指着一堆乱七八糟的线条，说自己在画怪兽。

小伙子兴致勃勃地说："那老师给你画一个很恐怖的怪兽好吗？"他在纸上画了一个圆，又画了两只铜铃般大小的眼睛，得意地问："恐怖吗？"

花朵儿摇了摇头："一点儿也不恐怖！"

小伙子又画了一张血盆大口："恐怖吧？"

花朵儿继续摇头："不恐怖，真可笑！"

小伙子又在嘴里画了几颗尖利的牙齿："这回恐怖了吧？"

花朵儿仍然坚持自己的观点："还是很可笑！"

小伙子终于放弃了，尴尬地安慰我："没事，慢慢来！"然后逡巡到别的孩子身后。

我喜滋滋地拍了拍花朵儿的小脑袋：也许花朵儿不是一个画画的天才，却有自己的主见。

49. 慈悲【2010－02－12】

一、慈悲

厨房里飘来红烧鸡的香味。

花朵儿叫着跑过来扑进我的怀里，我摸着她的头问："花朵儿怎么啦？"

花朵儿万般委屈地道："妈妈，你别让爷爷烧鸡了！"

我连忙问究竟。花朵儿说："小鸡这么可爱，怎么能吃呢？"

我安慰她道，爷爷买回来的时候，小鸡已经死了。

花朵儿顿时泪流满面，哽咽地说道："那你去和市场里卖鸡的人说，小公鸡小母鸡长这么大，多不容易呀，不要杀死它们，就让它们待在那里好吗？"

她接着反思道："唉，可是我也很喜欢吃鸡蛋呀！这样也不好！"

我生怕她自此连鸡蛋也不吃，赶忙向她解释，并不是所有鸡蛋都能孵出小鸡，所以吃鸡蛋没问题。

她这才稍稍释怀。

二、焰火

我们住的六楼，正对着一个小区的门口，所以，年年过年可以从窗口看焰火，既温暖，看得还真切。

腊月二十九,就已经有人抬着大箱小箱,开始放焰火。

花朵儿趴着窗台边,看得如痴如醉,哇噻之声不绝于耳。

楼下的焰火终于停顿下来,她意犹未尽地感叹道:“美丽的天空,漂亮的焰火,一点一声升起来……”

三、喊山

花朵儿站在窗边,小脸紧贴着玻璃,对着远处山的轮廓大喊:“大山!过年啦!你怎么还不回家,你看,汽车们都回家了,你妈妈等着你呢!”

不一会儿,远处雾气升起,花朵儿笑嘻嘻回过头:“妈妈,你看,大山被我喊回家了,只剩下一座山了。”

言毕,花朵儿扭头耐心地继续她的喊山之旅。

四、势利“小人”

我带回一箱干果,花朵儿埋头找了一会儿,拎出一袋开心果,欣喜地说:“妈妈,这是给我的吗?祝你新年快乐!”

五、威胁

最近,每当奶奶让她不如意时,花朵儿就发出威胁:“我不让你带婶婶的孩子!”后来想想婶婶的孩子尚未出世,威胁不够强大,发狠道:“也不让你带我和我的孩子!”

50. 西游记【2010－02－19】

一、西游记

最近,花朵儿特别迷新版西游记。

新版西游记剧情颇具人性，糅合了佛家的哲理，虽没有六小龄童神似的美猴王，但胜在剧情，赢得了全家人的喜爱，每晚三集连放的时间，更像是家庭盛会。

我让花朵儿在电影喜羊羊和西游记之间作选择，她毫不犹豫地选择了后者。

花朵儿最喜欢的是孙悟空，当如来佛将齐天大圣压在五行山下，花朵儿怒叱起来："如来佛太坏啦！"接着便问："这如来佛是男是女？为什么要把孙悟空压在五行山下？"

一下子问及佛祖的原身。

我稍加解释，就把重点引到了孙悟空大闹天宫的原因上。

早晨，我喊醒花朵儿，让她自己穿衣。

花朵儿撅起小嘴："我又不是孙悟空，哪里来的这么大本事？"

二、安静的夜晚

晚上，看完西游记，花朵儿仍兴奋地不肯入睡。

我怒目圆睁，正欲说教，她突然伸出小指头放在嘴唇上："嘘——妈妈，我想度过一个安静的夜晚，可以吗？"

三、劝慰

花朵儿想上楼睡觉，我劝她道："你上楼和爸爸妈妈在一起，谁来陪奶奶呢？奶奶一个人多孤单啊！"

花朵儿好言好语地劝慰奶奶道："奶奶，你心里要对自己说，我和自己在一起！明天又是快乐的一天了！"

四、管教

最近，hoot 痛苦得不得了，因为被花朵儿的紧箍咒念得头疼。

吃完饭,hoot 躺在沙发上读报,花朵儿就开始念:"爸爸,不许吃完饭就躺在那儿,你要活动活动!"

我让 hoot 去洗碗,hoot 一动不动,花朵儿接着念:"爸爸,你什么活儿都不干,洗碗去!"

hoot 正欲发火,花朵儿仍然不给面子:"爸爸,你脾气要好一点! 温柔一些,好吗?"

怎么办呢,齐天的 hoot 碰上宝贝花朵儿是一点儿折也没有,尽管口头上抱怨:"花朵儿,你不许管爸爸!"可是,步子装装样子也是要散的,还破天荒地洗了一次碗,至于火气嘛! 自然也是烧不起来的啦!

51. 逻辑【2010－03－02】

一、逻辑

去超市的路上,花朵儿信誓旦旦地说:"怎么能不好好吃饭呢,不吃饭,就没有能量,就长不高啦!"

奶奶看不过去,讽刺道:"你就一张小嘴说得好听!"

花朵儿更加理直气壮:"那当然啦! 谁还能有两张嘴呀!"

二、自知之明

客人来访,花朵儿应对自如,客人夸赞道:"花朵儿真棒呀!"

花朵儿一点儿也不自傲:"唉! 我什么都好,就是吃饭不太好!"斜着眼过来看我:"对吗? 妈妈!"

三、尊严

元宵节前夕,我们去拜访 hoot 的导师。

花朵儿高兴地祝酒，酒杯对向 hoot，我纠正她："花朵儿，你应该先敬年纪最大的人呀！在家里，你先敬谁呢？"

花朵儿听出里面的批评意味，温和地提醒我："妈妈，这个问题，我们回家再讨论，好吗？"

四、自信

花朵儿喜欢自编儿歌，比如说："妈妈送我上幼儿园，走到园门口，见着老师问声好……"

hoot 欣喜地说："花朵儿，你可要记下来，等妈妈下班回来，你唱给她听好吗？"

花朵儿满不在乎地说："不用，妈妈回来，我再创作给她听吧！"

52. 如果我是一只小小鸟【2010－03－08】

一、小鸟

花朵儿突然向我发问："妈妈，为什么我没有翅膀呢？为什么我不是小鸟呀！"

我正琢磨着怎样回答这个刁钻的小姑娘，她就开始往下发挥了："为什么你不是鸟妈妈，爸爸不是鸟爸爸，奶奶不是鸟奶奶……"

如果不是我忍不住的笑声及时打断她，她会将所有认识的亲人都冠之以"鸟"的称谓。

可是，她仍然没有完全停止，她悲愤地伸出双手对着天空："为什么，为什么，这是为什么呀！"

说完，转头对我嘻嘻一笑："孙悟空就是这么提问的，然后，神仙就出现了，对吗？"

趁着她的注意力又转移到了西游记上，我也暗暗嘘了一口气，是呀，只有神仙才能回答你这个鬼丫头的问题！

二、诡辩

我夹了一块排骨放到花朵儿的碗里："花朵儿，来吃块香喷喷的骨头！"

花朵儿嘟起小嘴："我又不是小狗，怎么吃骨头呢！"

我搬出 hoot："你看，你爸爸就喜欢吃骨头，难道他也是小狗？"

花朵儿撇撇小嘴："嗯，喜欢吃骨头，当然就是小狗咯！人怎么会吃骨头呢，人只吃骨头上的肉。"

三、劝慰

我们要去泡温泉，但爷爷选择留在家里。

花朵儿向爷爷晓之利害："爷爷，你一个人留在家里，渴了，谁给你倒水，饿了，谁给你做饭，一个人，多孤单呀，连个说话的人也没有，还是和我们一起去吧！"

四、想像

花朵儿从幼儿园回来，问她："今天好好吃饭了吗？"

她不那么理直气壮地说："晚饭是老师喂的。"

正要批评她，她头一抬，继续道："这是我表现好，老师奖励的，老师怎么不去喂别的小朋友呢？肯定是表现好的孩子，老师才喂饭！"

唉，这是什么歪逻辑呀！

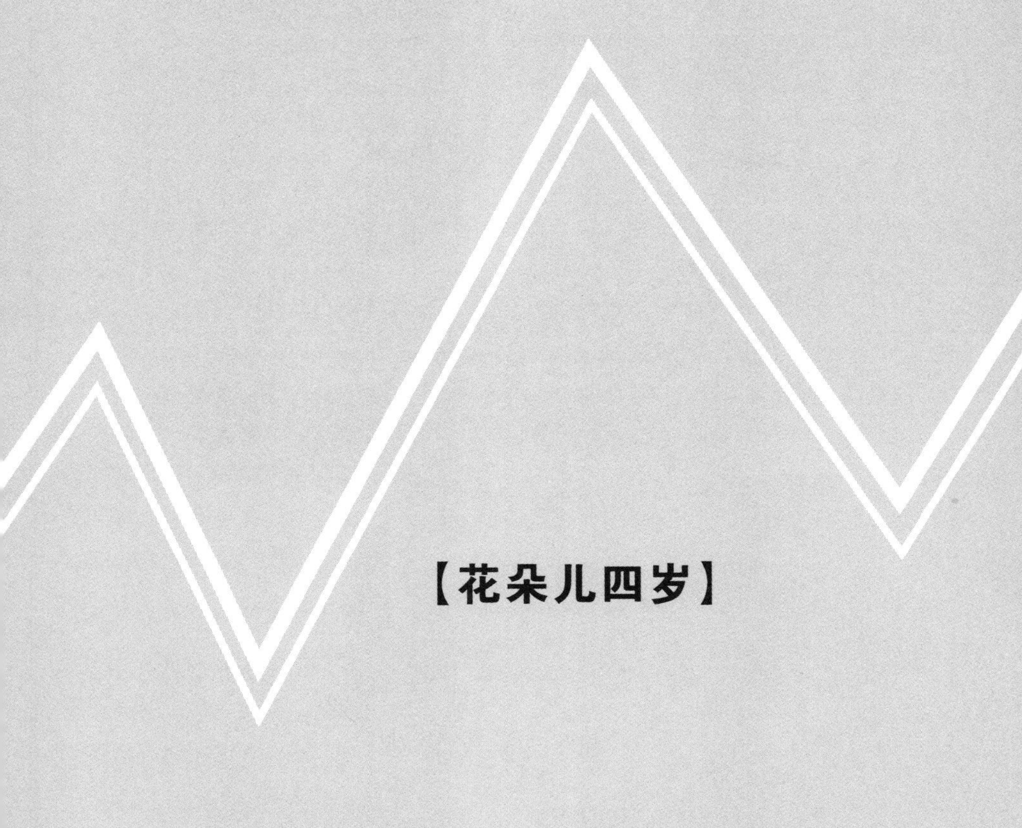

【花朵儿四岁】

1. 生日快乐【2010－03－13】

今天是花朵儿四岁生日。

一、随便

上午，花朵儿去上画画课。

老师让她给小鱼儿画上尾巴和鱼鳍，花朵儿坚持："不，我只想随便画些东西。"老师又给她另外一个选择："那你给这条鱼画些泡泡吧！"

花朵儿随手画了一个圈，没有封住，一条线翘了起来，老师作势启发她："花朵儿，这是泡泡吗？"

花朵儿已经咯咯笑了起来："当然不是，这是一个6，这条小鱼吐出来的不是泡泡，而是6，哈哈……"

二、威胁

爷爷总喜欢用警察叔叔来威胁花朵儿："花朵儿，你不好好吃饭，警察叔叔会来抓你呢。花朵儿，你再闹人，警察叔叔会把你关起来的……"

通常，警察叔叔是很灵验的一招。

中午,花朵儿不好好吃饭,爷爷又开始抬出警察叔叔。

这一次,花朵儿再不害怕,以其之矛攻其之盾:“哼哼,我要假装大哭,把警察叔叔招来,然后,我告诉他,爷爷总是假装你讲话,然后,警察叔叔就把你关起来了!”

这个假装国家机关工作人员招摇撞骗罪还定得挺准呢!

三、反击

下午,带花朵儿去参加生日 party,一路上,花朵儿不愿坐儿童座椅,hoot 批评花朵儿道:“花朵儿不许闹人,好好地坐在那儿。”

花朵儿反击道:“爸爸,你怎么还不去剃头呢?说了多少遍啦,看看你的头发!”

四、小鱼儿姐姐

花朵儿和三个小朋友玩得不亦乐乎,在吃饭的包间穿流不停。

临近结束,花朵儿从小鱼儿姐姐手里夺过喂食小鱼的青菜,害得比花朵儿高整整一头的小鱼儿大哭。

大人们劝慰小鱼儿:“你是姐姐,要让着妹妹!”

小鱼儿很是委屈:“为什么我是姐姐,我不做姐姐,我要做妹妹!”

花朵儿一副无辜的样子:“好吧,你就叫我姐姐吧!”

2. 我有自己的想法【2010-03-24】

一、我有自己的想法

上画画课,老师教小朋友在纸上粘泡沫图形玩。

花朵儿最喜欢这样的手工活。有一个小朋友将泡沫竖着粘在纸上,老师觉得这是一个很好的创意,推荐给大家。

我让花朵儿也学着搭立体图形,花朵儿摇摇头:“不,我有自己的想法!”此后,我一直试图劝服花朵儿,她都很坚决地以有自己想法表示不同意。

最后,当小朋友展示自己成果时,所有其他小朋友都是3D图形,只有花朵儿是平面的。

她反而成为最有特色的一个!

二、先见之明

周日,带花朵儿去泡温泉。

在戏水池里,我们正在掷水球,一对母子凑过来。我对花朵儿说:“快,把球丢给弟弟!”

那个母亲看了看花朵儿:“她是妹妹吧!”

我们当即比了大小,果然,男孩比花朵儿还小了半岁。

花朵儿冷眼看了看那位母亲,说:“你是不是心里在想,都四岁了,怎么看起来还这么小啊!是不是没好好吃饭啊……”

那个母亲的嘴不禁变成了O形,呐呐道:“这孩子,这孩子!”

三、告别语

这些天,为了让花朵儿有思想准备,一直告诉她,马上准备给她转幼儿园了。

她当然是百般不愿,但潜移默化里,她也慢慢接受了现实。

晚上,她拿出一张纸,在上面写了半天,然后举起来,自言自语道:“童学园,我就要离开了,再见,我的老朋友们,再见了,我会想念你们的!”

3. 同事张晶的悲惨遭遇【2010－04－01】

一、安慰

我们要搬新家了。花朵儿很是疑惑,问了好多次:“为什么爷爷奶奶不和我们一起住啊?”

这天,她又问起来:“妈妈,你给爷爷奶奶在新房里安排一个房间吧?”hoot在一旁说服她:“我们买房子的时候已经没有稍大的房子了,再大些的房子,我们买不起。”

过了一会儿,我听见花朵儿在厨房里用hoot的话安慰爷爷:“爷爷,爸爸妈妈买不起大房子,所以不能和你们住一起。”

推己及人,花朵儿能想着这一点,真是我未预料的。

二、同事张晶的悲惨遭遇

最近,花朵儿不再谈起同事张晶,却总提起另外一个人的名字。

我们问:“你的同事张晶怎么啦?”

花朵儿想都没想:“她死啦!”

我们大吃一惊:“她怎么死的?”

花朵儿说得有鼻子有眼睛的:“她被我另一个同事害死的,开始她眼睛红红的,然后发炎了,越来越重,就死了。害死她的同事也被警察抓起来了。”

逻辑严密,有因有果。可是,这样的故事我们从来没在她面前说过呀!

三、我是妈妈的猴头

我和hoot发生意见不一的时候,花朵儿毫无例外地站在我的一边,hoot一方面把希望寄托在每天送她上学的未来,另一方面也有忍无可忍的时刻。那时,他会怒火焚烧地诅咒花朵儿:“花朵儿,你真是妈妈的小狗腿子!”

花朵儿尽管属狗,也不排斥小狗,但也知道这不是一句好话,通常她会否认。不过,这一次,她反驳道:“不,我不是妈妈的狗腿子,我是妈妈的猴头!”

哈哈,这个百分之百的西游记迷。

4. 角色扮演【2010－04－05】

一、角色扮演

清晨,我从睡梦中被花朵儿的笑脸惊醒:“妈妈,快点张开你的翅膀,让我躲进你温暖的怀里!”彼时,我是与众不同的母鸡卡梅拉,花朵儿是勇敢坚毅的小母鸡卡门。

“妈妈、奶奶!来,让我们吃了唐僧吧!”彼时,我们都是神通广大的蜘蛛精,hoot则是手无缚鸡之力的僧人。我不愿做妖怪,要做如来佛,花朵儿说:“哪里来这么多如来佛,只有蜘蛛精才好多个!”

“猴头!回你的花朵山去吧!”彼时,hoot是惹人烦恼不让花朵儿碰电脑的孙悟空,花朵儿呢,尽管不知是何角色,却一定是被那猴头困扰的小神仙吧!

二、声东击西

花朵儿跪在地上仔细地清理蒙有灰尘的墙壁,hoot看了,心疼地说:“花朵儿,你这么能干,太辛苦啦!”

花朵儿将抹布往hoot面前一扔:“好吧,你来擦吧!”然后,欢天喜地地坐到hoot的电脑前,噼里啪啦打起了电脑。

hoot僵在当场,情绪实在有点转不过来弯。

这个小姑娘!真是让他欢喜让他愁啊!

三、明理

我和hoot为了某件事情争论了几句,花朵儿一声不响地听了一会儿,趁着我气哼哼去其他房间的当儿,批评hoot道:“这个时候,你就不能少说几句吗?”

四、慈悲心

我们搬新家啦!

爷爷打电话,邀花朵儿回家喝鸡汤。

花朵儿开始应允了,挂上电话,思想斗争了一会儿,又打电话回去劝爷爷:“爷爷,我们不要吃鸡好吗?小鸡多可怜啊!我给你两个选择,要不不买鸡,要不呢,你买只活鸡,我们回来养着,好吗?”

回爷爷家,爷爷已经做好了鸡汤,香味十足。

花朵儿一边吃着小鸡肚子里的小鸡蛋,一边内疚地问我:“妈妈,我吃了这个小鸡蛋以后,小鸡蛋还会变成小鸡吗?”

答案当然是否定的。过一会儿,花朵儿就说饱了,拒绝再吃奶奶夹过来的小鸡蛋。

5. 爸爸是教授还是怪兽?【2010-04-06】

一、教授还是怪兽?

清晨,我和花朵儿吃着早餐聊着天,hoot睡眼惺忪地跑过来坐在我们旁边。

花朵儿笑道:“爸爸为什么起来这么晚?”

我在一旁促狭道:“因为他是教授啊! 要熬夜看书,只能晚起咯!”

花朵儿歪起个小脑袋,拖长了声音,阴阳怪调地接道:“爸爸到底是教——授,还是怪——兽?”

二、hoot的身份

我在厨房里忙叨,就听见hoot大声说服花朵儿的声音:“我是老师啊,你当然应该听我的了!”

然后就听见花朵儿小声但执拗的答案:“你是大学老师啊,又不是我的老师,幼儿园里的G老师才是我的老师呢,我干嘛听你的呢?”

三、如来佛的师傅是谁?

花朵儿整理西游记的人物谱:“唐僧是孙悟空的师傅,南海观音是唐僧的师傅,如来佛是观音菩萨的师傅,爸爸,如来佛的师傅是谁?”

我说:“如来佛没有师傅,如来佛是天才,他是自己的师傅。”

花朵儿又问:“天才是什么?”

我费劲地解释道:“天才就是天生的智慧。”

花朵儿若有所思起来……

6. 新幼儿园与花房姑娘【2010-04-07】

清明节过后,我们送花朵儿去hoot所在学校的子弟幼儿园。一路上,花朵儿都哀哀地问:“我能不能不去呀! 我更喜欢童学园。”

一进教室,花朵儿眼泪如注,死死地抓住我的衣角,抱紧我不让我离开。

新幼儿园的老师很人性化，让我带着花朵儿熟悉一下环境，一个小男孩主动跑过来和花朵儿打招呼，我看着他和善的样子，连忙拜托道："今天是花朵儿第一天来这个幼儿园，你照顾她一些好吗？"

转了几分钟，我终于狠狠心，扔下了满脸哀怨和泪水的花朵儿。

中午12点，花朵儿的老师给我发来短信："您好，花朵儿已经睡觉了。今天上午情绪挺好的，中午吃了满满一碗饭，又喝了一碗汤，请您放心……"

下午下班后，我赶到hoot办公室的时候，花朵儿已经兴高采烈的了，举起一堆小红花向我炫耀。

hoot晚上还有课，我开车带花朵儿回家，我问她："幼儿园的老师好吗？"花朵儿答："嗯，像白雪公主一样。"我顿时又将心放下了一多半。

FM974台正放着崔健的《花房姑娘》，花朵儿赞道："这首歌好听！妈妈，再放一遍！"我有些忍俊不禁："花朵儿，你的品位真是独特呢！不过，这是收音机，妈妈可控制不住。"

花朵儿脑子又转到了别的地方："妈妈，今天那个小哥哥没有照顾我！"我想这也自然，不过，还是追问了一句："为什么呢？"花朵儿很酷地答道："是我不让他照顾，我可以自己照顾自己呀！干嘛要他来照顾我！"

晚上，我听花朵儿向爷爷叙述去幼儿园的过程，她对着电话里说："哭——，当然哭啦，这个时候，哪有小孩不哭的……"

只是临睡前，花朵儿又有些变卦了，吵着闹着不愿再去新幼儿园。

今天早晨，拗不过两个人的压力，花朵儿被我们押着往幼儿园走去。路上，花朵儿唱起了"花房姑娘"："我就要回到老地方，我就要走在老路上！"反反复复吟唱这两句话，后来更嘻嘻哈哈地将歌词改成："我就要回到老地方，我就要回到童学园，喔喔，童学园！"

后来，hoot 打来电话，说进幼儿园时，花朵儿尽管不是那么高兴，可也不再像昨天那么哭泣了。

化解这场紧张的竟然这样一首摇滚歌曲，肯定超出崔健同志的预料吧！

7. 豆浆鬼【2010－04－13】

一、新幼儿园

去新幼儿园的第一周，每天早晨都是一场战争，花朵儿从睡梦中醒来，听到幼儿园的名字开始泪雨滂沱，然后哼哼嗬嗬地洗漱，挣扎着被我们拉上车。

我们在幼儿园的马路对面停车，花朵儿哀哀地趴在 hoot 的肩头一路哭泣，被扛着送进幼儿园，老师说，这样的情况会至少持续两周。

我们一直通过各种方式劝慰着她。周日，我在桌边看书，花朵儿突然趴在我的肩头，咬紧了牙关对我说："妈妈，周一上幼儿园的时候，我努力不哭好吗？"

我的心漫过一阵暖流，把她揽在怀里："花朵儿真的真的很棒！"

周一的早晨，我将她从睡梦中摇醒，还没有说话，花朵儿便开始掩面哭泣，我紧紧搂着她，温言相劝了十几分钟，她才情绪平稳些，去幼儿园的路上已不再哭泣。下午，hoot 去幼儿园接她，老师说，花朵儿曾几次想劝服她带着去找爸爸，老师当然答不知道在哪里。花朵儿说："就在马路对面呀，很近的。"

今天晨起，花朵儿不再哭泣，高高兴兴地上学啦！

二、豆浆鬼

下午，我接花朵儿回家，在小区附近给她买现磨的豆浆。

花朵儿一气喝了一多半，一边拍拍小肚子，一边说："哈哈，妈妈，我喝得都快成豆浆鬼了？"

见我一脸疑惑，花朵儿解释道："酒喝多了是酒鬼，豆浆喝多了自然就是豆浆鬼咯！妈妈，酒鬼厉害还是豆浆鬼厉害？"

我笑得不行："当然是豆浆鬼厉害，因为豆浆有营养，喝多了长力气呀！"

三、花朵儿的诗

周五，去爷爷奶奶家的路上，花朵儿自编自唱道：

"有孩子的家庭多快乐，没孩子的家庭多孤单！呀呀呀，多孤单！"

唱毕，扭头问我："妈妈，为什么我这么快乐呢？你快乐吗？"

我看着她童言无忌的样子，顿时把所有的不快都抛在了一边："妈妈当然快乐了，你快乐所以我快乐！"

花朵儿嬉笑道："因为你快乐所以我更快乐，爸爸，因为我和妈妈快乐，所以你更快乐，对吗？"

欢声笑语满车厢。呵呵，如果花朵儿上小学、初中、高中，也能如此快乐，该多好！

四、为难

周末，带花朵儿去看爷爷奶奶，路上，我告诉她："今晚，爷爷奶奶给你烧了鱼！"

爱吃鱼的花朵儿很高兴："太好啦！妈妈，我们不是吃小鱼宝宝吧？它们多可怜啊！"在获得我的否定答复后，她又开始发愁："唉！可是，我们也不能吃小鱼的家长啊！"

8. 我要一直陪着你【2010－04－19】

一、决心

花朵儿看见抽屉里的口香糖,很克制地提问:“妈妈,是不是我长大就可以随便吃口香糖啦?”

“是啊!”我顺便发了几句感慨:“等你长到 18 岁了,想干啥,就干啥,不过,到那时候,妈妈也就老了!”

花朵儿听出我声音里的伤感,凝思片刻,狠下决心地对我说:“妈妈,我从现在开始,少吃点饭,没有营养,就长不大了,你也不会老了,好吗?”

在花朵儿的天真和挚爱面前,如何能不动容,我轻轻地吻了吻她如花的小脸:“时间就像流水,无法留住,妈妈的变老和你的长大,都是我们无法控制的……”

人生的许多无奈是花朵儿现在无法理解的,花朵儿却有了一份分忧的心,晶莹剔透,也许是成人世界无法企及的……

二、我要一直陪着你

晚上,花朵儿辗转难眠,我嗔怪她:“明天早晨要早起上学,你快些睡觉吧!”

花朵儿扭过头来,眼里闪着泪花:“妈妈,我长大不去外地上学,我工作以后也不出差,也不出国,我要一直陪着你!”

呀,我的花朵儿,我赶紧搂住她:“妈妈会经常陪着花朵儿的,别伤心了,好吗?”

花朵儿在我的抚慰下,沉沉睡去。

我却重新清醒起来,唉,多愁善感的花朵儿,将来不知会变成什么样子呢?

三、教授

我和 hoot 讨论高校评教授的问题。

花朵儿聆听良久,突然插话道:“我觉着还是不要生教授,还是生男孩比较好!”

我们愣了一会儿才反应过来,原来花朵儿把我们说的“升教授”理解成“生教授”了,想必在她看来,一个教授怎么也抵不上一个小弟弟来得可爱可亲呀!

9. 你们这些调皮的男孩子【2010-04-21】

hoot 天天送花朵儿上学放学,积累了深厚的感情,也留下了无数欢乐的点滴。

一、娘子

自从有了西游记,我们都戏称属猪的 hoot 为“猪八戒”,父女俩犯懒的时候,我就会叫“大懒猪八戒”和“小懒猪八戒”,花朵儿倒是对这个称谓没什么意见。她很有逻辑地指出:“妈妈,爸爸是猪八戒,那你就是高家庄的娘子咯!”

我断然拒绝花朵儿的角色分配,坚称自己是观音菩萨或者是孙悟空。

花朵儿一计不成,又生一计:“那我也不做小懒猪八戒了,我做爸爸的娘子吧!”hoot 当然很高兴,就差拂须微笑了(可惜又不是美髯翁)。

花朵儿作催泪欲滴状:“唉,我的老公就要西天取经了,我多么悲伤啊……”

hoot 顿时绝倒。

二、你们这些调皮的男孩子

hoot 向我炫耀:“你不知今天花朵儿有多可爱!”

我问其究竟。

原来放学的花朵儿看见 hoot 桌上的巧克力,就向他索取,hoot 赶紧剥开放入自己的嘴中。

花朵儿气急败坏:“讨厌、太讨厌啦!你们这些调皮的男孩子!”

三、中朵朵

hoot 去接花朵儿放学,碰上与花朵儿同名小朋友的父亲。

那个朵朵父亲一脸苦恼地向 hoot 诉道:“你们家花朵儿不知怎么说服我们家朵朵的,我们家的朵朵回家自称中朵朵,说你们家朵朵才是大朵朵!怎么劝也改不过来,关键是我们家朵朵比你们家朵朵还大一个月呢!”

10. 惊魂三十分【2010 - 05 - 03】

一、惊魂三十分

花朵儿生病了,早晨,我问她,是和爸爸待在家里还是去爷爷奶奶家。如果去爷爷奶奶家,就和我们一起走,如果和爸爸待在家里,就可以再睡一下,等 hoot 先送我去地铁站,回来后再起来。

花朵儿坚定地选择了留在家里。临走前,我问花朵儿,可否起床尿尿,花朵儿乖乖地摇摇头,我想想,又将西游记的小人书放在她枕边。

我和 hoot 出了门，将花朵儿反锁在家里。

半小时后，我约莫着 hoot 已回家，放心不下，打电话回去。果然，就听得 hoot 大惊失色地向我描述了花朵儿的惊魂三十分。

一切皆是花朵儿的描述，并有爷爷奶奶的旁证。

我们出门大约几分钟后，穿着睡袋的花朵儿内急不住，一泻千里。她不禁又急又怕，拖着睡袋，来到客厅，想给爷爷奶奶打电话，却紧张得忘记了号码。花朵儿灵机一动，打给了乐乐家，哭着问到了号码，再打给爷爷奶奶，还算镇定："我尿床了，爸爸送妈妈去地铁了，你们快打的过来接我吧！"

挂电话没两分钟，又追着给爷爷奶奶一个电话，火上浇油地把他们吓惨了："我已经把门打开了，你们来，不用带钥匙了！"

等 hoot 回到家的时候，只见花朵儿脱了睡袍和裤子，光溜溜地睡在我们的大床上，一脸无辜。

后来，经仔细询问，才知，花朵儿并没打开门，只是把锁打开了。

即便如此，这番故事也让我们至今惊魂不定。

花朵儿听着我们四个大人在那里唏嘘不已，总结道："妈妈，以后可不能把我一个人留在家里了。"

当然，真是万幸。

二、泥土

2 号，带花朵儿去了 hoot 朋友的乡间别墅，纯粹的原木两层小楼，依山而建，室内干净清爽，室外环绕着一亩熟地。

十多个成人，只有花朵儿一个孩子，可是最快乐的可能就是她了！

这是 2010 年第一个温度超 30 度的日子，花朵儿顶着日头，在田里拿着小铲子挖土除草，一个小人儿，独自埋头挖了几个小时，忽略了周遭的一切欢声笑语，废寝忘食，小脸晒得通红。间隙的时候，我试图劝她睡午觉，她一口回绝："待会儿在车里睡吧！你没看我辛苦地忙着呢！"

她爱上了陪她种玉米的D叔叔，直称，我要和D叔叔在一起。

孩子真的是属于大地和泥土的呀！泥土带给花朵儿的快乐，几乎超过所有玩具。可惜，她的大多数时间都被所谓的城市文明埋没了。相比我们无拘无束、与大自然比邻而居的童年时光，花朵儿这一代，幸哉，不幸哉？

三、心花怒放

3号，带花朵儿去看儿童剧《心花怒放》。

hoot在一旁看得昏昏欲睡。我本想着花朵儿一定不可能善始善终，但她竟然一动不动地始终盯着台上，完全被送信的小神仙小飞吸引住了。

剧情并不那么小儿科，经历了善良和欺骗，虚幻和破灭，小飞也收到了来自天堂的信。我看得都似懂非懂，不知花朵儿能领悟几分，不过，当小飞哭泣的时候，花朵儿的眼睛里也闪着泪花。

这一天，花朵儿的话题就是那个小飞，至少从这一点上，它是成功的……

四、叮咛

离开爷爷奶奶家的时候，花朵儿特意叮咛爷爷："我走了，你要陪着奶奶，明天，你可要陪奶奶去买菜喔！"

11. 母亲节快乐【2010－05－10】

一、选择

花朵儿变得越来越伶牙俐齿。

周末去爷爷奶奶家，她的小床已经太小，她只好和奶奶睡一起，但她想让我陪她，于是和我理论起来。

我劝说半天未果，就下了最后通牒：花朵儿，给你两个选择，要不自己一人睡小屋，要不和奶奶一起睡。

花朵儿一点儿也不惧，直说，我选择和你在一起。去爷爷奶奶家的路上，花朵儿继续她的主张："这样吧，妈妈，我给你两个选择，要不我和你在大床上睡，要不我和你一起在沙发上睡。"

隔天，花朵儿又忸怩着不好好吃饭，我威胁她："花朵儿，你再不好好吃饭，今晚，你就一个人睡吧！爸爸妈妈都不陪你！"

花朵儿嬉皮笑脸道："没事没事，我陪你们在大床上睡吧！"

二、对不起

花朵儿拿着一个写着"对不起"的字条问我："这上面写的是对不起吗？"我说是啊！

花朵儿拿着字条凝神半天，突然，对着面前的桌子踢了几脚，然后，用手轻轻拍了拍桌子，似乎在安慰它，然后，将那张"对不起"的字条贴在桌面上，若无其事地走开了。

三、母亲节快乐

母亲节，清晨六点，花朵儿迷迷糊糊地对身旁的奶奶说："今天，我对妈妈说的第一句话就是母亲节快乐！"

然后，又倒头睡去。

尽管那一天她对我说的第一句话并不是她想说的那句，可是，听了奶奶的转述，我仍然觉着幸福不已……

12. 牵挂【2010－05－17】

一、生死

花朵儿对生死非常敏感，上次看完儿童剧《心花怒放》后，总是向我提问，小飞的妈妈是谁？她的妈妈死了吗？

听我们读完西游记，又问："唐僧还活着吗？"

我当然说没有，她更加疑惑："他不是成佛了吗？成佛就不死了，对吗？天堂到底是什么样子的？我可以上天堂吗？"

问到后来，这个无奈的母亲只好老老实实地交代："妈妈也没上过天堂，所以，我不知道，我从来没有见过唐僧，他成佛以后，也没有看见过他……"

二、牵挂

花朵儿牵挂着家里的每个人。

星期五下午，在 hoot 办公室看到堆起来的报纸，很不平地说："爸爸这么多报纸，我带一张去给爷爷奶奶看吧！"

从中郑重其事地抽了一张，折好放进口袋。

晚上，在爷爷奶奶家的楼下门禁前，花朵儿通过对讲机欣喜地报告："爷爷奶奶，我带报纸给你们看啦！"然后兴冲冲地奔上楼，开门冲进去，把一张布满上市公司年报的《证券日报》塞到奶奶手里："这是爸爸的报纸，你们都没看过呢，我拿一张给你们看看！"

周六上午，我和 hoot 上街购物，要晚些回家吃饭，就打电话回去，让他们先吃。一到家，爷爷就向我们诉苦，说花朵儿怎么都不肯先吃，还赖在地上哭天喊地地不许爷爷奶奶动筷子。

爷爷感叹道："呵呵，你们真没白养这个女儿呀！"

三、友谊

周六晚上，带花朵儿去 C 阿姨家看新生的宝宝。

花朵儿看见刚刚满月的小婴儿，感叹道："宝宝真小啊，就像玩具一样！"

终于和久别的当当弟弟和洛洛弟弟见面了。

三个小孩子玩得不亦乐乎，小孩子的天性就在玩耍中显露无遗，花朵儿喜笑颜开，完全没有危险意识，近一米的台阶，一跃而下，即使膝盖撞上地面也不抱怨。

洛洛弟弟本来跟着花朵儿亦步亦趋，可是见着花朵儿的危险举动，并不模仿，而是坐在台阶上，慢慢地溜了下来。

当当弟弟则颇显食神本色，小肚能容，让大近两岁的花朵儿和洛洛都汗颜。

第二天，花朵儿又和小鱼姐姐同游颐和园。

在西堤上，两个小姑娘一起摘花，一起聊天。小鱼姐姐充分展示了姐姐的风范，做什么都让着花朵儿。

花朵儿感动不已："小鱼姐姐为什么对我这么好呢？"

友谊对孩子的成长是多么重要啊！他们从中学会宽容、交流和忍让，有很多是我们成人无法给予的。

13. 扔进你的心灵【2010－06－01】

一、预见

出差日韩十日，白日日程繁忙，只能在夜晚领略异国城市风景。

周末方有片刻闲暇，打电话回国，那边正是念兹在兹的花朵儿，银铃般的声音隔海传来，顿时抚慰了旅途劳顿的我："妈妈，你是不是和领导说好了？"

我柔声问："说好什么？"

花朵儿一副预见千里之外的口气："花朵儿这么想念妈妈，以后就不再派你出差了！是吧？"

这样的盛情，我当然不能否认。

花朵儿嘻嘻不止的笑声交杂着得意："哈哈，我就知道你会说这句话的，我是不是很聪明啊！"

二、美女帅哥

花朵儿现在喜欢用美女和帅哥来称谓所有的人。比如，周末奶奶去了超市，hoot去上课，我领着她下楼，边下楼她边总结道："唉，三个美女都出门了，一个帅哥工作去了，只剩下一个帅哥爷爷在家里上网，我说得对吗，妈妈？"

周一放学，在hoot办公楼里，正碰上上课的四个女生，花朵儿跟在后面大声地评论道："爸爸，这四个美女是要去上课吗？"

立即引来四个女生的侧目而视，笑容浮上了年轻的容颜。

三、舞蹈课

好友乐乐周末上舞蹈课，我也想启动花朵儿的舞蹈细胞，约好乐乐一起，准备先试上一节课。

在约定的时间，我们在舞蹈教室外和乐乐汇合，乐乐已经是一身舞蹈装扮，粉色的舞蹈服，白色的长袜，兴高采烈地和花朵儿打招呼：“花朵儿，你和我一起跳吧！”

花朵儿看着透明教室里的老师，几个大一些的孩子正在体操杆旁做着准备动作，看起来有些高难。她坚决地答道：“我不去跳舞了，你去吧！我在外面看你！”

纵身一跳，在我旁边坐下来，紧紧抱住我的胳膊。

我劝服良久，未果。我不愿勉强她，只好决定在外面先看看。

好友乐乐与花朵儿真是心灵相通，见花朵儿临阵退缩，脸色顿变，一时间泪眼婆娑，怎么都不肯走进舞蹈教室，舞蹈老师见状，将乐乐抱了进去，又是抚慰又是奖励小贴画。好不容易开始上课。乐乐一扭头看见透明玻璃外安静张望的花朵儿，又开始号啕大哭起来，整个课堂，七八个孩子炸起锅来。

舞蹈老师只好把哭泣不止的乐乐送出教室。

花朵儿没心没肺地跑上前去：“乐乐，我们一起去玩吧！”

乐乐破涕为笑：“好吧！”

陪着乐乐一起来的乐乐奶奶和爸爸异口同声道：“不行！要不进去跳舞、要不回家！”

我内疚地不行，拉着花朵儿赶紧灰溜溜地一溜烟跑了。

花朵儿还在那里依依不舍地一步一回头：“乐乐——乐乐！”

唉，这个破坏大王！

四、转弯

吃完饭，我在厨房洗碗，听着客厅里 hoot 四脚八叉地和花朵儿躺在沙发上侃大山，从西游记一直侃到校园的生活。

hoot不经意地问花朵儿:“花朵儿,今天老师批评你了吗?”

花朵儿一定是脸色剧变,口气马上来了个360度大转弯,从婉约转向冷漠:“爸爸,你看看你,这么胖,还坐在这里,你该站起来走走减肥了。”

五、扔进你的心灵里吧!

晚上,花朵儿不肯好好吃饭,我威胁说:“你再不吃饭,我就把你心爱的玩具扔出窗外。”

花朵儿嘻嘻一笑,答道:“还是把我的玩具扔进你的心灵里吧,你就看不见它们了!”

14. 醉酒【2010-06-07】

一、以牙还牙

hoot发起火来,口无遮拦,经常威胁花朵儿:“我不要你了,我把你扔出去。”令我不得不时时用眼神警示他。

这一天,吃完晚饭hoot做沙发土豆状,花朵儿踱到他的身边:“爸爸,你又懒惰,还不爱干净,像猪八戒一样,我不要你了!”

二、醉酒

周末,hoot请久别的师弟给学生讲课。

课罢聚酒,又邀同门两人,从十二点一直饮至下午四点。我带着花朵儿参与了吃饭,熬不住他们的觥筹交错,一点多就撤到校园里闲逛。

四点多,其中一位没太喝酒的师弟终于抵挡不住,打电话给我:“你可以把老公领回去了!”我们回去一看,才知道这只是清醒师弟的一厢情愿，那三个人仍然在为人生苦短感慨不已，还说要继续喝醒酒茶。我们只好把 hoot 扔下回家了。

晚上，我和花朵儿开车去接 hoot，他已是酒醉初醒，吐了一遍又一遍。

花朵儿不禁责难道："爸爸，你已经喝醉第三次了，一醉就吐，你以后不能再喝了！"hoot 点了点昏昏沉沉的头。花朵儿意犹未尽："嗯，我看，以后过年的时候你也不能喝了，就和我一样喝白开水吧！"

花朵儿想想迟疑又问："我没出生的时候，你也这么喝酒？"

hoot 就想蒙混过关："你出生前，我不喝酒！"

花朵儿冷笑一声："哼，我根本就不相信你！"

一下车，hoot 被晃得又泛起味来，嗷嗷的直吐，不过，这时候却只有吐酸水的份了。花朵儿冷眼旁观："吐吧，吐吧！都吐出来就行了！"

三、批评

周末，我带花朵儿到院子里玩，一群小男孩已经在那里疯玩。

花朵儿站了良久，也没人理她，她很是气愤地对我说："妈妈，你去质问一下鹏鹏，为什么他不理我，我原来还是他的妹妹呢！"

我领着她走到鹏鹏面前，说了那番话，小男孩嗫嚅地说："对不起，朵朵。"

收到了歉意，花朵儿并没有加入男孩子游戏的行列，而是心满意足地走了开去。

15. 你可以生别的孩子呀！【2010－06－16】

一、你可以生别的孩子呀！

也许我们总是把花朵儿的吃饭问题挂在嘴上，提醒她要好好吃饭，不能这样不能那样，反而让她越来越反感吃饭了。

端午节，我们去了奥林匹克森林公园，又拿出这个问题开她的玩笑，大日头底下，花朵儿突然发作：“妈妈，你为什么要生我呀！你可以生别的小孩呀！”

如醍醐灌顶，我一下子觉得自己自始至终都在犯错误，也许吃饭问题没有我们大人想象得那么严重，也许我们应该试着改变自己的态度。现在，我们所有的关心，对于花朵儿幼小的心灵，已经成为一种负担了。

二、端午节的美术课

端午节的美术课，是包粽子。

老师问小朋友，为什么要过端午节？呵呵，没有一个小孩能准确说出所以然，只有一个小男孩猜测：“因为很久没有吃粽子啦！”

当然，包粽子对孩子来说，的确难了一些，即便是大人，也不是一件容易的事情，有个妈妈包到第三个的时候，仍然有江米粒漏出来，她的儿子刚巧是个完美主义者，顿时觉得颜面无光，号啕大哭起来，整整伤心了半节课。

只有一个小女孩包得有模有样，大伙儿都忍不住夸奖她，那个小女孩居然得意地说：“你们大人都太老啦！包不好啦！”

所有的妈妈都黄起了脸，只有女孩子妈妈为这句话得意地笑出声来。

花朵儿本来对包粽子充满期望，早早地六点就起来烦我们，不过，包了两个就失去兴趣，直打哈欠。

最后，我们尝到了自己亲手做的粽子，尽管就是纯粹的江米，包得也松松沓沓，但因为新鲜，吃起来别有一番清香，花朵儿竟然连吃两个。

我又联想到我们的唠叨，在没有压力之下，和小朋友在一起的时候，她并没有表现出反感吃饭的样子，很自然吃了两个。

对于吃饭,我们的规矩也许真的太多了。

三、舞蹈

我问花朵儿是否要和好友乐乐去上舞蹈课,花朵儿说还是不要吧,她扭扭身子,翩然起舞:“看看,我多有创造性啊,老师哪里能教得出来?”

四、喝酒

中午 hoot 出去和别人吃饭,爷爷问,今天喝酒了吗? hoot 说喝了一点点。

花朵儿听了,突然叹了一口气:“唉——中午要是不出去就好了,我就能管着他不让他喝酒了!”

16. 太阳放出的一束温暖阳光【2010-06-28】

一、鞋

花朵儿越来越注重穿着,喜欢粉色,喜欢裙子,喜欢修饰。

夏天来到,我给她买了一双纯白色的凉鞋,穿过一次后,她坚决不穿了,说是男孩子的款式,宁愿天天汲着一双粉色的运动鞋。

我不断地劝服她,她则答:“把白鞋子送给男孩子吧。”我有气:“送给谁呢?”

她更加漫不经心:“随便,我喜欢所有的男孩子。”

二、杀戮

我给花朵儿读丁丁历险记,有一次,丁丁因误会杀死了七八只羚羊，花朵儿很书面语地问我："为什么丁丁这么喜欢杀戮呢？"

当我读到狮子追着丁丁时，评议道："你看看，多危险呀！"

花朵儿一点也不同情丁丁，一副因果报应来得快的口气："谁要他杀死那么多羚羊？"

三、儿童剧

周日带花朵儿去看了一场儿童剧《木偶奇遇记》和电影《玩具总动员 3》。

儿童剧充满了说教，听话读书被作为好孩子的主要标准，看得我昏昏欲睡。《玩具总动员》富有想象力，有几段画面却过于黑暗，花朵儿直嚷害怕。《玩具总动员》里，印象最深刻的是芭比娃娃的一句话，它对于孩子们显然深奥了一些，不过，同样充满了道德灌输的意义："统治者的规则应该得到被统治者的一致赞同。"

这一天里，我充分领略了中外教育理念的迥然差异，中国教育的核心是听话，而西方教育理念是自主，哪怕是玩具，也是需要得到尊重与爱惜。

花朵儿看电影的当儿，一个劲儿地问我："玩具真的会说话吗？"

我说，也许它们真的会说呢，只是我们听不见而已。

四、太阳放出的一束温暖阳光

花朵儿向我形容她的老师："妈妈，我在幼儿园里调皮的时候，谢老师拍了拍我的脑袋，我觉着就像太阳放出的一束温暖阳光。"

这个比喻贴切得让我动容。

17. 压岁钱【2010－07－06】

一、外婆

我问花朵儿:“外婆暑假要来,你高兴吗?”

花朵儿想想:“我还是回爷爷奶奶家吧,我去陪他们。”

我继续劝她:“可是,外公外婆已经一年没有见你了,他们很想你呀!”

花朵儿不理我的茬:“你想陪你妈妈,你就陪吧!”

临睡前,我搂着花朵儿,又和她讲道理:“花朵儿,你爱妈妈吗?”她点点头。我说:“妈妈也爱你,也爱妈妈,可是,妈妈现在每年只能见外婆一次,如果你每年都只能见妈妈一次,你是不是也会很想念妈妈呀!”

花朵儿调转过身,满脸的泪水:“好的,妈妈,我和你一起陪着外婆吧!”

二、拒绝

吃完晚饭,hoot邀请花朵儿:“花朵儿,我们俩出去散步吧!”

花朵儿嘴巴一噘:“你又喜欢喝可乐,又喜欢吃肉,这么不健康,我才不陪你散步呢!”

三、压岁钱

我带花朵儿去买裙子,花朵儿突然问:“妈妈,你是用我的钱吗?”

我想当然地:“你哪里有钱?”

她满腹委屈地质疑我:“我怎么没钱? 就是过年的时候,我给爷爷奶奶磕头、叔叔婶婶磕头,还给爸爸磕头,辛辛苦苦挣来的呢!”

她又自己想起我的承诺:“你是不是存银行了?”

我才记起这一档子。唉,亏她记得这么清楚。

四、世界杯

花朵儿看世界杯看得热闹。

这两天,世界杯比赛都是凌晨两点举行,花朵儿充满遗憾:“为什么这几天都没有比赛啦?”

五、妹妹

花朵儿很喜欢和我们家的小时工任阿姨聊天,把任阿姨家里的情况了解得一清二楚。因此,她也有了疑问:“妈妈,你看任阿姨家都有两个孩子,你什么时候给我生个妹妹啊?”

18. 花儿有多美,我有多爱你【2010－07－08】

一、花儿有多美,我有多爱你!

回家的路上,花朵儿突然对我说:“花儿有多美,我有多爱你!”

我又惊又喜:“什么样的花啊?”

花朵儿答:“红的、粉的、蓝的、黄的,所有的花都很美,就像我对你的爱!”

她意犹未尽地继续对 hoot 说:“爸爸,我也喜欢你,肉有多营养,我就有多喜欢你!”

哈哈哈,后面的比喻更有创意,直接贴近 hoot 的美食观。

二、世界杯

我同 hoot 商量着凌晨起来看德国对西班牙的那场比赛。

不想身旁的花朵儿说:“妈妈,我也要起来看。你们一定要叫我喔!”

半夜,我对熟睡的花朵儿说:“花朵儿,你想看球吗?”没成想花朵儿迷迷糊糊地爬起来,坐在那里,五秒钟后,埋头倒下:“我还是睡觉吧!”

这和我与 hoot 的预料结果一样。

我和 hoot 在客厅里很郁闷地看着德国队被西班牙痛杀了 45 分钟,下半场刚开始,就听见花朵儿在里屋叫:“妈妈,我也要看球,你们走了,我感觉好孤独啊!”

为了看看德国队是否会制造奇迹,我把花朵儿抱在怀里,花朵儿一半在睡梦,一半眯着眼看着比赛。

间隙,她还问我:“阿布兰队赢了吗?”我和 hoot 相视而笑。阿布兰队是花朵儿梦想中的球队,因为我和 hoot 最近谈论的球队名字,都是花朵儿闻所未闻的,所以,她拿出她的绝招,生生创造了一整支球队,在我们热议比赛的时候,常常插嘴道:“我还是觉得阿布兰队最厉害,他们能得第一名!”

德国队到底没能逃脱章鱼兄的魔咒,但花朵儿却奇迹般地在我怀里坚持看到了比赛的最后。

19. 亲情审美【2010－07－22】

一、亲情审美

我同花朵儿讲述人生的过程:“人生就像花朵儿一样,小孩子是含苞欲放的花骨朵,长大成人就是盛开的花儿,老年的时候,花儿要谢了,就不那么美了。”

花朵儿立即反驳我:“妈妈,你说的不对,爷爷也老了,可他怎么就那么帅呢!”

我赶紧认错,对对对,人生每个阶段都是美的。

想起来,我也曾经认为外婆是世界上最美丽的。那时的外婆身高不足150cm,还总是弓着背,可她的每一丝皱纹都透着温婉慈祥,饱经风霜的容颜掩不住善良和宽容。我曾经对妈妈说起外婆的美貌,妈妈忍不住笑起来,而我却是那么迫切地想向她确认,外婆真的很美。

孩子的审美出于内心,不像我们,完全迷惑于外在的躯体。

二、护短

有一件重要的家庭文件一时间怎么也找不着了,奶奶忍不住长吁短叹:“唉,成天丢三落四的!”

坐在一旁的花朵儿顿时觉着了伤害:“不许这样说我妈妈!”

过一会儿,花朵儿小声问我:“妈妈,为什么他们总说你丢三落四呢?”我和她开玩笑道:“我又没把花朵儿丢了,怎么能算丢三落四呢?”

第二天一早,花朵儿睡眼刚睁,就郑重其事地对奶奶说:“妈妈把我看得好好的,你不能再说她丢三落四啦!”

三、批评

hoot说话的态度惹怒了父亲。

花朵儿在一旁打圆场:“爷爷,你别生气啦!我已经批评爸爸了,他也承认错误了!”

奶奶忍俊不禁:“你怎么批评他的?”

花朵儿煞有其事地:“喏,刚刚吃完饭,我们在沙发旁边,我对爸爸说,你以后再也不许吃不健康的食品了!”

“什么样的不健康食品呢?”我饶有兴趣地问。

花朵儿就开始数落:“可口可乐、王老吉还有麦丁岛……”

“麦丁岛?”我困惑道。

还是 hoot 和她交流得好:“就是麦当劳呀!”

四、西游记后遗症

花朵儿对西游记的热情一直不减,一会儿做红孩儿,一会儿当蜘蛛精,一会儿又是哪吒三太子。

所以,我一会儿是铁扇公主,一会儿是蜘蛛精大王,一会儿又是哪吒妈妈。hoot 的角色一般还算固定,偶尔是牛魔王,多是托塔李天王,花朵儿总跟在后面叫:“父王、父王!”让 hoot 很是享受,最好有外人在场,他更有黄袍加身的感觉。

可是苦了爷爷奶奶,分配的角色一般都很奇怪,最近,奶奶苦恼地说:“花朵儿总叫我老官。”我凝思一想,可不是吗,唐僧西天取经的时候,总会碰上各式各样的老倌人。

20. 心碎【2010-07-27】

一、心碎

外公外婆非常思念花朵儿,顶着酷暑要到北京来看花朵儿,可是,一年未见外公外婆的花朵儿,却觉着他们陌生了。奶奶和她说起这件事情的时候,花朵儿苦恼地抱怨道:“别和我说这件事情啦,我一想起来就烦恼……”

花朵儿和外公外婆单独相处的第一天中午,哭着打电话给我,说想我。我安慰了她许久才好。

下午回到家,我抱着花朵儿:“花朵儿,今天中午你在电话里哭,把我的心都哭碎了!”

过一会儿，花朵儿跑过来，眼神关切，声音柔软："妈妈，你的心还在吗?"

我一愣："妈妈的心在呢!"

花朵儿腻声腻气地说："你刚才不是说心碎了吗? 我想帮你找找看呀!"

二、爱屋及乌

外婆看了新装修的房子，对其中的几处失败之笔发表了意见。

晚上，我们逛超市的时候，我问已经兴高采烈的花朵儿："你和外公外婆在一起是不是也很快乐呀!"

花朵儿说："外公还可以，但我不喜欢外婆!"

我诧异地问缘故，花朵儿说："因为外婆批评你，我就不喜欢她了。"

嗯，这个爱屋及乌的倾向尽管让我开心，对花朵儿却是不好，我赶紧向她声明批评使人进步的观念。

外婆在一旁调侃："花朵儿永远站在妈妈一边!"

花朵儿说："是啊! 妈妈是仙女大王，我是她的看门小妖!"

没办法，我只好抱起我的看门小妖狠亲一下，谁要她满嘴涂蜜呢!

三、第一英雄

我们带花朵儿去饭店吃饭，饭前，hoot 拿起筷子的塑料套，用嘴吹满气，然后双手一击，啪的一响，声惊四座。

花朵儿睁大了双眼，张圆了小嘴："哇——塞!"

hoot 得意地又打了一个响指。

花朵儿大叫："爸爸，你真是第一英雄!"

扭过头，看着我，又想安慰我："妈妈，你不能像爸爸那样打出响声，响指也打得不如爸爸那么响，所以，你可以当第二英雄。"

hoot一脸张狂，一张大嘴再也合不拢。

21. 天堂出差【2010-08-03】

一、去天堂出差

最近去宁夏出了一趟短差，也就四五天的工夫，花朵儿却想念得紧，回来以后就天天唠叨着不要我出差。

晚上临睡前，花朵儿又重提这个话题，我有些不耐，说：“那怎么可能不去呢，这是妈妈的工作呀。”

花朵儿沉默半晌，说：“那好，等你去天堂以后再出差吧，这样可以吧！”

二、逗

花朵儿接大姨电话，大姨问：“花朵儿想不想我啊！”

花朵儿回答很干脆：“不想！”还没等大姨表达伤心，花朵儿又接着了：“你再问我，真不想还是假不想？”

大姨乐得照葫芦画瓢。

花朵儿却更乐：“当然是假不想真想啦，哈哈哈……”

三、嫌弃

hoot陪花朵儿睡午觉，花朵儿嫌阳光晃眼，让hoot去拉窗帘，hoot懒得没应声。

花朵儿说了两声没回应，抱起小毛巾被跳下床，就去找外公：“爸爸太懒了，连窗帘都不拉，外公，我和你睡觉！”

外公一听，乐颠颠地拉起了帘子。

这就是竞争的魅力。

22. 老百姓【2010－08－04】

一、老百姓

花朵儿问我："你什么时候能休假陪我呀？"

我说："不行，妈妈必须上班，否则领导要批评的。"

花朵儿哀叹了一口气："唉，妈妈，我们都是老百姓，对不对？"

我诧异她出人意料的敏锐："是啊，所以我们身不由己。"

二、游泳

外公经常带花朵儿去游泳，现在，花朵儿背着泡沫塑料，带着手臂游泳圈已经能游十几米了。

晚上回家，外公说花朵儿今天和两个小哥哥玩得可高兴了，临走的时候，小哥哥还恋恋不舍地说："你们就走啦，我们还要待会儿，明天还来吗？"

我说："好啊，那个小男孩多大啦？"

花朵儿很是得意："他九岁，我主动问他，你今年几岁啦？这么有礼貌，他当然想和我玩啦！"

三、计谋

花朵儿出其不意地问外婆："我今天表现好吗？"

外婆随口答道："花朵儿今天表现很不错呀！"

花朵儿理直气壮地接道："那好，妈妈说，我表现好，就能吃冰激凌，你把冰箱打开，让我挑一个吧！"

外婆顿时觉得落入了花朵儿的陷阱，因为花朵儿早晨并未好好吃饭。

不过，也不能食言呀，所以，花朵儿如愿以偿。

23. 赤条条来去无牵挂【2010－08－06】

一、老实说

平日里，当我们不想承诺的时候，就会说，再说吧！

这天，花朵儿一再要吃巧克力，我抗不住只好说，再说吧！

花朵儿终于不耐："你们总是说再说吧，能不能老实说呀！"

二、灼见

洗完澡，花朵儿光光地躺在床上，翻过来，翻过去，惬意得很。

hoot看了，皱着眉头："花朵儿，你看看，光着小屁股，小姑娘像什么话？"

花朵儿没有停止身形，还得意地唱了起来："光屁股小孩，光屁股小孩，我们出生就这样，我们出生就这样……"

赤条条来去无牵挂，不知不觉，花朵儿道出真理。

三、悄悄话

花朵儿和外婆说悄悄话："唉，外婆，我也管不住爸爸了！"

外婆很吃惊："你怎么要管爸爸呢？"

花朵儿忧心忡忡："你看看，他天天吃垃圾食品，什么可乐啊，麦当劳啊，王老吉啊，我说他，他也不听！"

外婆在餐桌上说着花朵儿活灵活现的样子，花朵儿扭头向hoot望去:“爸爸,我说话你是不是不听?”

hoot终于被看得不好意思了,口是心非地出来表态:“听,听,爸爸只听花朵儿的。”

花朵儿仍然摇摇头,一副悍父不可教的样子。

四、钢琴课

看着别的孩子都上了各种各样的课,花朵儿也跃跃欲试地想上钢琴课。

我们领着她去参加小鱼儿姐姐的课程,一个回合下来,她就开始打退堂鼓:“妈妈,学钢琴太累了,我都按不动,能不能以后再学啊?”

自由第一,我不想花朵儿的童年有恶学的阴影,以后就以后吧!

24. 共享和谐【2010－08－10】

一、共享和谐

我们一家七口,浩浩荡荡准备去内蒙古旅游,所以,要和爷爷奶奶分别几日。

我带着花朵儿向爷爷奶奶暂别,花朵儿紧紧拥抱了婶婶,又紧紧拥抱了奶奶,接着,又紧紧抱了抱爷爷。

我开了门,花朵儿倚在门口,大声地对屋里的人讲:“当我们再次相聚的时候,让我们共享和谐吧!”

舆论之强大攻势和深入人心,可见一斑。

(附注:彼时正宣传“和谐社会”。)

二、补一补

花朵儿说:“妈妈,我今天表现可好了,奶奶已经奖励我一根冰激凌啦!”

我说那敢情好啊!

花朵儿接着:“那你能不能奖励我一颗口香糖呢?”

因为有一次花朵儿吞掉了口香糖,至今我仍不敢给她吃,所以,我搪塞道:“奶奶不是奖励过了吗?”

不一会,突然,我听见砰的一声,花朵儿惊叫地跑过来,带着哭腔:“妈妈,我刚才摔了一跤,你给我一颗口香糖,补一补吧!”

三、发脾气

花朵儿对我形容起 hoot:“我觉得爸爸什么都不会,只会发脾气!”

我惊讶,但想扭转花朵儿的看法:“爸爸会很多东西呀?你怎么说他什么也不会?”

花朵儿很有理地说:“你看看,爸爸不会给我梳小辫,不会唱歌,也不会跳舞,只会发脾气。”

“可是他会念故事、挣钱养家,还会陪你睡觉,给你洗澡呀!”

花朵儿沉吟半晌:“妈妈,是不是每个人都会发脾气呢?”

她肯定是联想到了自身,我说,当然,不过,每个人都需要控制自己的情绪,想想别人发脾气时,自己的感受,就会好一些。

有耐心,控制情绪,也许是每个人终身都需要学习的一件事情。需要谨醒的可不只是小孩子。

25. 所有颜色都开出了美丽的花【2010-08-18】

内蒙古自驾游,六天。一家七口,远离尘嚣,尽享辽阔草原,清净空气。

一路草原行来,相机里,除了十几张小孩子动人的笑脸和几张家庭合影,竟没有一张风景照。在我心里,和家人在一起的温馨以及将美景沉落心底,远远比将时间花在走马留影上更可贵。

不过,在路上,也碰上几个旅客,独自站在越野车的旁边,举着长镜头独对美景,那必是另一番心境吧。

一、所有颜色都开出了美丽的花

行进的路上,我们鼓励花朵儿背诵唐诗,两首下来,花朵儿就不耐了,信誓旦旦地说:“我背一首自己写的唐诗吧!”

我们忍不住笑:“好! 你背吧!”

以下是她人生的第一诗作,我稍作整理。

夏天来了,花开了。
粉色的花开了,红色的花开了,黄色的花开了……
所有颜色都开出了美丽的花。
黑色的花开了,灰色的花开了,绿色的花开了……
所有颜色都开出了美丽的花。

二、笑汤

路上,我和 hoot 因为小事发生了争执,我板起了脸,坐在餐桌旁。

花朵儿看着我一张苦瓜脸,也不说话,刚好第一道汤来了,她低头喝了几口,打破沉默说:“妈妈,这是笑汤,喝几口,人就会笑了,你快喝吧!”

所以,花朵儿后来很得意地总结道:“我就有让大人开心的本领!”

三、确实,百分之九十九的可能性

花朵儿平时说话细声细气,行事扭扭捏捏,全然一副小女儿姿态。

我们在乌兰布统草原的夹皮沟歇息的时候，正碰上天津的一家人，带着个六七岁的男孩，也停车在那里。

花朵儿在桦树掩映的草丛中，兴奋地翩翩起舞，心心姐姐在一旁叫道："快点上车啦！小妖！"

站在一旁冷眼旁观的天津男孩突然发话："确实，百分之九十九点九的可能性！"

我们大笑，花朵儿似乎也非常喜欢这一句式，一路上都要我重复这一场景。确实，很好玩！

四、天堂与地狱

一路上，心心姐姐给花朵儿讲了几个简单的鬼故事，花朵儿却一点儿也不怕，只是对鬼不太理解，我就解释道，多做好事死后能上天堂，多做坏事死后就会下地狱。

回京后，我和花朵儿躺在地板上聊天，花朵儿充满依恋地说："妈妈，你以后和爸爸去了天堂，一定要在天堂等我喔！"

过了一会儿，她又担忧地说："唉，如果我去天堂后，爸爸又下了地狱怎么办啊？"

我惊道："你爸爸怎么会下地狱呢？"

花朵儿说："喏，那天在车上的时候，爸爸让心心姐姐对抗老师，那还不下地狱吗？"

我才想起来，旅游途中，hoot 和心心开玩笑，要她反抗老师。不过，那时候，花朵儿好像正在睡觉呀！原来她竖着耳朵听呢。

所以，我和 hoot 相互告诫，在花朵儿面前说话一定要小心喔！否则，保不准哪天又下地狱了。

五、敏感

旅游中,因为上有老下有小的,自然不能事事以花朵儿为中心,花朵儿有时候就会冲过来抱怨:“妈妈,你不喜欢我了,为什么你就走到前面去,不理我了?”“妈妈,你喜欢心心姐姐,不喜欢我,为什么你牵心心姐姐的手,不牵我的手?”

独生女就是小太阳,常常以自我为中心,花朵儿也不例外,所以特别在意占据独宠。独生子女的政策扭曲了多少小孩子的心灵呢?

26. 睡觉问题【2010-08-26】

一、睡觉问题

hoot带花朵儿赴宴。席间,D叔叔和花朵儿唠起家常:“花朵儿,你晚上一个人睡觉吗?”

花朵儿答:“我和妈妈一起睡。”

D叔叔教导:“花朵儿,你都四岁多了,应该一个人睡了,从小要养成独立的性格……”

花朵儿拿起一贯声东击西的武器,反诘道:“你晚上一个人睡吗?”

D叔叔猝不及防,一时语塞:“嗯,Y阿姨和我在一起。”

花朵儿顿时来了精神,充满疑惑地追问:“为什么你(这么大了,还)不一个人睡?”

这真是一个复杂问题,所以,D叔叔只好化繁为简,老老实实地回答:“因为我结婚了!”

众人一时大笑。

二、吃饭问题

花朵儿回来得意地向我说:“妈妈,今晚上,我最后一个吃完饭!”

看着我神色不佳,花朵儿微笑了,更得意地:“我就知道你会不高兴! 不过,今天的菜很好吃呀,我舍不得吃,要慢慢享受,所以,最后一个才吃完! 难道这样不对吗?”

三、态度问题

花朵儿看着我态度仍然没有转变,小眼睛一转,换了一副口气,做楚楚可怜状:“妈妈,你为什么不温柔地说话,你不温柔说话,我好伤心喔!”

一边说,一边拿起两只小拳头,作态在眼睛前面揉搓,口发呜咽。

几番攻势,我终于绷不住,一笑作罢!

27. 信佛【2010－08－30】

一、信佛

看西游记入迷的花朵儿经常盘腿而坐,口里念念有词。

信佛的萱萱阿姨问花朵儿:“花朵儿,你信佛吗?”

花朵儿断然回答:“不信。”

萱萱阿姨委婉地提出:“那你长大再信吧!”

花朵儿也诧异起来:“我姓彭,长大也姓彭,也不会姓佛啊!”

二、高手

奶奶正在熨衣服,花朵儿在一旁发出由衷感慨:“奶奶,你真是熨衣服的高手啊!”奶奶很是得意。

hoot 在一旁问:“奶奶还是什么高手啊?”

花朵儿凝思半晌，如珠吐出："奶奶还是洗衣服高手、做包子高手、做早餐高手……"奶奶顿时心花怒放。

hoot 马上对号入座："那爸爸呢？"

花朵儿说："爸爸是工作高手。"

hoot 又指着我："那妈妈呢？"

花朵儿有些犹豫，总结道："妈妈是吃饭高手！"

hoot 顿时发出一阵狂笑。

三、变戏法

星期天离开爷爷奶奶家的时候，家里只剩下婶婶一人。

花朵儿心有不忍，作势在头上一揪，对婶婶说："我拔下一根毫毛，变出另一个花朵儿，就让她陪你吧！"

四、诺言

花朵儿对我说："妈妈，长大了，我买一块黑色的手表送给你。"

我欣喜，不过，也觉着奇怪："为什么不是粉色的呢？你不是什么都喜欢粉色的吗？"

花朵儿很是老成地说："粉色是小孩子的颜色，黑色的才酷嘛！"

五、替代方法

在承德避暑山庄，花朵儿累了，我背着她。

外婆想启发花朵儿的孝心："现在是妈妈背你，以后妈妈老了，你可要背妈妈喔！"

花朵儿说那当然喔。

hoot 说那我老了呢，你也得背我。外公也上来凑热闹，说等我走不动了，你也得背我。

花朵儿刚开始还满嘴应承，越听越是心惊，小脸急得通红："你们这么多人，我哪里背得动啊?"

过了一会儿，花朵儿自己找台阶下来："这样吧，等你们走不动的时候，就都坐到沙发上看电视吧！这个主意不错吧……"

28. 未来【2010－09－07】

一、同情

花朵儿有一天向我和 hoot 表示了深切地同情："别人家的爸爸妈妈，都是和自己的父母住在一起，现在，爸爸没有和自己的爸爸妈妈在一起，妈妈也不能和自己的爸爸妈妈在一起，你们真是可怜啊!"

说完，深深地抱住我，充满爱怜地看着我，又伸出手，抚摸着我的头发，一直想把我的头抱进她小小的怀里，仿佛她是长者，而我是那个需要安慰的孩子。

二、尖锐

放学后，花朵儿经常在 D 叔叔、J 阿姨的办公室之间穿梭不停。

J 阿姨是最著名的自由派，丁克一族。

有一天，J 阿姨遭受了来自花朵儿的强烈挑战。

J 阿姨本来是要挑起花朵儿的孝敬之心："花朵儿，你看看，你的爸爸妈妈，为了抚养你，工作多辛苦啊!"

花朵儿毫不领情，一边没心没肺地吃着 J 阿姨递来的美味饼干，一边犀利地反击正在电脑前日理万机的 J 阿姨："那你呢？没有孩子，干嘛还那么忙啊!"

J 阿姨一下子被花朵儿的童言无忌击中了七寸。

三、未来

我和花朵儿谈起她的未来，说她长大了，也会嫁人，也会有自己的孩子。

花朵儿眼睛望着窗外，沉思片刻，下定决心地对我说："妈妈，我以后嫁丈夫的时候，一定要去看看他的爸爸妈妈！"

我很是惊奇，忙问为什么呢？

她很是肯定地对我说："他的爸爸要像爷爷那么帅、他的妈妈要像奶奶那么美，我才会嫁给他！"

晚上，我陪她睡觉，她伸过手来搂住我："妈妈，即使我结婚了，我也不离开你，永远和你在一起！"

我真是个幸福的妈妈呀！

可是，过了一会儿，她突然表示出担心："如果你们老了，爸爸还是那么大的脾气，那可怎么办呢？如果你们也像外公外婆那样吵嘴，我可怎么办呢？"

29. 悠长假期【2010－10－22】

结束了一个悠长假期。

在武汉的南湖边，远离尘嚣，也远离了网络。以亲人为伴，日出而起，日落而息。我们最远的行程，不过是，十一结束后的第一天，骑着三人自行车绕东湖转了一圈，然后，坐在磨山脚下，对着空荡荡的景区和海一样平静的东湖，和百无聊赖的小货摊主说说假期里川流不息的盛况。花朵儿最大的愿望，不过是，坐着校园的电瓶车在园子里逛一圈，和路上走着的大学生打打招呼，玩一些简单游戏。

孩子真是快乐，一个字眼甚或是一个语调的变化，她都能笑不成声。花朵儿的叔叔说得多形象啊，花朵儿的笑点很低！

一、大喘气

我带着花朵儿坐电瓶车，花朵儿在车上大叫："我见到胡J涛啦！"

一车十几个人，甚至包括司机都掉过头来看看这个语出惊人的小孩子。花朵儿显然注意到了诸人的注视，解释道："就在刚才，我见到了胡J涛的照片！"

一时，众人皆大笑。

二、法律已死！

花朵儿总是说："我就是法律！"但在我们家，没有人说同样的话。

有一天，在hoot朋友的聚会上，花朵儿说出了自己的想法："爸爸，法律是不是已经死了？为什么没有人愿意做(作)法律呢？如果没有人愿意做的话，那么，我就来做法律吧！"

举座皆法律人，惊叹花朵儿无意之言，真是暗砧时弊。

三、西游记总结

一天，花朵儿在我的手机上发现了录音功能，于是，寥寥数语，说出了洋洋西游记的总结：

孙悟空、猪八戒、沙僧、白龙马和唐僧去西天取经，路上遇到了很多妖精，后来他们也成佛了，如来佛夸奖他们取了经。

花朵儿对取经人的排序很奇怪，师傅唐僧居然被排在了白龙马后面，大概因为最没本事。一手促成取经的如来佛被花朵儿适时地点了出来。的确，取经遇到的种种困难，大多是佛祖们的神来之笔。貌似地巧遇，不过是为了证果经书难得，冥冥中自有天意。

和花朵儿重读西游经典，对人生似也有了另一番感悟。

30. 体贴【2010－10－28】

一、体贴

花朵儿像在一日之间长大了。

每天回家的时候，只要是我手里有东西，不管有多重，花朵儿总是接过来，口里说着："妈妈辛苦了，来，我来帮你拿吧！"尽管东西总是拿得七零八落的，但我的心却是甜蜜得不得了。

昨天下班，我在车里抱怨 hoot 什么都不操心，只知道看他的书，写他的文。

一旁的花朵儿坐不住了，急急地喊："唉，我什么时候才能长大帮妈妈操这些心啊！"然后，紧抱住我："妈妈，等我再长长，你就不用辛苦了，我们一起操心吧！"

从超市出来，花朵儿接过我手中的袋子，蹒跚地往前走，看见我的笑容，不忘记调侃地说："这下你满意了吧！"

hoot 和我只得相视大笑，斤斤计较的成人有时候真的比不上孩子呢。

二、得意

有一天，我们都在抱怨自己现在越来越忘性大。

花朵儿听了半天，充满疑惑地说："为什么人越小越聪明呢？"后来越来越得意："唉，我怎么就这么聪明呢！"

我在一旁忍不住打击她："按你的说法，应该是小毛毛最聪明咯，可惜她还不能讲话呢！"

听了这话，才刹住了她的得意，于是她低头沉思起来。

31. 兽语【2010－11－08】

一、兽语

我和花朵儿一起散步。

身边走过一人一狗，狗儿突然狂吠几声，花朵儿问："妈妈，你听小狗说什么了吗？"

我说，这哪里能知道呢！

花朵儿说："我知道，那个小狗说，我不要人类当妈妈，我要自己的妈妈！"

二、愿望

晚上在 hoot 的学校吃麻辣香锅，我抱起花朵儿看三个大师傅流水作业，制作香锅，花朵儿看得入迷，为大师傅娴熟的技艺所折服。

回家的时候，花朵儿发出感慨："唉——，我长大后，还是作厨师吧，就在爸爸学校的食堂里。"

三、负责

周六带花朵儿登百望山。

我、鱼儿妈妈和鱼儿往前了三五米，将花朵儿稍稍拉在了后面。花朵儿突然驻足大叫："你们谁管事儿？陌生人把我抱走了，不是给你们找事儿,也是给我找事儿呀!”

我和鱼儿妈妈闻言大乐。

花朵儿看我们两个大人不思悔改的样子,更加生气:“你们还笑呢,把我丢了的话,你们谁能负得了责啊?你们有没有人负责啊!”

委屈的样子,我们只得两步并上,温言安抚。

四、出口成章

鱼儿姐姐是花朵儿同月同日生的发小,大了整整一岁,姐姐风范却是十足十的,多吃一年饭果然不同,事事皆有文章。

上山的时候,鱼儿姐姐看着花朵儿亦步亦趋的步伐,老气横秋地论道:“花朵儿爬山,倒是中规中矩。”

下山的时候,花朵儿不知说了个什么观点,鱼儿姐姐有些不以为然:“嗯,你还是不要人云亦云罢!”

简直不敢相信这是五岁多孩子的话呀。

五、愤怒

洗完澡,hoot给花朵儿擦护肤霜,用力过猛,瓶子里的护肤霜一下子迸出了好些,落在了地上,hoot不忍浪费,抹起多半,涂满了花朵儿的两条小腿。

一向爱洁的花朵儿,气得跳了起来:“爸爸,你怎么把脏东西,抹在我身上。”

我在一旁煽风点火:“嗯,把这个写到博客上去!”

花朵儿怒气未消:“对对,让爸爸的学生们都看见,说,这样的老师我们不要了!都不来上他的课!”

哈哈,一下子戳中hoot软肋。

32. 一千年的幼儿园【2010－11－18】

花朵儿每天都在成长，忽然间，已经是小姑娘的模样，不再想着法子让我抱让我背。小人也变得越来越有主见，hoot 怒气冲冲地大叫花朵儿你越来越不听话了，这样的喊叫我听得越来越多了。有很多时候，我都会产生迷茫，不知道花朵儿的个性强好，还是个性弱好。相比我们的父母，我更喜欢一个保留自由的女儿，不过，在现实中克制自己的操控欲，的确是一件非常困难的事情。

一、我会好好照顾妈妈的

hoot 和我在车上说着下周去上海出差的事情，商量着到底是周五回还是周六回。

突然，花朵儿插嘴道："没事，爸爸，你就周六回来吧！我会好好照顾妈妈的！"

二、一千年的幼儿园

hoot 很得意自己幼儿园的经历，自不到 3 岁就进了幼儿园，在园里整整待了 3 年多。说起来，我只上了几个月的幼儿园，就不去了，外婆很迁就远离父母的我，说，不去就不去了吧，在家也挺好的。

那天，花朵儿问我们："你们小时候也上幼儿园吗？"

hoot 很得意地说是啊，不过，你妈妈就没上过幼儿园！

花朵儿一向维护我的形象，想也不想地就反驳 hoot 道："才没有呢，我妈妈当然上过幼儿园的，她上幼儿园就上了一千年！"

33. 海洋馆【2010－11－21】

一、自由

周末早晨，我叫醒睡梦中的花朵儿："起来，起来，我们去动物园的海洋馆看海豚表演！"

睡眼虚睁的花朵儿问："海豚不是在海里的吗？为什么要把它们关在动物园里，它们不是没有自由了吗？"

二、删去

在海洋馆里，花朵儿在棉花糖和气球之间，犹豫不决，因为我说，今天只能买一件东西。

花朵儿终于选择了棉花糖，不过，吃了两口就不胜其烦了，我让她把棉花糖丢进垃圾桶。

花朵儿拍了拍空着的双手："好了，妈妈，我已经把棉花糖删去了，可以去买气球了吧！"

三、好朋友的故事

花朵儿讲了一个故事。

屁股和树是好朋友，有一天，屁股从人的身上溜下来，去找树玩，一会儿和树捉迷藏，一会儿和树去食堂吃饭。

屁股说我要回去了！尽管树有些生气，但屁股还是回到了人的身上。

34. 好朋友故事(续)【2010-11-21】

一、宽容

为了花朵儿做事慢吞吞的习惯,我向她发了脾气。

发完脾气,我有些后悔,向花朵儿检讨:“唉,花朵儿,妈妈是不是脾气很坏啊?”

花朵儿想也没想就回答了:“妈妈,你是世界上脾气最好的妈妈了,就是刚才那样,你的脾气也还是好的。”

这样说,真是让我更加惭愧。

二、好朋友故事(续)

花朵儿听我念博客上屁股和树的故事,很是兴奋,说,屁股和树还有更多的故事呢,你也要写上去。

我说,能不能不说屁股呢,臭烘烘的,大家可能都不爱听。

花朵儿说,那就改成灯吧,灯和树的故事。

灯和树经常在一起玩,灯一会儿在树上玩,一会儿在树的旁边,不久,灯和树就相爱结婚了。

又过了一段时间,灯和树有了两个孩子。

我仍不住好奇心,说,灯和树会有什么样的孩子呢?

花朵儿少见多怪地望了我一眼:“当然是一个女孩,一个男孩咯,女孩是小灯,男孩是小树。他们每天快乐地玩在一起,就像他们的爸爸妈妈一样。”

三、榜样

我请了小时工,帮我打扫卫生。

小时工家里有两个孩子,她和丈夫都在北京打工,租了一间七平米的房子。小时工每个月收成好的时候,也不过两千多元,她的两个孩子一个上初中,一个上高中。所以,每次她来的时候,有穿不了的衣服或者多余的生活用品,我总是让她带回去。

周四,小时工走的时候,花朵儿突然说,任阿姨,等等。将她的一个小本子,装零钱的小袋子,统统塞到小时工的怀里:“任阿姨,你拿回去吧,这些东西送给你,反正我也用不着。”

35. 不许唱【2010-11-29】

一、神话故事

花朵儿看完《哪吒闹海》,手上绑了一条紫色的带子,挥舞着。hoot调侃她:“哪吒绑的是红色带子,你怎么用紫色的呀?”

花朵儿很不以为然,反驳道:“不就是神话故事嘛,用什么颜色带子有什么关系呢,我想用什么颜色就用什么颜色!”

二、不许唱

我给花朵儿念青蛙佛洛格的故事,念到佛洛格和小熊被困在洞里,唱起“我在洞里”的歌鼓励自己,我用《半个月亮爬上来》的调唱道:“半个月亮爬上来,我和小熊困洞里,谁来救我们呀,谁来救我们!”刚唱了两句,就听见书房传来hoot气急败坏的声音:“不许唱!不许唱!你唱了花朵儿每次也让我唱怎么办?”

花朵儿疑惑地问:“这里是不是没有歌啊?爸爸说,佛洛格和小熊没有歌唱!”

三、三宝

有一天,花朵儿学完跆拳道回来,喜滋滋地告诉我:“今天学跆拳道的时候,三宝哭了,我安慰了他,我们俩成为好朋友啦!”

以后,我们经常听见花朵儿左一个三宝,右一个三宝。

周五我送花朵儿上学,在幼儿园附近刚好碰见三宝的爸爸,花朵儿将一幅贴了小贴画的图画送给他,让他带给三宝,三宝爸爸说,三宝就在幼儿园里呢,你亲自交给他吧!

花朵儿坚持说:“叔叔,还是你带回去吧!”她扭头对我解释道:“这样,三宝回家就能看见我送他的礼物了!”

36. 老公老婆【2010-12-29】

一、幸福些,快乐些

爷爷奶奶从澳洲回来,路上有些小争执,花朵儿看出两位老人家的面色不善,却也闭口不言。临出门回我们家的时候,奶奶扒着门口叮咛花朵儿:“路上小心些,不要一步一个跟头!”

花朵儿应道:“奶奶,你们要快乐些!”

从六楼走到四楼,花朵儿意犹未尽,对着尚未关闭的家门:“奶奶,你要记得喔,要快乐些、幸福些!”

二、自信

自让花朵儿上了花样溜冰课,我也老夫聊发少年狂,在冰场上蹒跚地行走于一帮几岁至二十出头的小孩子们之间。间或一位好心的十岁少年驻足:“阿姨,要我带你一段吗?”

我看看他单薄的身形,很是惭愧:“嘻嘻,我太沉啦,你带不动我的。真是感谢呢!”

溜了几次,也想学学花朵儿的初级花样,我窝在冰场一角,苦练倒着身子画葫芦。不一会儿,花朵儿轻盈的小身段就飘在了眼前,她嘻嘻笑地看了一会儿,终于吱声说话:“妈妈,这么高难度的动作,你就不要学了吧!”

三、迂回

花朵儿这周生病在家,一度烧到38.7度。

昨天刚好些,就闹着要吃巧克力,我们怕她上火,当然劝阻她。她缠着hoot:“我就看看,好吗?”

hoot见她烧红的小脸,就让她拿在手里,她水汪汪地眼睛望向hoot:“我拆开来,看看里面是什么样子吧!”

等到我看见她举着巧克力来到面前的时候,花朵儿遥遥地对hoot说:“爸爸,我帮你尝尝好不好吃吧!”说着就把巧克力放在了口中。

四、老公老婆

花朵儿有一天谈起她的婚姻观:“老公就要对老婆好一些!你们知道吗?”

我就调侃地对hoot说,你听见没有?

hoot肯定自觉自己是个好老公,不知天高地厚地问花朵儿:“爸爸就对妈妈挺好不是?”

花朵儿叹了一口气:“你们俩天天吵吵闹闹的,烦都烦死我了!”

五、招牌招数

花朵儿基本上听不得批评,容不得意见。

主张得不到落实的时候，花朵儿的表态特别坚决："我不喜欢妈妈了！"

对这个问题，我一般都无动于衷，事实胜于雄辩。

于是，花朵儿改成自怨自艾型："哎呀，妈妈不喜欢我了！"常常一把鼻涕一把眼泪。

这是本质问题，我只好把花朵儿搂在怀里，花朵儿更作小猫可怜状："妈妈，你好久没叫我花朵朵了。"

37. 西饭【2010－12－31】

一、西游记迷之一

花朵儿迷西游记不是一天两天了。

口里说说悟空、八戒也就罢了，可是，她是经常付诸行动的。四号线起点站安河桥北的站台上，有几幅龙门石窟的宣传照，卢舍那慈祥的笑容就浮现在半高的墙上。有好几次，轻轨车厢门一打开，正好面对着拈花而笑的佛祖，花朵儿从人群中飞速地穿梭而出，倒头便拜："如来佛祖在上，受老孙一拜。"

人群哗然，我和 hoot 只好手忙脚乱地抓起花朵儿。有一次，碰上挣扎不起的花朵儿，只好将活蹦乱跳的那个小姑娘硬扛上肩，一路抢出站台。

二、西游记迷之二

花朵儿笃信自己会扮演哪吒，总是问我："什么时候他们来找我演哪吒啊？"

我们就说，哪吒七岁了，你还小呢。

有一天，花朵儿突然说："我还是不去演哪吒了吧，万一我上了电视下不来怎么办呀！那就再也见不着爷爷奶奶了！"

三、堵车

2010年的最后一天，我们从城里回回龙观。

路上，车汇成了冰封的河流，我和hoot被堵得心里直发慌，你唉声我叹气的。

只有花朵儿兴高采烈："今晚上真美丽呀，你看看，彩虹还有粉色的呢，灯光五颜六色的……"

四、感情

花朵儿很喜欢同班同学小贺。

那天，她说："今天，小贺终于上学了。"

我说，那你和他一起玩了吗？

花朵儿说："他来了，没有和我打招呼，我也就没理他，不过，实际上呢，我心里很想和他玩，可是，我假装没看见他，不在乎他，谁让他先不理我的呢？"

五、哭泣

下午，我早早地回来了，带花朵儿去溜冰。

花朵儿从睡梦中醒来，一直哭哭啼啼，看什么都哀哀地哭。

我什么也没说，直到上车，她终于停止了哭泣，有些讪讪地："妈妈，你知道我为什么一直哭一直哭吗？我只不过是没睡好，所以心情不好而已！"

38. 两小无猜【2011－01－03】

一、悲惨

上午，花朵儿和乐乐玩耍后回家得出了一个结论："乐乐很幸福，我过得很悲惨！"

花朵儿说："乐乐每天早上都可以吃面包，而我想吃却没有，不是活得很悲惨吗？"

我因为电视里说植物奶油的事情，很久都没有买面包了。

奶奶说："你可以让爸爸买呀！"

花朵儿撇撇嘴："那有什么用，爸爸也要听妈妈的呀！"

二、家常

花朵儿和鱼儿姐姐一起去泡温泉，两个人勾肩搭背地在路上慢悠悠地走着，开始拉起家常。

花朵儿说："我爷爷喜欢钓鱼。"

鱼儿答："我爷爷也喜欢钓鱼。"

花朵儿说："我外公喜欢种菜，他种的白菜可好吃了，我特别爱吃，可惜，他在武汉！"

又走了几步，花朵儿忧心忡忡地说："唉，我爸爸喜欢吃垃圾食品……"

鱼儿心有同感："唉，我爸爸也喜欢吃垃圾食品，还喜欢喝酒……"

三、劝诱

花朵儿和鱼儿姐姐一起上的溜冰课，也经常一起练习。

今天，花朵儿和鱼儿又约着一起上冰，可是，花朵儿玩性大，不一会儿,就开始趴在冰上抓冰玩了。

鱼儿姐姐久劝无果,便开始循循善诱:“朵朵,这样吧,我不会的动作你来教我,你不会的动作,我来教你,好吗?”

花朵儿哼了一声:“可是,你什么都会呀?”

鱼儿想了一会儿:“我觉得,我的后葫芦滑得就不是那么完美!”

39. 生死事小【2011-03-07】

一年匆匆过,懒了两个月,转眼间,还有一周,花朵儿就要满5岁了。

想想她出生时的模样,6斤3两,红彤彤的,只会闭着眼睛哭泣。如今伶牙俐齿的花朵儿,却让我和hoot每每感慨,真是一个集天使与魔鬼于一身的小人,可怜可爱的时候,捧在手心,亦爱不能够,倔强胡闹的时候,咬牙切齿,仍抓狂不已。

一、生死事小

花朵儿摸着我手上的玉镯:“这个真是漂亮,能给我买一个吗?”

我说:“这个就是你的呀,等你结婚的那天,我就把这个镯子套在你的手上。”

花朵儿没心没肺地接了下去:“嗯,等你老了,死了,我看见这个镯子,就会想起你,记着你!”

我听着一阵伤感,还来不及表示出来,花朵儿继续说道:“等我老了,我就给我的女儿,她就会想念我,纪念我,等我的女儿老了,她再给她的女儿,作为纪念,我女儿的女儿老了……”

唠唠叨叨的花朵儿，顿时冲淡了我的心境。

生死的过程，在孩子看来，不过是一句话。

二、我真是悲惨

早起的花朵儿，每次都有要不完的起床气，我和 hoot 每每抓狂不已。于是，我们威胁花朵儿，如果再闹的话，晚上，就一个人独自睡去。

在餐厅用毕晚餐，我们说起花朵儿的惩戒，花朵儿仍不住大叫："惨了，我真是悲惨，真是不幸呀，难道还有比我更悲惨的吗？"

邻桌用餐的诸人皆举着狐疑的眼光侧目而视，仿佛我是后娘的样子。我无从分辩，只得拉起花朵儿狼狈而出。

三、嫉妒

花朵儿在幼儿园里学了一首儿歌：

只要妈妈露笑脸　露呀露笑脸
云中太阳放光芒　放呀放光芒
只要妈妈露笑脸　露呀露笑脸
美丽花儿齐开放　齐呀齐开放
亲爱的好妈妈　我的好妈妈
只要您呀笑一笑　全家喜洋洋

花朵儿声情并茂，在家里又唱又跳地表演这首歌，hoot 充满嫉妒地说："为什么不唱爸爸呢，好花朵儿，你把妈妈改成爸爸，再唱一遍！"

花朵儿毫不妥协："幼儿园里没有教，不能改！"

40. 辩才【2011-03-11】

一、抉择

花朵儿同hoot讨论心仪的男孩子:“许小朋友真帅啊,我以后要嫁给他!”

仔细又想了想:“马小朋友、水小朋友、贺小朋友(一口气又说了好几个名字)也挺帅的,可是,我只能嫁给一个人呀!”

反反复复地比较来比较去,顿时觉着这真是一个难题,最后,叹了一口气,对hoot说:“唉,这几个男孩子都不错,爸爸你来决定吧,你说我嫁谁我就嫁谁!”

二、优点

我觉着花朵儿太注重外表了,想引导她:“花朵儿,你喜欢一个男孩,不能只看他长得帅不帅,还得看他有没有其他优点,比如爱学习、比如善良……”

花朵儿沉思片刻:“嗯,还是许小朋友好,他说话轻言细语的,不大吵大闹!”

三、辩才

一块糖掉在了地上,花朵儿捡起来就往嘴里放,正好被hoot逮个正着。

hoot气急败坏地说:“花朵儿你再把什么东西都往嘴里放,我就要掌你的嘴了!”

花朵儿反应特别快:“那我吃饭呢,饭也是东西呀,你也要掌我的嘴?”

问得hoot哑口无言。

【花朵儿五岁】

1. 花朵儿五岁啦!【2011－03－14】

一、生日

花朵儿周日满五岁。

爷爷奶奶说:“花朵儿,你都五岁了,不能再闹人了!”

妈妈爸爸说:“花朵儿,你都五岁了,能自己做的事情,就要自己做了!”

花朵儿躲进我的怀里,哀泣道:“妈妈,我能不能过段时间再过生日啊! 你就当我二岁好了!”

二、洛洛

中午,花朵儿舅舅带了生日蛋糕,放在餐桌上。

洛洛讨好地问花朵儿:“花朵儿,是现在吃蛋糕呢,还是吃完饭吃?”

花朵儿奶奶说:“现在不吃,吃完饭再吃吧!”

洛洛很不以为然:“是你过生日还是花朵儿过生日呀,我在问花朵儿呢!”

三、时间

晚上,我们离开爷爷奶奶家回自己的家。

花朵儿依依不舍地要爷爷奶奶在六楼的窗口送别。

到了楼栋门口,花朵儿仰望六楼的爷爷奶奶:“爷爷奶奶,时间一天一天就过去了,星期六你们就又可以见着我们了!”

四、改邪归正

回家的路上,我对花朵儿循循善诱:“明天早上你要快点起来喔,穿衣服也要快点!明年就要上小学了,如果还这么慢,学习怎么上得去呢,你不想变成要饭老太婆吧!”

花朵儿沉思片刻:“妈妈,刚才我感动地想哭呢!”

我奇怪:“你有什么好感动的呢。”

花朵儿说:“你说那样的话,不是在帮我改邪归正嘛!”

2. 恐怖故事【2011-03-14】

一、恐怖故事

花朵儿说:“妈妈,我会飞。”

我问:“你怎么飞呢?”

花朵儿胸有成竹地答:“我的头会飞,我的头发就是我的翅膀,我的头飞走了,我的肚子上又长出眼睛、鼻子和嘴巴!”

这哪里是飞,完全是恐怖片嘛。

二、大地震

日本发生了大地震。

我搂着花朵儿看电视台转播过来的恐怖画面。

花朵儿说:“妈妈,什么是地震?是地球在生气吗?”

三、醉酒

hoot 和大学同学聚会,喝得酩酊大醉。

第二天早上,hoot 神情萎靡地坐到餐桌前吃早饭。

花朵儿气愤地说:“你难道没有和你的同学说吗?说你的女儿不让你喝酒?别人的酒量好,可以多喝,你的酒量差,就不要喝嘛!”

四、幼儿园

花朵儿对自己的幼儿园非常自豪,经常向别人夸耀:“你知道吗?我的幼儿园是最好的幼儿园!”

别人问她:“怎么好呢?”

她就说:“我的幼儿园很有名呀,乐乐就知道!”

早上,花朵儿以不可思议的表情对我说:“难道三宝不知道我们的幼儿园是最好的幼儿园吗?他怎么还没来上学呢?”

3. 地铁节【2011-03-16】

一、地铁节

花朵儿问:“今天星期几啊?”

我说:“星期二。”

花朵儿顿时作雀跃状:“太好了!今天星期二,明天星期三,后天就是星期四,我就可以坐地铁了!”

周四我们的车限行,我们都要早起,开车去地铁站进城。

我一脸的不可理解:“坐地铁有这么高兴吗?”

花朵儿说:“是啊,星期四是我的地铁节,每个星期四都是我的节日,如果限行变成星期五了,星期五就是我的地铁节!”

二、此地无银三百两

花朵儿与 hoot 玩捉迷藏。

花朵儿将 hoot 领到储藏室:“爸爸,以前好几次我都藏在这里,不过,今天晚上,我不会躲进去了,待会儿,你别到这儿来找我,好吗?”

我和 hoot 大笑,原来此地无银三百两的事情是有现实可能的呀!

hoot 笑着抱起花朵儿讲起了“此地无银三百两”的故事。

三、亲了妈妈一下

花朵儿为了晚上让我陪她睡觉,用各种各样的方式夸我:“妈妈,你烧的菜真好吃,妈妈,你真能干,妈妈,你真漂亮……”

hoot 听了又羡又妒:“花朵儿,你就会拍你妈妈的马屁!”

花朵儿问:“什么叫拍马屁?”

hoot 恶毒地形容:“就像闻你妈妈的臭脚丫!”

花朵儿是个明白人,气得大叫:“不是的!你说的不对!我夸妈妈,就像亲了妈妈一下。”

4. 感悟【2011－03－18】

一、帅

花朵儿说:“我只和长得帅的男孩子玩。”

我问:“你们班哪些男孩子比较帅啊?”

花朵儿如数家珍:“许小朋友、贺小朋友、马小朋友……”听起来,她们班上一多半男孩子都在她的名单上了。

花朵儿终于列完了名单,最后仍然意犹未尽:“还有猪八戒和孙悟空,都很帅!”

二、感悟

晚饭,花朵儿一边埋头狂吃西红柿鸡蛋面,一边赞叹:“唉,真是美味呀!”

突然,她抬起头严肃地问:“哭没有什么用处,我们要用聪明和商量来解决问题,对吗?”

她忽然变得这么哲学,让我有点猝不及防,我只能点头称是。

她神色重新恢复了欢快,笑逐颜开地补充道:“吃饭也能解决问题,对吗?”

这似乎也符合中国的实情,我和 hoot 仍然不得不点头称是。

三、肉食动物

我把西红柿鸡蛋面和凉拌莴笋端到 hoot 面前。

hoot 顿时怒火冲天:“你骗我!不是说有香肠的吗?有香肠我才选择的面条!”

我忙不迭地从冰箱里取出一段香肠,洗洗扔进面汤里煮:“好好,马上煮,很快就好。”

hoot 神色稍霁,举起筷子,忧郁地开始吃面……

5. 宝石【2011-03-22】

一、宝石

我带花朵儿去华联超市。

路上，我遵循贝贝熊系列上专家确定的购物原则，与花朵儿有约在先："花朵儿，我们今天去超市，你只能选一样东西买，好吗？"

花朵儿很是高兴："好啊！"

"那你准备买什么东西呢？"

花朵儿说："就买一块宝石吧！"

二、忘记

晨起，花朵儿又闹着不愿起床。

我咬牙道："今晚，你就一个人睡吧！"

傍晚，将花朵儿接出幼儿园的时候，花朵儿就开始担心夜晚的事情，开始小心翼翼地问我："妈妈，今晚是你陪我睡觉吗？"

我狠着心："鉴于你早晨的表现，要不你爸爸陪你，要不你自己一个人睡！"

花朵儿温言软语向我劝说半天，然后决决地说："就这么说定了，你陪我，好吗？"

我不愿放弃原则："那你早上已经闹过人了，怎么办？"

花朵儿脱口而出："让我们忘记这些吧，你就不能把它们抛掉吗？"

三、小星星

花朵儿继续问我两岁时的问题："妈妈，我没出生的时候，我在哪里呢？"

我说："那你就不存在这个世界上呢。"

花朵儿说："不是的，那时候，我在天上，是天上的小星星，每个孩子没有出生的时候，都是天上的小星星，对吗？"

四、直率

有一天，hoot 去接花朵儿，班主任谢老师很好心地问 hoot："你是不是觉得花朵儿最近长胖了很多？"

hoot 很是谦虚："哪里有呢，她这么不好好吃饭。"

又一天，谢老师又向 hoot 夸花朵儿："花朵儿最近好像长高不少呢！"

hoot 直率地答："没觉着呀！看不出来。"

哎，有哪个老师能接受这样一位没心没肺的家长呢。

6. 捧人【2011－03－30】

一、捧人

花朵儿今天很得意地向我夸耀："今天贺小朋友对我说，花朵儿，你真漂亮呀！"

哇，这是花朵儿第一次被异性小朋友称赞美丽呢。我由衷地为她高兴："花朵儿当然美啦！那你怎么回答的呢？"

花朵儿说："我就说，贺小朋友，你也很帅呀！许小朋友、吴小朋友在一旁笑得不能行，我就又夸了他们俩，说，许小朋友、吴小朋友，你们都很帅！"

二、同学

昨天下午，我接花朵儿出幼儿园的时候，吴小朋友站在幼儿园门口,巴巴地往里张望着,看见花朵儿,满脸绽开了花。

花朵儿见着了,也雀跃起来,飞奔过去,两人手拉手地往前走。

今天下午,我去接花朵儿的时候,花朵儿将一个比她还瘦小的小男孩推到我的面前:“妈妈,给你介绍一个我的好朋友,他是谢小朋友!”

说完搂住小男孩的肩膀,有说有笑地往前走去。

看起来,花朵儿在幼儿园和小朋友相处甚欢,充满快乐。

我真的相信花朵儿所言,这是世界上最好的幼儿园了。

三、屋里事

晚上回到家。

我一个人在厨房里洗菜、做饭。hoot 累了一天,在书屋里坐着。

花朵儿过来,帮我打鸡蛋:“唉,这个家里,只有我们俩做事情,爸爸就知道打他的电脑。”

一副恨铁不成钢的样子。

我赶紧解释:“爸爸也是做事情的呀,比如每天送你上学。”

花朵儿点点头:“嗯,爸爸做家外的事情,我们俩做屋里的事情!”

7. 清明节【2011－04－06】

一、清明节

清明节,带着花朵儿走进雾灵山。

阳光出奇的好,京承高速的两旁,淡淡的绿色已抹上了柳树和杨树。不过,雾灵山似乎仍然与春天隔绝,山间的溪流凝结成冰雪,枯黄的树枝和淡黄的岩石映衬着蔚蓝的天。

这个小小的冰雪世界给孩子们带来无穷的乐趣,看见雪的一刹那,孩子们就欢呼雀跃起来，并长久地停留在上面。

山里夜晚的星辰更是美不胜收，我们已经经年不见那璀璨的星空，童言很容易就发现了北斗七星。可是，像花朵儿这样的孩子，对于这罕见的美景，也就是轻描淡写地附和一声真美呀！立即投入与其他小朋友的捉迷藏游戏了，她尚不能领略这失而复得的可贵。

二、形容

我们开车行进在京承高速上，花朵儿听着呼呼的风声，感慨道："风真大啊！大得把天空都砸开了一个大洞。"

"妈妈，如果天空破了洞，那么会是什么样的一种情形呢？"

三、人不可能想干啥就干啥

花朵儿与洛洛弟弟相聚甚欢。

快要分手的时候，洛洛邀请花朵儿："下午，你到我们家一起来玩吧！"

花朵儿很是坚决："不去！人不可能想干啥就干啥！爸爸妈妈是绝对不会允许我去的！"

四、规矩

晨起，花朵儿想钻到我的被子里来，我说还是我到你的被子里去吧！

花朵儿说："那你也要枕我的枕头！"

我看着她又薄又小的枕头，很是为难："你的枕头太小了！"

她理直气壮地说："你到我的被子里，就要遵守我的规矩！"

8. 借口【2011－04－14】

一、借口

我带着花朵儿参加硕士同学的聚会，有位已经经年不见，从法院出来又重执教鞭，一派淡定从容，不知不觉，晚餐已过九点。

花朵儿和包间的服务员玩得很好，整晚安静地竟没有缠人。

回到家，早过了花朵儿平常的休息时间。

早晨，花朵儿被我们从睡梦中唤醒，想起昨晚晚睡的原因，便开始撒娇："谁要妈妈那么晚才带我回来？我现在手都抬不起来了，怎么穿衣服？还是妈妈给我穿吧！"

二、前车之鉴

前几天，花朵儿班级体检，花朵儿没有龋齿，可是她们班上有的小朋友已经有好几颗龋齿，有的已经被拔掉了一颗牙。

花朵儿说起那些小朋友，既得意又是后怕："你看看，幸亏我每天晚上都认真刷牙，所以，牙齿既没被拔掉，也没有变黑。"

今天，在车上，花朵儿一把抓下我的眼镜："妈妈，你能不能以后不戴眼镜？这样子好看多了！"

我赶紧现身说法："哎，就是以前不注意保护眼睛，看很多书和电视，才不得不带这丑陋的眼镜。"

花朵儿总结教训道："我最近已经少看电视了，只是偶尔看看，我很注意保护眼睛。"

看看，爱美之心有多大的作用啊！

三、"天才"

"妈妈,这是什么字啊?"花朵儿指着一本杂志的封面问我。

我一看:"嗯,这个字你一定要认识,因为这是你最喜欢的颜色,读红。"

花朵儿指着红旁边的字:"那这一定是茶字咯!"

这是我们从未教她的字,我的心一阵激动,为她的触类旁通而震惊:"啊,正是茶字呢,你怎么认识的?是猜的吗?"

花朵儿一点儿领略不到我内心的翻云覆雨:"这幅图,不是一杯茶嘛!"

呵呵,可怜我这颗父母心啊!

四、明天

明天准备用周末,带花朵儿去九华山,领略春色。

想想南方正是烟花三月雨蒙蒙的时节,就不觉心动。

9. 九华山【2011-04-26】

一、九华山

周末两天,竟然能去九华山。

本来想不是旅游旺季,应该人不太多,可是,正碰上农历的十五,是佛教的重要日子。上山的人络绎不绝,庙里都是虔诚的参佛人。

因为熟读西游记的缘故,花朵儿对佛教充满了好奇和好感。我们游览了九华山的几座主庙,花朵儿见观音拜观音,见佛拜佛,旁人都非常吃惊,感叹道:"咦,这孩子拜佛的姿势这么标准呀。"

二、牯牛降

据说,牯牛降是华中地区最后一片原始森林。

山和森林倒罢了，北方也多得是，难得那山间密林里的一片潭水，碧绿清澈，静静浮着落叶和花瓣，洗净人间铅华。

花朵儿美景当前，直叹："真是美丽呀，北京哪里有这样的景色，我们就待在这里，不回去了罢！"

花朵儿也最喜欢山涧流淌的清泉，在溪水边戏水，久久不肯离去。

我因为要接着去苏州出差，在牯牛降徒步走了三十多分钟，就匆匆离去。此后，花朵儿品尝了野茶，游了瀑布。

现在说起牯牛降，仍津津乐道。

三、兄弟姐妹

花朵儿同班的小朋友，有好几个都有弟弟或者妹妹。

花朵儿对我和 hoot 以前说的话产生了怀疑："不是说法律不允许吗？为什么我们班的墨墨就有妹妹呢？爸爸也有弟弟，妈妈也有姐姐，为什么我却没有兄弟姐妹呢？我好孤独啊！"

四、听课

hoot 同事邀我给大学里的学生上课。

花朵儿在一边拍手，一边赞道："太好了，妈妈，你上课吧！谢谢你！"言毕，两手作揖，俯首作称谢状。

我正在为花朵儿好为人师的精神欣慰，花朵儿就已接道："这样子，我和爸爸就可以中间进去，笑话你啦！"

原来是女承父业的拍砖精神呀！

我几乎晕倒。

五、hoot 的运动观

我非常沮丧地对 hoot 说："真倒霉，明天下午我们单位去植物园长足五公里。商务部却来通知明天下午要开会!”

hoot 由衷地说:“那有什么倒霉的,开个会,你就少走五公里路了,好事啊!”

真想将手中的拎包掼在他的脑门上,可他是认真这么想。

10. 明天不过了!【2011－05－01】

五一节,遇上今年最大的沙尘暴。在黄沙和狂风中,我们只有选择宅在家里,在弥漫着泥土腥味的屋子里,百无聊赖地度过一日。

第二天,尽管黄沙仍未完全退去,我们还是带着花朵儿,按着与好友的约定,向延庆进发。一路上,都是急不可耐奔向郊区的车,不可避免地,各个通往景区的路口出现了拥堵。

幸喜,我们选择的不是大众景点,在延庆的百里画廊,溪水潺潺,新绿的树叶在耀眼的阳光下闪着水一样的波光。两天的大风吹散了空气中的污尘,天终于呈现出干净的蔚蓝。我们在温暖的、蜿蜒的溪谷中行进,在铺满碎石的林边驻足。我遥遥地向远方大喊:“明天继续放假吧,不要上班! 不要上学啦!”花朵儿更加兴奋地喊叫:“对! 对! 我们明天不过了! 以后的所有天都不过了! 就一直待在今天吧!”

11. 这你得问老天!【2011－05－16】

一、这你得问老天

我和花朵儿在奥林匹克公园漫步,我看着花朵儿逐渐长大的身形,感叹时间的倏忽:“花朵儿,你别再长大了,就现在这样子,多好啊!”

花朵儿对我的感慨已经司空见惯,用手指着天空:“这,你可得问老天!”

一会儿,又跺了跺脚:“嗯,你问老地也可以,让地球转得慢一些……”

二、联纵

花朵儿和我私下商议:“我们俩要互相帮助!以后,爸爸骂你的时候,我帮你骂他,爸爸打你的时候,我帮你打他!爸爸骂我的时候,你也要帮我骂他,爸爸打我的时候,你也要帮我打他,好吗?”

三、猪花花

花朵儿要我和她一起玩猪八戒和小妖的游戏,我拒绝。

花朵儿开始花言巧语:“你不像八戒那么胖,不像八戒那么难看,也不像八戒那么好吃懒做,这样子,行了吧!”

我还是不愿意:“这也不像好话呀,就是猪八戒的名字也很难听,我不当。”

花朵儿想了一会儿,说:“那这样吧,你不叫八戒,叫花花,猪花花!”

四、艳羡

花朵儿去芳邻萱萱那儿玩。

花朵儿看着萱萱从各种美丽的瓶子里取出各种各样的食材,放进砂锅,又取出泡好的白木耳,用餐刀剁碎。

花朵儿凝神良久,看得心旷神怡,无比艳羡:“萱萱阿姨,你看你多好啊!可以自己做这么多好吃的,还长得这么美……”

12. 诗人【2011－05－23】

一、诗人

清晨，花朵儿惬意地躺在床上，左右摇摆着小身子。

我们说："花朵儿，快起床吧！"

花朵儿摇了摇头，认真地宣布：

我不是花朵儿
我是花朵儿梦里走出来的人
花朵儿已走进了我的梦里……

二、你在我的眼里美吗？

花朵儿深深地望进我的眼里："妈妈，我在你的眼里看见了自己，我很美丽，你看看我的眼，你在我的眼里美吗？"

我望进她深邃的眼里："美，因为你的眼睛美！"

三、叶公好龙

奥特曼打怪兽，从花朵儿的言谈举止来看，应该是她幼儿园生活里一件很重要的事情吧！

自从奥特曼的故事被搬上大屏幕的预告出来后，花朵儿周末念兹在兹的一件事就是看奥特曼的电影。

终于，我和花朵儿坐在了电影院里。进场后，满是妈妈和孩子，我的身边居然坐了一个大学生模样的男孩子，他很不好意思地解释："我本想到这里休息一下，没想到这么多人！"我怀疑这个说法的真实性，也许很久以前，他和花朵儿一样，是个奥特曼迷？

花朵儿对剧情似乎已有心理准备:“妈妈,我害怕的话,你要抱紧我喔!”

开演二十分钟,平淡无奇,我却听见怀里的小人低低地说:“妈妈,我们走吧,我害怕!”

我紧了紧抱着她的手:“没事,妈妈在呢!”

花朵儿突然挣扎着跳了下来:“妈妈,我不和你开玩笑,我要回家!我害怕!”

这个叶公好龙的家伙,不过,正合吾意,我正生气导演,为什么不能拍出老少咸宜的片子呢!

13. 骑士【2011-05-30】

一、骑士

以下是花朵儿叙述的故事,她的好朋友已有骑士之风。

我把那天看奥特曼的事情告诉了小朋友们,许小朋友大叫:“谁敢动我们花朵儿一根毫毛,我们就消灭它!”

我说:“我又不是孙悟空,哪里来的毫毛呢?”

许小朋友说:“你不是被怪兽欺负吗?我是帮你呀!”

吴小朋友也大叫:“谁敢欺负花朵儿,我们就揍扁它!”

他们的话,让我笑得不能行,后来,他们问我怪兽长什么样?我说,太害怕了,没看清。

二、功夫熊猫

奶奶买保险的保险公司营销员巴巴地从朝阳过来送给她两张《功

夫熊猫》的电影票。

周日，我们巴巴地从回龙观赶去朝阳剧院。

先是保险公司领导答谢客户的致辞十来分钟，然后是推介一个新产品，冗长不说，满是诱人、夸大的误导，花朵儿听得很不耐烦，坐在我身上扭来扭去："妈妈，这个人的讲话怎么还不结束啊？"

如果只忍受这几分钟也就罢了，电影的眼镜实在太次了，昏暗不清，本来应该是绚丽的色彩，变得黯淡不光，更可气的是，台词也很难听清，我仿佛回到了当年的录像厅。唯一可取的是，剧情还算吸引人，勉强让我从头看到尾。

唉，这样的保险公司宣传会，怪不得招引不来好客户呢，连基本的商业包装都不会，何况经营乎。

花朵儿倒是兴高采烈，看得神采飞扬。观影毕，花朵儿只对奶奶提了一个要求："奶奶，下次看电影，能不能看不带领导讲话的？"

下定决心，准备去华星再好好看一场《功夫熊猫》！

14. 她又不用打怪兽！【2011－05－31】

一、六一儿童节

花朵儿的幼儿园非常好，为六一儿童节安排了丰富的节目，简直像狂欢节，又是亲子运动会、又是欢庆合照，又是亲子观影，还准备了礼物和统一服装，花朵儿感叹，要是天天过节该多好！

基于我们的端午节已经安排了浙江天台游，花朵儿开始憧憬："下一个节日，是父亲节，爸爸，你准备怎么过节？"

二、小谢老师

花朵儿对我们说:“我觉得小谢老师很喜欢我,对我可好了!”

可是,有一天花朵儿颇为郁郁地说:“唉,小谢老师最近好像没有以前喜欢我了!”她又转念一想:“唉,我们这么多小朋友,她也不可能只喜欢我一个人呀!”一会儿,她就放开了这个问题。

尽管花朵儿是我们的小太阳,但幸喜她并不以自我为中心。

三、理由

花朵儿不愿意穿裤子,因为天气冷,我强逼着她穿上,她一路哭哭啼啼。

我指着路上走着的一个小男孩,看看,那个小男孩不是穿着裤子吗?她反驳:“他的裤子样式和我不一样。”我又指着路上穿着同样样式裤子的女孩,看看,那个小女孩不是也穿着裤子吗?她想也不想:“她又不用打怪兽!”

15. 天台游【2011-06-10】

端午游天台,疏风骤雨,无暑气袭人,能尽享江南风光,与诸友相聚甚欢。

一、换老公

hoot向来在花朵儿面前要做威严状,旅游的一路上呼来唤去的,好不威风。花朵儿赌气地对我说:“妈妈,爸爸这样子,我们俩换个老公吧!”后来想想,又说:“看来你是换不成的了,只有我以后找一个好老公了!”

二、质问

花朵儿走得累了，哼哼唧唧地要我抱，被我冷酷拒绝。hoot 讨好地抱起花朵儿，当当、洛洛和鱼儿跑过来围观，hoot 趁机取笑："快来看喔，花朵儿这么大的孩子，还让人抱！"

花朵儿顿时泪如雨下，大声声讨 hoot："你抱我，难道就是想让人取笑我吗？"

三、夫妻之道、男女之别

花朵儿问我："为什么老婆在家里都是领导呢？"

我诧异："老婆怎么是领导呢？"

花朵儿说："你看，叔叔、爸爸都称自己老婆为领导。"后来她自己找到了答案："爸爸们在外面都是领导，回到家，妈妈就是领导了！"

哈哈，花朵儿的洞察力真是超乎我们的想象啊！

四、强词夺理

花朵儿跳过一个水坑，溅了 hoot 一身脏水，回到家，花朵儿向我卖乖："爸爸平日从不洗衣服，我今天把他的衣服弄脏了，好让他知道洗衣服的辛苦……"

五、忐忑

花朵儿最近迷上了龚琳娜的《忐忑》，每次坐车的时候都这样央求我："妈妈，你一直放忐忑的歌，直到我听得想吐，好吗？"

16. 精卫填海【2011－06－16】

一、收藏钱

花朵儿一直很想要5角钱来充实她的小钱包。

我们在去体育公园的路上，我向她承诺，如果她骑着小车一直骑到体育公园的话，我就请她吃烤鸡翅。

她卖力地骑着小车，忽然想起那个我一直没给她的5角钱，于是，她劝我把烤鸡翅换成5角钱："妈妈，你还是给我5角钱吧，你看看，鸡翅吃进肚子里，变成了臭臭拉出来，就什么也没有了，而你给我钱呢，它就会一直在那里！"

哈哈，有道理，我说，这样吧，你再骑回来的话，我就给你一块钱！花朵儿摇了摇头，坚决地说，不要，我已经有很多一块钱了，我只要5角钱！

二、最老实的孩子

花朵儿要我陪她睡觉，我说，你老老实实地躺在床上，我才会过去。

不一会儿，我听见花朵儿大叫："妈妈，快来呀！中国最老实的孩子等着你陪她睡觉呢！"

三、精卫填海

我给花朵儿讲精卫填海的故事，她很难理解："妈妈，精卫为什么要变成小鸟呢？为什么不变成原来的那个小姑娘？精卫变成小鸟后，为什么不去找她的爸爸妈妈，却要去衔小树枝？"

我念起画书里总结的精卫填海："反映了劳动人民顽强的改天换地、勤劳勇敢的精神！"花朵儿更加不可理解："我觉得是精卫不应该一个人去深海里游泳，没有大人的陪伴，那样多危险啊？她把海填没了怎么办？"

17. 幸福感【2011－07－05】

一、幸福感

相比我们小时候金钱的短缺和父母的忙碌无暇，我们经常感叹花朵儿是幸福的一代人。这一天，花朵儿晚上闹着不肯睡觉，我气得不行："你一天玩到晚，还说没玩，谁有你这么快活？"

花朵儿嘟起一张嘴："我怎么快活了，我们可惨了，环境这么差，水都被污染了……"

这是我们平常的抱怨，被她听在心里，可说的也是实话啊！

二、反应

hoot 在开车的时候，对花朵儿的调皮和不羁，发出感叹："唉！幸亏花朵儿是个女孩子，要是个男孩子的话，肯定厌死了！"

花朵儿问我，什么叫厌死了？我说，就是让人讨厌的意思。

花朵儿沉吟半晌，突然向 hoot 发难："爸爸，你小时候就厌死了吧，就是现在也厌死了！"

三、我会耐心等待的

hoot 对于花朵儿经常站在我这一边非常之妒忌："你不能这么教花朵儿，让她一点儿不讲公平！"我也很委屈："我什么也没做呀，没有教唆，没有贿赂，这是她的天性呀！"

hoot 很愤愤不平："不是说，女儿是爸爸的小情人吗？"转念咬着牙说："我会耐心等待的，等着她更亲我的那一天！"

四、北戴河精卫填海

周末，和诸友带孩子游北戴河，就是在沙滩坐坐，看孩子在沙滩上玩得不亦乐乎，享受天伦。

好像什么名川大海都比不上一堆沙更让孩子们兴奋。

花朵儿抬头看看渤海，又回头看看浅滩上的沙岸，崛起了和精卫一样的心："妈妈，那是大海吗？你看我，用这片沙将它填平！"

于是，一上午，花朵儿就奔跑在沙滩上，捧一手沙，将它们撒向大海，完全无视大海的浩渺。

hoot 总结："你发现没有，中国古代的故事凸显了中国思想纯朴的童年期，在花朵儿身上，我们发现了此地无银三百两，在花朵儿的童言无忌里，我们找到了庄周梦蝶，现在，花朵儿又开始精卫填海……"

18. 成精【2011－07－19】

一、游泳教练

外公外婆暑假来看花朵儿，外公念兹在兹的就是想让花朵儿学会游泳。

我带着花朵儿去附近的游泳会所给花朵儿找一个私教。我的会籍顾问向我承诺 14 个小时能教会孩子游泳，说让私教和我亲自交流一下。过了一会儿，一个很帅、很阳光的男孩子走了出来，浑身散发着运动员的朝气。第一眼倒是挺有好感的，不过，阳光男孩对我说不行。还说，上次有个小孩子，他说了 5 分钟，小孩一动不动。他看见了我的犹豫，说，那这样吧，先上节课试试。

下午，我带着花朵儿去试课。花朵儿的领悟能力还行，阳光男孩说什么，她就能做什么。阳光男孩一个劲儿对我说，现在剖腹产的孩子协调能力多么差等等，我望了一下他的眼睛，说，花朵儿刚好是顺产的！

试了约二十分钟，上岸后，我问阳光男孩，怎么样？他没说原因，只说，至少需要 18 个课时才能让花朵儿带着浮漂游泳，不能保证完全学会！

我非常疑虑，忽然对让花朵儿这么早学游泳产生了疑虑。我上网进行了搜索，一般的游泳培训，都承诺 10 次课学会至少一种泳姿，每次课一个半小时。价格比会所要便宜一半以上。

经过比较，我找到了一个北京体育大学游泳专业毕业的女孩子，她也说，如果没有特殊的情况，一般可以不带任何保护措施地游 50 米。

就这样，通过网络，我找到了一个又便宜又优秀的私教。最重要的，是没上当，被忽悠的感觉真不好！

二、成精

我上班后回家，花朵儿扑上来，粘着我，在耳边说了好多好听的话。

我问起花朵儿一天的情况，外婆说，花朵儿什么都好，就是嘴太刁，不知做什么饭才好。

花朵儿赶快打断外婆："我正跟妈妈讲话呢，你不要打断我！"

外婆没好气地说："你这个小马屁精！"

花朵儿反诘道："那你呢，是告状精！"

三、宝贝当家

鱼儿妈妈带着鱼儿、花朵儿去了金源 Mall 的宝贝当家，几个人在里面居然玩了整整九个小时。

花朵儿那天没上幼儿园，但是宝贝当家里，小孩子必须挣够了钱，才能享受。花朵儿惊讶地说，我逃学出来，没想到居然是为了工作呢。

晚上回到家，已经十点，花朵儿仍意犹未尽，我问她，今天最好玩的是什么？她说，走模特步，感觉真是太好了！

四、想念

花朵儿放了暑假，就在那里发愁："我的好些个同学，有的要上学前班，有的要上其他幼儿园，我想念他们了，怎么办呢?"又说："我们奥特曼队少了这么多队员，怎么才能打赢怪兽呢?"

五、道理

花朵儿又不好好吃饭，外婆向她灌输厌食症的道理。花朵儿深以为然："这样的道理，妈妈以前都没和我好好讲，我怎么可能知道呢？知道了，就不会不好好吃饭了嘛!"

19. 你别装模作样了【2011－08－01】

一、你别装模作样了!

花朵儿学了10天的游泳，已经差不多学会蛙泳，只是不敢卸掉背上的浮漂。

我趁着花朵儿开始游泳的时候，悄悄地解开了浮漂的扣子，花朵儿游了两下就发现了玄机，开始慌乱起来，我只好抱起她。

她怒火万丈："你为什么解开浮漂?"

我只好找理由："我的手不小心碰到了扣子……"

她气急败坏："你别装模作样了，你就是故意的!"

外公和教练都在岸上笑得不行……

二、外婆

外公外婆为花朵儿的吃饭问题苦恼不已。

外婆机关用尽，花朵儿不为所动，外婆威胁花朵儿：“你再不吃，我就回武汉了，以后再不来北京了。”

花朵儿嬉皮笑脸地答：“那我就去武汉看你吧！”

三、吃饭问题

我发现，小朋友吃饭，大多分两种，要不吃得太多，要不吃得太少。

鱼儿和当当吃得太多，花朵儿和洛洛则属于吃得太少。

有一天，鱼儿来朵朵家玩。

我做饭给两个小家伙吃，发现了天壤之别。我的每一个菜端上来，鱼儿都发出由衷的赞叹：“阿姨，你的菜真是美味呀！”花朵儿则完全无动于衷。

两家的吃饭哲学也发生了冲突，花朵儿说，要快些吃饭，鱼儿说，谁吃得慢，谁就是第一名！

我总把鱼儿作为花朵儿吃饭的榜样，花朵儿有一天忍不住地幻想：“要是将来鱼儿姐姐和当当弟弟结婚了的话，那他们俩还不把家里吃个底朝天？”

20. 我是老天的孩子【2011－08－22】

一、我是老天的孩子

我们一起散步，花朵儿问：“妈妈，你想要个女孩吗？”我说是的，她又问：“爸爸呢？”我说，爸爸做梦都想要个女孩。

花朵儿说：“于是，老天就把我给了爸爸，又给了你，你们就心想事成了！世界上每个孩子都是这样的吧！”

花朵儿接着问：“你说，老天是男的，还是女的？”我说，既不是男的，也不是女的。花朵儿说:“不对,我认为,老天又是男的,又是女的,以前,我是老天的孩子,现在才是你们的孩子!”

二、见怪不怪

hoot 问花朵儿,你今晚怎么睡?花朵儿很是漫不经心:“当然是一个人睡小床啦!”

hoot 诧异不已,你的意思是一个人自己睡在小屋里,既不用妈妈陪,也不用爸爸陪?

花朵儿白了一眼 hoot:“我都这么大了,难道不应该一个人睡吗?你有什么好奇怪的?”

她这副老三老四的口气,让我在一旁笑得直不起腰:从记事以来,花朵儿还从未一人睡过呢!

三、感叹

花朵儿的婶婶吃素,hoot 就在那儿困惑,花朵儿叔叔不是吃荤吗?如果婶婶做肉菜,不是开戒了吗?

花朵儿叔叔顿时和 hoot 急了,强烈抗议 hoot 的挑拨:如果她不做荤菜,那我吃什么呀?

在一旁冷眼旁观的花朵儿突然插话,向叔叔感慨:“你看看,你的老婆对你多好呀!”

21. 滥杀无辜【2011-09-13】

一、滥杀无辜

中秋,一家人去野鸭湖公园。

那是一片湿地，许是今年雨水比较多，中间洼地形成了一个小湖，公园几乎没什么公共设施，绕湖的是土路，因为昨天下了雨，还有些泥泞，这里唯一值得称赞的是在芦苇丛生的湖面建了蜿蜒的栈道。

如果在南方，这片方圆不过三四公里的园子，是俯首可得的风景，而在首都，每个人就要交50大元的入门费，据说，旺季更高，要100。

路边坐着几个钓鱼公，有同好的爷爷上去围观，花朵儿也好奇地凑上前去。钓鱼公讨论起大鱼的处理，hoot凑趣说道："用石头把鱼砸晕呗！"

花朵儿听了大声抗议："你不许滥杀无辜！"

公园外面是一个小型的禽类博物馆，有许多飞禽的标本，天鹅、秃鹫、苍鹰……花朵儿在那里流连忘返，可是，要看真实的动物，除了动物园，就很难了。

二、海洋PK蓝精灵

带花朵儿先后看了《海洋》和《蓝精灵》。

《海洋》被电影院放在最小的、只能容纳100人左右的一个厅播放，效果也就有限了，花朵儿居然坚持看完了。我们旁边一个十几岁的男孩在开映半小时就坚决要退场，想必大自然的魅力远远比不过游戏的精彩。

不过，花朵儿还是更喜欢《蓝精灵》，看过总是问，我们什么时候看第二遍啊？

花朵儿的逻辑真是奇怪，她一点都不害怕格格巫，还说："感谢格格巫，如果不是格格巫创造了蓝妹妹，这个电影就没什么好看的了！"

三、三字经

花朵儿拒绝学任何课程，钢琴、小提琴、围棋、跳舞……。本来很有兴趣的，我说，要请一个专业的老师教你吧，她每一次都很警惕地问：

“是上课吗?”我只要说是,她就会说,我再考虑考虑吧!以后再说吧!

于是,我决定自己教她《三字经》。

第一天,她一会儿说头疼,一会儿说肚子疼。

第二天,因为我生病,是爷爷教她,也是分心不断。

第三天,教了没两分钟,她就说,还是让爷爷教吧!我拒绝了她,强行让她坐在椅子上……

第四次,她终于接受了现实,老老实实地开始背书……

22. 世界上最好的幼儿园【2011－09－30】

一、世界上最好的幼儿园

花朵儿非常喜欢上学,喜欢自己的幼儿园。

新学年,是幼小衔接的一年,老师经常会布置一些简单的家庭作业。如果有作业的话,花朵儿回家第一件事就是做作业,然后再玩,毫无怨言。

花朵儿是个完美主义者,每一次,写得不满意的话,她都会擦完再写,因此,比较慢。hoot是个急性子,看着花朵儿,就会吼:“写完再改!”不过,收效甚微,花朵儿仍是写了改,改了再写。

幼儿园什么都好,老师、同学甚至幼儿园的饭菜。每一次,花朵儿对饭菜的表扬都是:“妈妈,你做得真是美味呀,都快赶得上我们幼儿园的饭菜了。”或者“爷爷,这个菜真好吃呀,离我们幼儿园的菜就差那么一点点!”

二、体贴

hoot有时候脾气大得很。

一天下午一见面，我问："中秋节你说要送给 S 导师的螃蟹票送了吗？都快国庆了。"hoot 马上烦的不行："我这两天都忙死了，早上开会、中午见学生，明天还要上课……哪里有时间？"

我被噎得正要发火，花朵儿悄悄在我耳边说道："妈妈，你别和爸爸吵了，他这么忙，这么辛苦，还不是要工作养活我们俩！"

三、三娘教子

花朵儿喜欢听戏剧，京剧、越剧和昆曲，电视里放的时候，她都能坚持看很长时间，一动不动。

前几天，学校礼堂有京剧巡演活动。我带着她看了一场折子戏《三娘教子》。

她不喜欢听男子的文戏，喜欢武戏，但只要有女子的，无论文戏武戏，都喜欢。

《三娘教子》里薛保唱道："子不教，父之过，教不严，师之惰。"花朵儿听了得意非凡："这句话，我也知道呢！"

四、理想

有一天，花朵儿说起她的理想："我长大了，想像骆医生那样，当个医生，还想像谢老师那样，当个老师，这可怎么办呢？"

我说："骆医生既是医生，也是老师。你可以像他一样。"

骆医生是我们认识的一位名中医，还是中医学院的老师，经常给花朵儿看病，也给 hoot 看鼻炎，花朵儿一直很是钦慕。

23. 2011国庆游记之一【2011－10－07】

一直想开车回家，享畅行千里的感觉。今年的国庆，终于成行。

一、好事多磨，侥幸出行

一家五口，筹备已久，准备趁九月三十日下午的空当，开始行程。我们原本的计划是，hoot载着爷爷奶奶和花朵儿，中午十二点左右在金融街接上我，然后上大广高速，直奔武汉。

没想，我焦躁地等到一点半，hoot才打电话给我，还说，车有些问题。我一听就蒙了，不是前一天，才做过保养，换过大件吗？见面详谈时，hoot说，刚才路上，有位哥们，赶着追上前，说我们家的车轮胎有些扁，好像有问题。我们就近去了洗车行，检查半小时，先是发现胎压严重不足，然后发现轮胎果然被钉子扎了。

只有一个选择，我们将车开到了4S店。

原来，轮胎不是被一个钉子扎了，而是被三个钉子扎了。我已经不能抱怨计划被打乱了，只剩下无比的庆幸：如果不是那位好心的哥们，紧赶慢赶地跑到hoot的旁边，告诉他车有问题，如果我们已经跑上了大广高速，那后果将不堪设想！

真是阿弥陀佛，保佑那位好心的哥们，好心好报，福祉无穷……

二、夜宿开封

大难躲过，必有后福。

我们谁都没有讨论放弃旅行的话题，不过，为了保险，我们换掉了两个老旧轮胎。这样子，一直折腾到下午五点，我们才从南四环踏上出京之路。

刚上大广高速之时，出京的车流稍有些大。等天色渐暗，道路也变得开阔起来，车流稀疏，直至视野里最多只有两三辆同行的车。

从繁华走向荒野，黑色的高速路上，两岸归入沉寂，仅有的变化，是我们的车灯逐一扫过黄色的玻璃路标，偶尔，呼啸超速的赶路车，从车边掠过，不一会儿，也就绝尘而逝。

如果不是花朵儿兴奋的喊叫声不绝于耳，这种在路上的感觉会更震撼：起点已经遥远，在终点显现之前，一切都是未知，尽管过程可能只是单调的重复，却出离于俗世的已知。

夜里十点以后，路上轻雾弥漫，hoot 降低了车速。半夜十一点半，在错过正确的出口以后，我们多走了二十里颠簸的省道，才进了开封城。

三、开封城

我们住在开封主城区包公湖的旁边。

hoot、我以及花朵儿，都曾经在两年前路过开封，游历了大相国寺，记得花朵儿还在千手观音前，为爷爷奶奶、外公外婆祈福。除此之外，没什么特别印象。

第二天，晨起，我们准备逛逛开封再走。

那真是无目的的闲逛，我们在路边吃了羊肉泡馍作早餐，又问了最近的旅游景区，说是大相国寺和开封府都不远，十来分钟的路程。爷爷奶奶对寺庙不感兴趣，况且，我和 hoot 都已去过，所以，就选择了开封府。

一路过去，城市很脏，到处都是狗屎和随手而扔的垃圾，像是上世纪八十年代的县城，没有经过任何的城市改造，直接进了二十一世纪。但路旁的宣传标语却写着，包公湖的水系是近几年才整理出来的。那就是市政管理水平问题了。

开封府为九十年代新建，没什么特色，也就是现代人对包公故事的想象。我拉着花朵儿,向她讲了陈世美的故事,介绍了龙头铡、虎头铡和狗头铡的来历和用途,她倒是听得津津有味。

可笑的是,十一点左右,开封府里居然举行了一场古代的婚礼仪式,一名游客被挑选出来,和未谋面的新娘三拜天地。游客轻佻又警惕,一面夸赞扮演丈母娘的青年演员貌美如花,一面硬着脖子不肯和顶着盖头的新娘子拜天地,被旁边的家丁甲,花足了力气直直按下,鞠了三躬。好戏做完,新娘子被挑起盖头,居然出人意料的漂亮,我总觉着应该是周星驰的如花,才有些喜剧效果。

可惜,当其时,花朵儿被爷爷带上了塔楼,否则,可能最感兴趣的是她,还会有一肚子的问题。

出开封府时,爷爷被一个旅游调查者缠住,爷爷很仔细地回答了问题,肯定很出调查者的意外。我先出去了,想回头催催他们一并出来,刚挨着出口,就被一个凶神恶煞的看门人骂出来:“走走,不许进来。”我瞪了他一眼,想着阎王好见,小鬼难缠,所以,也不计较。

出来的时候,hoot 一扫刚刚无精打采的样子,说起刚才看见一位官员模样的人,被七八个人簇拥着逛开封府,走到府衙的照壁前,看见“清慎勤”三个大字,很有气势地命令周遭一干人等:“你们都来这里照个相,你们能做到这三个字就不错啦!”于是,一帮人,男男女女都在照壁前,一个接一个地强装笑脸“留念”。hoot 正说着,那个很有气势的大官就走了出来,一个漂亮小妞,吃力地拎着黑色公文包,走在旁边。想着彼官员大假期间公费旅游、陪伴者众,居然还要求下属个个做包公,我和 hoot 忍俊不禁,嘻哈笑了起来……

中午,本想吃吃开封最有名的黄家包子做午餐,可是,包公湖旁边那家店,人山人海,hoot 一见就秀眉紧锁,我们其他人立马识趣地选择了旁边一家店,胡乱地解决了吃饭问题。

吃完饭,爷爷奶奶带着花朵儿又去了清明上河园,我和 hoot 都没兴趣，选择了一处柳树荫下，在车里睡大觉。一个半小时后，他们也出来了，爷爷奶奶很是不忿，奶奶说，“人山人海不说，进去了也没啥，就是一个接一个卖东西的铺子，门票还巨贵，80 大洋一人。”

花朵儿却兴高采烈地，在琳琅满目的商品前驻足不前。我曾和她说好，每次出去玩，只能买一样东西。她一进园就琢磨着买东西，第一眼看中了一个泡泡枪，却觉得应该再看看，于是进了一个店又一个店，终于还是决定买第一眼相中的，奶奶说。买好了泡泡枪，她就心定了，不再东看西看商品，而是看表演，喂鸽子，玩得不亦乐乎。

24. 2011 国庆游记之二【2011－10－08】

在开封明媚的秋光里，姐姐打来电话，说武汉阴雨连绵，10 月 3 日才能开晴。我们立即决定当天不去武汉，目标地改为离湖北最近的新县，那里有国家级自然保护区：连康山。

开封城小，从清明上河园开出 10 分钟，已是近郊了，但由于路况不好，走上大广高速，已花掉整整 3 个小时，那时已是下午 2 点钟。

河南人民真是勤劳，国庆节第 1 天，仍在田里勤苦劳作。离开封不远，田野里点点都是麦秸燃烧的火光，灰色的烟雾腾空而起。没过多久，尽管我们关闭着车窗，花朵儿开始剧烈地咳嗽。

在咳嗽的间隙，花朵儿开始想念外公外婆，吵嚷着晚上就要见着外公外婆大姨和心心姐姐。我安慰她说，这样吧，去新县是为了避开武汉的雨，如果新县也下雨，我们就一路开回武汉！这本是我随口的托辞，没成想，离新县不到 10 公里的时候，开始有零星小雨，不多久，雨势越来越大，大人们无话可说，决定兑现承诺，不再停留，一路向南。晚上九点，在浓浓夜色中，抵达旅行的终点，花朵儿的外公外婆家。

小孩子似乎有种未卜先知的自我保护能力，贪玩的花朵儿没有选择继续在外游玩，而是坚持回到更安全的外公外婆家。可能是下午受烟雾刺激的缘故，花朵儿在夜里，又是呕吐又是咳嗽，折腾了一整夜。第二天一大早，我们不得不带她去了武汉的妇幼保健医院，诊断为过敏性咳嗽。要是住在新县宾馆，不知又会怎样？

25. 2011国庆游记之花朵儿【2011－10－08】

一、作业迷

花朵儿对自己已经开始做作业，非常自豪，去武汉的一路上都嚷着要做完作业才睡觉。

夜宿开封，进宾馆时已近午夜12点，我们将她的书包留在了车里。可是，临睡前，她仍然用宾馆的铅笔在信签上写了好几个拼音字母，才上床沉沉睡去。

第二天，见着心心姐姐，得意非凡，见面第一句话就是，心心姐姐，我现在也要做作业了。

二、妖精

花朵儿不止一次地问爷爷和我，为什么妖精都那么漂亮呢？爷爷说，因为她们想骗人呀，不漂亮怎么能骗人呢？我说，外表不重要，如果内心是丑恶的，再漂亮也没有用。

三、皇帝

花朵儿背三字经，对朝代的频繁更迭迷惑不已，问："为什么人人都想当皇帝呢？"

爷爷答道："因为皇帝想干什么就干什么。"

花朵儿说："就是想吃冰激凌，就吃冰激凌，对吗？"

四、冰激凌

在武汉的第三天，午饭，去吃了久违的江湖菜，贪吃了一堆食物，尤其是财鱼块、辣排骨和臭豆腐。

下午，带爷爷奶奶逛汉口的江滩，中午的油腻一直梗在胃里，很是难受，看见冷饮摊，便忍不住买了一块冰激凌大快朵颐。

晚上回家，我头痛欲裂，中午饭全吐了出来。奶奶在那里分析，中午吃得油腻，那么一大块冰激凌下去，不出问题才怪？

花朵儿顿时小眼圆睁，跑到床前批评我："你居然这么冷的天吃冰激凌？看看病了吧？就像上次的我那样，以后可不能随便吃冰激凌了！"

26. 杨门女将【2011－10－10】

北京京剧院的巡演，最后一场重头戏是全本的《杨门女将》。尽管第二天花朵儿需要早起上幼儿园，hoot还是准备让她去看。晚上七点进场前，才知道全本的《杨门女将》要演三个小时，我和花朵儿商量，看三分之二就回家，花朵儿答应了。

我们买的是第三排中间座位，后来又混到了第一排。这样的位子真配得上这部戏，道具精美，服饰华丽，每位演员演得都非常认真，尤其是脸上的表情，与剧情非常贴合。唱腔如何，我是一个外行，很难发表评论，不过，从掌声和叫好声来看，应该属于上乘吧，因为中场的时候，戏剧频道的主持人下来采访，老戏迷们都非常激动，好评如潮。

花朵儿看得极其认真，我在一边小声地给她介绍剧情，口干舌燥的。九点以后，我催她走，她死活不从，中间去卫生间的当儿，我又催她回家，她腆着脸说："妈妈，明天早上，你叫我的时候，你可以说，朵朵，快起来上幼儿园咯，幼儿园里可以做作业，如果我不起，你可以接着说，朵朵，快起来上幼儿园咯，幼儿园里有你最好的朋友，比如黄小朋友、李小朋友……"

我取笑她："这么麻烦，我就直接说，朵朵，你再不起来，我就不带你看京剧咯！"花朵儿认真地看我一眼："前几个还是要说的，如果我还没有起来，你把这个放在最后说！"

结束时，许多观众围上前来，近距离看着所有演员谢幕，花朵儿一下子攀上了舞台的边缘，还使劲鼓掌。有人上台献花，花朵儿突然扭过头，很愤愤不平地对我说："为什么后面的人不给他们花呢？他们又不是演得不好？"

是啊，这就是跑龙套的悲剧，但很难和花朵儿解释，当然我也赞同花朵儿的观点："是啊，多不公平啊，他们演得也很努力，应该给他们送上鲜花。"

27. 生命【2011－10－18】

一、生死

花朵儿突然对生死起了好奇心："妈妈，为什么每个人都要死的呢？为什么孙悟空就可以长生不死，这不公平！"

我说："如果地球上的人都不死，那地球早被装满了，人们早就选择不要孩子了，可能没有我，也没有你了！"

她想想，也就不再遗憾了。

二、快乐

晚上,我陪花朵儿睡觉,花朵儿摩挲着我的脸,柔声柔气地说:“妈妈,除了我不听话你生气外,你都要快快乐乐的,好吗?”

虽然这是个多么奢侈的要求,可是,碰上这么温柔的声音,这么美好的愿望,又怎能不答应呢?

三、生命以前

花朵儿给我讲了一个睡前故事:

那时候,我还在老天那里,有一片黑云飘了过来,我问老天妈妈:“为什么云是黑色的呢?”

老天妈妈答:“黑色的云是为了下雨呀,如果没有雨,那些人呀、草呀,都干死了!”

她看着我很认真聆听的样子,扑哧一笑:“妈妈,这些都是我编的,其实,我也不记得我在老天那里发生的事情……”

28. 害人害己【2011－10－31】

一、害人害己

北京十月,本来应该秋高气爽,却雾霾连连,接连两周打破了我们的登高赏秋计划,我在屋里抱怨天气,花朵儿突然插话:“唉! 真是害人害己呀!”

我们忍俊不禁:“什么害人害己?”

“那些污染环境的人呀!”花朵儿一语中的地说。

二、筷子

早上，我的动作慢了一些，hoot 就在花朵儿面前嘲笑我："花朵儿，让你妈妈这个小慢子快一些!"

花朵儿当然是站在我这一边的，马上用反义词反击："妈妈才不是小慢子呢？妈妈是大快子!"

hoot 故意夸张地说："什么？妈妈是根筷子？"

花朵儿顿时乐不可支，整个上学的路上都笑个不停！晚上回家时还说，我把妈妈是筷子的笑话对同学们说了，L 小朋友笑得都趴在地上了。

三、逗小孩子玩的吧?

萱萱阿姨给花朵儿讲西游记的故事，说道，天上一日，人间五百年。

花朵儿不明白问我，我说那是一种传说。

花朵儿吃惊地道："传说？逗小孩子玩的吧？"

29. 可乐爸爸【2011－11－01】

一、可乐爸爸

hoot 爱喝可乐。

最近，hoot 总是在深圳和北京两地跑，我给他办了南航的会员卡。坐了一次南航以后，回来就把国航的知音卡给扔了。我问他为什么，他理直气壮地说："没想到南航上有可口可乐喝，国航上是百事可乐，谁还会去坐呢?"

有关国航的最近新闻说，国航可以全程上网了，hoot 又在上网和可乐之间犹豫起来。

二、美美

花朵儿从幼儿园回来，声称自己不再叫花朵儿了，她说："小朋友给我起了一个更好听的名字，叫美美，比花朵儿好听！"

三、美好时光

我和 hoot 在那儿聊天，花朵儿冲过来："哎呀，我错过了美好时光！"

我诧异："什么美好时光？"

花朵儿说："你看，你轻言细语地和爸爸聊天，老公老婆就应该这样，这个就是美好时光呀！"

四、谜语

有一天，花朵儿给大家出了一个谜语：三只眼睛，一条腿，打一物。你能猜得出吗？

30. 散瞳【2011－11－22】

一、对比

我和芳邻萱萱暂别数日，见面分外亲热，拉着手叙旧情。

花朵儿听了半晌，突然放声："你们倒是聊得开开心心的，我只能孤孤单单地坐在这里。"

二、幽默

吃饭的时候，叔叔高谈阔论。

花朵儿表扬叔叔道:“叔叔,你真幽默。”

叔叔不太确定地问我:“这是在表扬我吗?”

花朵儿接着就说出了答案:“妈妈,什么是幽默啊?”

三、散瞳

花朵儿幼儿园的例行体检,检出两只眼睛都只有 0.5。我们担心地将她领到北医三院复查。

医生开了三天阿托品散瞳。花朵儿散瞳的期间,正碰上北京大风降温,不能去户外活动。她在屋里关了三天,而我怕她近视或者弱视,担心了三天。

上午去复查,散瞳后验光,花朵儿右眼 1.0 散光 100 度,左眼 0.9 散光 50 度,并有远视 300 度,验光师认为,一切正常。

验光前,我挂了儿眼科冯某某的专家号。验光后,我拿着验光结果,去看专家,这是一位 50 多岁的女大夫,她拿起结果看了一看,说三周后,过来配眼镜吧!

我诧异地问:“不是不用配镜吗?这是远视的度数呀!”

她很不耐烦:“什么近视远视,让你过来配镜就配镜,说得不清楚吗?”

我二话不说离开了。后来,我又请教了 hoot 师弟的妻子,上海的一位眼科专家,她也认为,5—6 岁的孩子,眼睛可塑性很高,能不配镜,就无须配镜,而花朵儿的指数,在正常范围之内,根本无须配镜。

对于这位北医三院所谓的专家,我更感慨她的医德,简单草率,无视花朵一样孩子的最重要器官,居然还是一位儿眼科的专家,想想今后不知会有多少孩子的眼睛,将毁在她的手上?真让人不寒而栗。

31. 争姓【2011-12-06】

一、肉松

花朵儿看完眼睛回来，芳邻萱萱搂着她，说起要多吃保护眼睛的食物："你要多吃核桃呀、芝麻呀、红枣呀……"

花朵儿插嘴道："肉松呢，肉松多有营养呀，对眼睛肯定有好处，你一定要把肉松加上！"

二、争姓

我每每对花朵儿跟着 hoot 姓彭，愤愤不平："不是说好的嘛，生男儿随你姓，生女儿随我姓！"

hoot 现在哪里还管这一套，在花朵儿面前更是要矢口否认："哪有这回事！"

我威胁花朵儿："花朵儿你到底想跟谁姓呢？你不跟我姓，晚上就一直让爸爸陪你睡觉！"

花朵儿左右为难："那我就跟妈妈姓吧，就把妈妈姓加在爸爸姓前面，好吗？"

hoot 赌气说："不行！不行！"

周末回爷爷奶奶家，萱萱问起花朵儿的近况，花朵儿叹了一口气："唉，我真是愁死了，他们吵得一团糟。"

三、打扫卫生

最近，我们家小时工一时来不了，我正发愁卫生的事情。

花朵儿果敢地道："我们自己打扫不就行了吗？我来擦桌子，妈妈烧饭，爸爸拖地，好吗？这样，明天下午四点钟，爸爸，你去接妈妈，然后过来接我，我们早些回家，一起打扫卫生！”

看着五岁的花朵儿这么运筹帷幄的样子，真是令人吃惊呀！

32. 新年快乐【2012－01－04】

传说中要世界毁灭的2012终于来了。

无论如何，孩子依旧在长大，岁月依旧在流逝……

一、没有什么可以替代

花朵儿的咳嗽没好，我们准备去看舅舅家六个月弟弟的计划也只好推后了。花朵儿非常期待这次会面，非常不满意计划的改变，吵闹着说我们说话不算话。我们只好提供选择方案，比如买新的玩具、玩新的游戏。

花朵儿泪流满面：“没有什么可以替代，你们不要找理由！”

二、结婚

最近，花朵儿对男孩子表达好感的方式，就是结婚。每过几天，花朵儿都向我报告老公数量的增长。

2011年的最后一天，花朵儿很得意地对我说：“今天，吴小朋友很喜欢我，把他所有的结婚证都给了我，我现在有八个老公了。”

三、新年聚会

花朵儿很久没有和发小们聚会了，新年和小朋友们一起泡温泉，玩得不亦乐乎。

晚上，临睡前，花朵儿充满憧憬地说：“我和鱼儿姐姐玩得太愉快了，妈妈，我们能经常在一起玩吗？”

早晨吃饭的时候，我无意间听到洛洛和朵朵的对话。

洛洛轻言细语地对花朵儿说：“朵朵，我觉得你很可爱啊！”

花朵儿满心喜悦：“是吗？谢谢你喔！”

33. 饭馆【2012－01－10】

一、爷爷奶奶

一周没见，花朵儿见面就对奶奶表达思念之意：“呀，奶奶你怎么这么年轻呀，你不应该退休，你应该去工作！”

花朵儿对爷爷说：“呀，爷爷你做的菜怎么这么好吃，比我们幼儿园的菜还好吃呢！”

二、叔叔

同事聚会，带了花朵儿参加，花朵儿最喜欢L叔叔。

花朵儿坐在L叔叔旁边，一会儿与L叔叔碰杯，一会儿嘴上带蜜地恭维L叔叔：“你真帅呀！我好喜欢你呀，好崇拜你哟……”

那个由衷之意呀，估计hoot在的话，也会妒忌不已。

我问花朵儿：“L叔叔有什么好啊，你这么喜欢他！”

花朵儿笑眯眯地又看了L叔叔一眼：“我们都是那么瘦。”

我开她玩笑：“L叔叔这么好，你嫁给他吧！”她小身子向我靠了一靠：“不行，L叔叔又不是小朋友。”

L叔叔在花朵儿的盛情之下，喝了一杯又一杯，临行前，邀请依依不舍的花朵儿去家里做客，花朵儿开始仔细盘问L叔叔的家底：“你结婚了吗？你有老婆吗？你的老婆在家吗……”

三、自己的party

花朵儿聚会结束，回家时仍旧兴奋不已，在车上谋划自己的聚会：“爸爸妈妈，你们不要跟着我，我要自由自在地！我们小朋友自己坐一桌，一人面前一个酒杯，一人一张菜单，喝个痛快！”

四、小小手机摄影师

花朵儿学会了用手机拍照。

拍了一张又一张风景和人物，她号称自己是“小小手机摄影师”。

花朵儿经常憧憬着开一个自己的饭馆，她说，“名字就叫，有营养饭馆！”

后来又想一想，觉着没有表达自己的真实意思，又补充道：“我们还要在名字后面加上：不添加防腐剂，没有农药，还没有地沟油！”

34. 其实，我在这个世界上并不存在【2012－01－16】

一、正义感

花朵儿很不解地问我：“妈妈，为什么老师出题的时候，总是使用单数呢？这对双数多么不公平呀！”

所以，每次我使用双数的时候，花朵儿都很欢呼雀跃：“双数真好，妈妈真好，我喜欢双数！”

二、其实，我在这个世界上并不存在

我和花朵儿正在开心地做游戏，花朵儿忽然停下来，躺在了地板

上:“妈妈,其实,我在这个世界上并不存在!”

我停下来,尽量压抑着我内心的吃惊,问她:“花朵儿,你怎么不存在呢?”

花朵儿瞪圆了那双美丽的小眼睛,回忆道:“这是我三岁那年做的一个梦,我梦见自己并不在这个世界上,这个世界上没有朵朵这个人。”

哇,好像是一个平行世界的构想啊,我继续问:“那你在哪儿呢?”

“我不知道自己在哪里,这只是一个梦。”花朵儿回答道。

二、逛街

在记忆里,朵朵出世以后,hoot 就没有陪我逛过街。一是时间太少,二是,那并不是一个愉快的记忆。

通常的情况是,他手捧一书,一般都要在 300 页以上,两个多小时下来,他刚刚看完,一点都不浪费时间。因此,他的意见一般极其敷衍,不耐烦起来,还甩过一句讽刺:“裤子,不都是两条裤腿吗?有什么好挑的呢?”

有一次,我发现他难得的殷勤,一会儿说这件好,一会儿说那件不好,心里正奇怪呢,他一脸坏笑地说:“你没发现吗?你今天试的衣服,单数,我都说好,双数,我都说不好。”恨不得让人把两手的衣袋都惯到他的脑门上。

这周末,我们约着去看二班相声,因为要拿票,去得早了些,临开场还有两个小时,就去剧院对街的商场消磨时间。

今年皮草流行,我试了两件貂毛的尼克服,我回头问 hoot,好吗?hoot 说,不是要保护动物吗?我只好再考虑考虑。

没想到,冬装满目都是尼克服,hoot 看我渐渐作出志在必得的样子了,顿时为他的钱包担心起来,居然指着一件几百大洋的毛衣,希望转移我的视线:“这件怎么样,我看挺好的……”

35. 承诺【2012－01－19】

一、承诺

我和芳邻萱萱开玩笑:“唉,你是什么都好的,人这么漂亮,房子这么温馨,喝这么好的茶,穿这么好的衣服……”

话还没说完,在一旁埋头玩耍的花朵儿突然冲过来抱着我:“妈妈,我长大以后要当律师,挣很多很多钱,给你买大房子、漂亮的衣服,还有漂亮的东西,什么都是最好的……”

后来觉着冷落了萱萱,扭头向萱萱喊道:“干妈妈,我也给你买漂亮的衣服,还有耳环!”说着说着,兴奋得小脸通红,仍觉意犹未尽:“妈妈,我们现在就去超市!我给你挑礼物,就用我的压岁钱!好不好?”

回到家里,花朵儿继续她的梦想,对爷爷说:“爷爷,我长大了,挣很多钱。你想买什么,就给你买什么,好吗?”

爷爷很是淡定:“我现在就很好了,用不了你挣那么多钱!”

花朵儿很老到地说:“钱多也没什么不好的呀!”

二、妥协

hoot 带花朵儿去宝贝当家。

花朵儿要吃棉花糖,hoot 带着花朵儿排了半天队,服务人员说,要宝贝券才能买,hoot 又带着花朵儿去买宝贝券,好不容易又排到了第一个,服务人员要 hoot 先办个预存卡,才能去买棉花糖。

hoot 终于忍耐不得,爆发出来。hoot 生平最讨厌两件事,一件是排队,尤其是为了消费,另一件就是办理各种预付卡。

hoot 说:“走,我们不办了!”

花朵儿可怜巴巴地说:“可是我想吃棉花糖呀!”

hoot 皱着眉头说出自己的理由:“我最讨厌办卡了!”

花朵儿居然没有坚持,似乎也认同了爸爸的理由,就这样放弃了棉花糖。

36. 春节快乐【2012-02-02】

一、春节快乐

春节回武汉,适逢二十年以来最冷的农历新年,又是风又是雨,只好天天蜗居在南湖边,连楼也很少下。每天都是一模一样,晚起、吃早饭,歇一会,吃中饭,再睡一会,就开始准备晚餐、吃晚餐。我形容,就像植物大战僵尸,一波又一波地向食物发起攻击。晚上的一顿,一般都快到八点钟了,那是最后一波,也是最为无力的一波。

花朵儿倒是没有抱怨,因为有心心姐姐,有 ipad 游戏,还有《虫虫特工队》,她看了一遍又一遍,百看不厌。如果屋里听不到她的声音的话,她一定躲在某个角落里,在看《虫虫特工队》。

寒冷带来的另一个后果是,花朵儿又开始咳嗽和流涕。为此,我们报销了武汉之行唯一的晴天,守在武汉妇幼保健医院的门口,一边等着叫号,一边晒了两小时的太阳。

二、激动是魔鬼

花朵儿和心心姐姐朝夕相处,刻苦学习没学会,口头禅倒是学了不少。我和 hoot 恶补平日拉下的电影,看到高兴处,不禁大叫,花朵儿在一旁泼过一盆冷水:“妈妈,别那么激动,激动是魔鬼!”

三、策反

hoot和花朵儿朝夕相对，感情日增。hoot就有些痴心，想策反花朵儿："花朵儿，为什么你每次都站在妈妈一边，从来没有站在我这边儿？"

花朵儿歪着小脑袋想了一想："我有一次帮过你呀！"

hoot耐着性子争取权利："你想想，你才一次帮我，这多么不公平呀！"

花朵儿考虑了一会儿，妥协道："那好吧，我会再帮你10次，好吗？"

37. 家庭帮大聚会【2012－02－13】

一、轴心国理论

自从花朵儿出生以后，她就是家庭的轴心，我们的衣食住行无不围绕着她来进行。最为明显的特征之一就是我们的朋友圈，几经变迁，现在稳定下来的，就是年岁相近的孩子们及他们的父母。有好几次朋友聚会邀请，hoot拒绝的理由就是，他们家孩子都那么大了，有什么好聚的呢？

我们自己的称谓也变了，现在大多时候，我们都自称朵朵妈和朵朵爸。心态和观念就是在不知不觉中变化的……

二、预热

这个周末，我们就是在当当爸爸和妈妈的结婚纪念日和当当生日两个名义之下，五个轴心国聚在了一起。

周五晚上，花朵儿先去了洛洛家，好久不见的两小，非常开心。晚上我去看花朵儿的时候，洛洛跑过来，在我脸上狠狠地亲了一口，我的理解是，感谢我把花朵儿留在他的家里，度过了愉快的一晚。

我们顺势把花朵儿留在了洛洛家，这是她第一次离开熟悉的环境、在没有家人陪伴的情况下过夜。

洛洛妈妈说，花朵儿很乖，早早地就睡着了。据花朵儿自己说："妈妈不在的时候，我就很乖，妈妈在，我就喜欢闹人！"

真是让我有些下不了台呀！还是洛洛妈妈有权威，洛洛一听妈妈要回来，赶紧和花朵儿一起收拾被搞乱的屋子，原因是"妈妈可不是那么好对付的！"

三、害人害己

我们因为要接鱼儿和鱼儿妈妈，中午将近一点钟才赶到聚会的饭店。花朵儿忍不住打电话来谴责我们："妈妈爸爸，你们到哪里了？这么晚？真是害人害己呀！自己没吃上饭，还害得我们饿肚子！"

四、游戏

晚上，家庭帮成员玩真心话大冒险的游戏，由孩子们披露家庭真实情况，花朵儿的问题是，父母争吵她站在哪一边？

花朵儿力挺了妈妈。

做完游戏，花朵儿意犹未尽，悄悄地问我："什么时候再轮到我们上台表演节目呀？"

五、来世

当当爸爸和妈妈办了一个令众人称羡不已的结婚纪念 Party，大家对当当爸爸和当当妈妈的恩爱交口称赞，认为他们一定是情定三生。

花朵儿插嘴对我说："妈妈，我来世还是要和你在一起！"

38. 师徒关系【2012－03－07】

一、妇女节

竟然已经有一个月没给花朵儿写博客了。时光真是像部穿梭不停的机器，不知不觉，就在它的轰隆声中，冬春已经转换。

我对花朵儿说，再过几日就是妇女节了，是妈妈的节日。

花朵儿听岔了："什么父女节？那是爸爸和我的节日咯！"

下午，在地铁站里，花朵儿老远就跑过来，一边舞着手里的一张纸片，一边大叫："妈妈，节日快乐！节日快乐！"

引得众人皆侧目微笑而视。我就近一看，原来是一张心形的彩色图片，画满了美丽的花边。花朵儿兴奋地指给我看："美丽的图纸，美丽的画，就送给你，亲爱的妈妈！"

二、为什么

多变的花朵儿，不变的永远是她在耳边不停地提问。今天的问题是，唐僧、孙悟空、猪八戒和沙僧都修成正果了，那白龙马呢，最后是否也成正果？

我真是忘记了，幸亏有百度，几秒钟内，就查到了答案，原来是八部天龙，是菩萨果位。

花朵儿继续问：那唐僧的包裹呢，一直陪伴他西天取经，为什么就不给它一个称号呢？

三、悟空的老婆

花朵儿自封为悟空的老婆。

我说悟空哪里有老婆呢？花朵儿答："诺，悟空不是从石头里蹦出来的吗？旁边那块石头，就是悟空的老婆！”

四、师徒关系

花朵儿问悟空武艺那么高强，又机灵聪明，唐僧除了念经，什么都不会，为什么唐僧是师傅，悟空却是徒弟呢？

我说，悟空是小聪明，唐僧才是大智慧。

花朵儿自己想想，嗯，唐僧有的是慈悲，所以能当师傅。

我想，果然不错，慈悲心难得，再大的本领，没有慈悲心，更容易落入魔道。

39. 北京市第 10 好图画【2012－03－07】

一、北京市第 10 好图画

花朵儿放学回来，得意地拿了一张画给我：“妈妈，你看看，我画的这张画好看吗？这是北京市第 10 好的图画！”

我诧异道：“那前面几好是谁呢？”

花朵儿说：“我不知道呀，那你难道认为这是北京市最好的图画吗？”

二、这样的妈妈到哪里去找？

晚餐时分，花朵儿心满意足地吃着冬瓜西红柿烧肉，感叹道：“真是美味呀！真不容易呀！能碰上做菜这么好的妈妈！这样的妈妈到哪里去找？”

好像我这样的妈妈是她从街上捡回家的一样，像寻着宝贝似地。

三、有我的功劳吗?

花朵儿很愿意帮我做事情,比如帮我拿手袋、开门,帮我打鸡蛋、摘菜,不过,她的口头禅是:“妈妈,有我的功劳吗?”

好像我这里有现成的功劳簿一样,生怕我哪天记少了一笔。

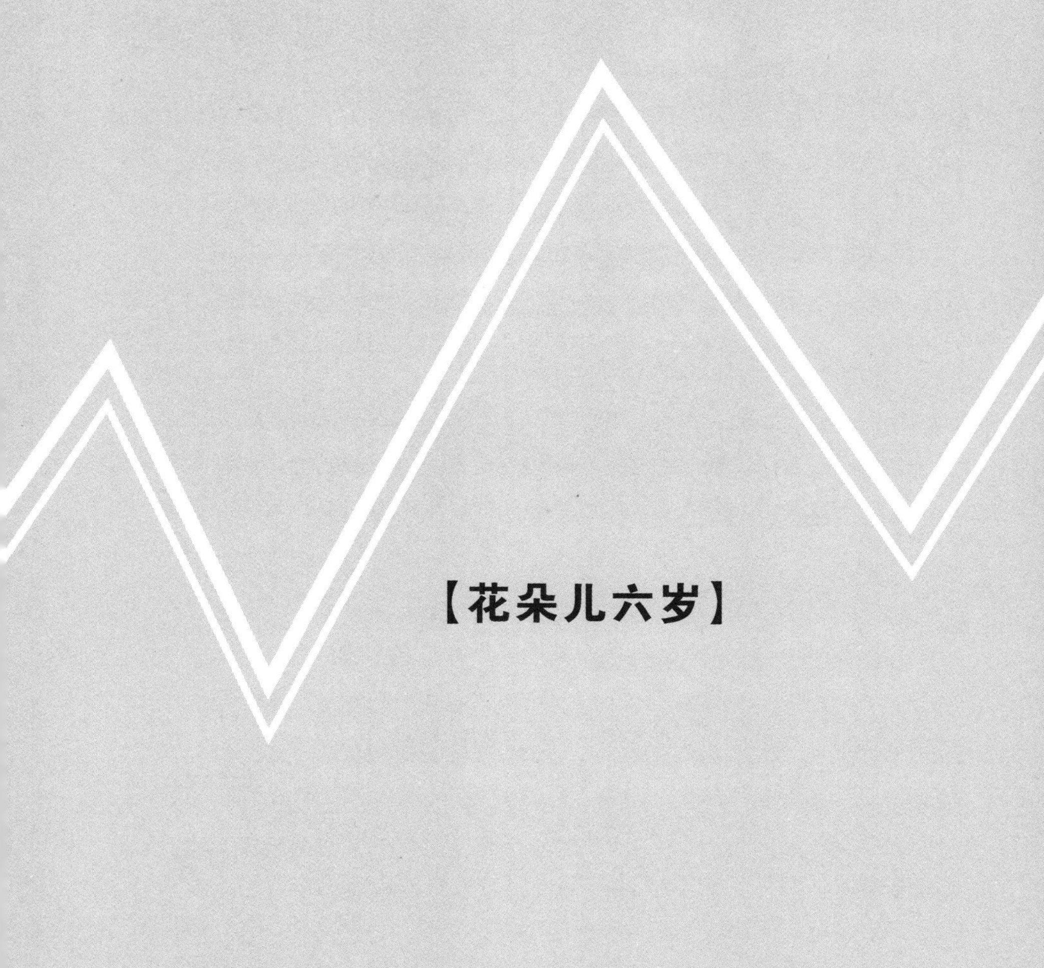

【花朵儿六岁】

1. 花朵六岁啦!【2012－03－13】

一、生日

今天是花朵儿生日。

不过，为了给她和她同天的鱼儿过一个隆重的生日，家庭帮在上周末就聚首温泉乡。

周六，我们在顺义的罗马湖畔中餐，在温泉乡晚餐，又在温泉房内给三个小朋友举行了热闹的party。

鉴于上次家庭帮聚会时，孩子们对游戏的热爱，鱼儿妈妈准备了许多游戏。事实上，这些准备完全是多余的，三个小朋友好像下午商量好似地，一个唱京剧，一个打太极，一个背三字经，接下来则是一个接一个的游戏，鱼儿颇有春晚导演风范，花朵儿和当当比演员还卖力，说干什么就干什么，完全不用大人的配合和指导，所有的大人几乎都看呆了，为孩子们的创造和团结惊讶不已，剩下的，就只有鼓掌的份了。晚会一直持续到十点，三个小朋友仍然兴致勃勃，毫无睡意。完全是被大人们拎着回房间的。

周日，三个小孩子在温泉池里又玩了一上午，才依依惜别。

我问花朵儿，这两天生日过得快乐吗?

花朵儿一脸无辜：我的生日没有过呀，不是还有两天才到我的生日吗？

我当场绝倒！

二、等待

在罗马湖中餐的时候，花朵儿与舅舅交流知心话："舅舅，你知道吗？我等这个生日等了好久了！"

舅舅很是理解："知道，你已经等了一年了。"

花朵儿觉得舅舅完全不了解自己的真实感受，大声道："不是一年，是好几年！"

可不是吗，等六岁的生日，至少要等六年，哈哈……

三、追本溯源

花朵儿在回家的路上问我："妈妈，我们的祖宗有父母吗？"

我答，当然有啦！

"那祖宗的父母还有父母吗？我们最早是什么样的呢？第一个是怎么来的呢？"

哈！问到了人的本质了。

还没等我回应，花朵儿就自问自答说："是不是以前我们人是海里的鱼，后来变成猴子，然后才成为人？"

"啊，你怎么知道的？"我惊讶于她的回答。

"是心心姐姐告诉我的！"

我不想用进化论束缚她的手脚，引导她："这只是人类的一种猜想而已，因为我们人类最初既没有语言，也没有文字，所以，没有准确的答案……"

四、掉牙

花朵儿有一颗牙,前段日子就有点松动。

她一直有些害怕,今天,那颗牙突然掉了下来,她把牙齿递给我,让我收起来。她张开嘴,露出了粉色的牙床,我呀了一声,她往镜子一看,吓得直发抖,眼泪都流了出来:“妈妈,我害怕死了,怎么办? 怎么办?”

我抱紧她:“不怕,不怕。所有小孩子都会掉牙齿的。”直至我说给她买个小生日蛋糕,才转移了她的注意力。

睡觉前,花朵已经适应了没有一颗门牙的现状,她跑来问我:“妈妈,我掉的那颗牙呢? 给我,我要它陪着我睡觉,它是我的好朋友呢!”

2. 战马【2012－03－19】

一、采摘

周末,和洛洛家一起去蔬菜大棚里采摘。

田野里还是北风吹,萧瑟一片,大棚里却已是郁郁葱葱的,生机盎然。

小孩子天生属于泥土,一看见土地上的各种各样菜,两个小孩子几乎是欢呼起来,一会儿挖荠菜、一会儿拔萝卜,一会儿割香菜,玩得不亦乐乎,没多久,就像两个小泥孩了。

花朵儿说,我们要经常来呀! 只可惜鱼儿姐姐没来。

有机蔬菜味道真的不一样,清爽、甘甜,晚上,爷爷多炒了好几盘素菜,没几分钟就被一扫而空。

于是,我们决定,这样有益身心的活动一定要经常举行……

二、恋爱

花朵儿在洛洛家玩。

洛洛说:“花朵儿,你长大后嫁给我吧!”花朵儿还未置可否,洛洛接着说,“那我们现在就可以开始谈恋爱啦!”

三、伤心

周日,花朵儿和洛洛一起去看《战马》,之前,他们同去了儿童游乐场。

我和洛洛妈妈偷闲去逛了商场,等我们意犹未尽地去接他们看电影时,花朵儿一见我,就扑进我的怀里,刚刚还是晴天的脸色,一转眼就泪眼婆娑:“妈妈为什么现在才来?洛洛就只和刚认识的妹妹玩,不理我,我一个人特别孤单……”

四、《战马》

虽然是战争片,但一点儿不血腥。两个孩子看得非常专注。

花朵儿的知识面最宽的就是西游记,当一匹白马出现在屏幕上的时候,花朵儿大叫:“咦,怎么白龙马也跑到这里来了?”

《战马》给他们最深的印象居然是拍卖,看完电影,他们就无师自通地开始了喊价的游戏。

五、辩才

hoot 和花朵儿比赛系安全带。

hoot 更快一些。花朵儿想了一想,很不服气地说:“你当然应该系得更快呀,我还没出生,你就开始系安全带了,比我早系了那么多年。”

3. 没有孩子真好啊【2012－03－28】

一、没有孩子真好啊

美丽的女老乡有孕在身，我带着花朵儿去和老乡夫妇吃饭，也想让花朵儿感受一下宝宝在妈妈肚子里的感觉。

花朵儿非常喜欢美丽的老乡，悄悄地对我说，阿姨长得怎么这么像央视的主持人呢。在温婉阿姨的鼓励下，花朵儿难得的吃了很多菜和饭。

餐毕告别，我们开车离去，花朵儿看着老乡夫妇的身影，感叹道："没有孩子真好啊！真是自由呀！"

二、醋意

花朵儿非常喜欢同班的一个小男孩L小朋友。

这天，她向我抱怨："我像爱你一样爱L小朋友，可是为什么L小朋友只是喜欢我，他更喜欢D小朋友，并不能像我爱他一样爱我呢？"

我正要安慰一下花朵儿，一旁听着的hoot抑制不住心头的醋意，对着花朵儿大叫："以后不许去缠着L小朋友，他不喜欢你，你就不许和他再说话了。"

4. 烟花三月下扬州【2012－04－09】

花朵儿上小学前的最后一个春天，我们决定带她去领略江南春色。

第一站是扬州。

扬州不通飞机，火车每天只有一趟。我们在第一时间登录火车票网,网站显示只有 7 张软卧,结果当然是买不到。最后,是去了泰州,因为每天有两趟,然后再转站扬州。

我们就住在瘦西湖旁的迎宾馆。环境优雅,风景如画。

花朵儿非常开心,一直嚷嚷着说,我们以后每天就住在这里吧,不回北京了! hoot 愁眉苦脸地说,那爸爸要变成压力山大了!

瘦西湖的春色满园,粉色桃花、紫色云英衬着淡绿柳条,如醉暖风缓缓袭来,和灰蒙蒙的北京,仿佛在两个世界。只是游人如织,我们一路上,都是摩肩接踵地,从南门走到北门,花了 5 个多小时。花朵儿一会儿给花拍照,一会儿给叶拍照,倒不在乎人多人少,忙得不亦乐乎,在我们都有些疲惫时,她仍然蹦蹦跳跳,一副不辞辛苦的样子。

又去了何园。为了深入了解,我们请了导游。导游小姐介绍说,何园的主人在上海创办了中国第一所大学,hoot 叫起来,怎么可能呢,怎么也排不到它呀。过了一会儿,导游小姐又说,北大第一任校长蔡元培也发来了贺信,hoot 又纠正道:蔡元培不是北大第一任校长。等到介绍一把红木椅子时,导游小姐很不自信地说:据说,这是中国第一把红木折叠椅……

晚上,hoot 在大众点评网上查到了一家最为推荐的餐厅,食为先。先是订餐,小姐很牛地说,我们不订餐。好不容易打上的过去,前面已经排了二十几桌,hoot 本来最讨厌排队,可是,天公不美,竟然下起大雨,我们只好等着了。过了二十分钟,后面又陆陆续续来了许多人,接待小姐更加牛了,很有脾气地说,七点半以后,我们不排号了,请回吧!算起来,能排上号,倒是一种幸运了。

在扬州的特产店里,我们流连着商品,花朵儿一边挑选着云片糕,一边指责我们道:“你们怎么不想着爷爷奶奶呀?他们去云南给我们带那么多礼物,你们却不给他们挑礼物呢?”

5. 无情无义【2012－04－18】

一、无情无义

放学出来，花朵儿向我叙述幼儿园里的遭遇："妈妈，我再也不喜欢L小朋友了！他们男孩子欺负我们女孩子了……"

我诧异问道："他们怎么欺负你了？"

花朵儿用凄凉的声音说道："今天，T小朋友要打H小朋友，她是我的好朋友呀，我就扑到H小朋友的身上，保护她，T小朋友就大叫，让好几个男孩子都过来，他们一起无情无义地打我和H小朋友，还有M小朋友、X小朋友……从那时起，我就决定不再喜欢L小朋友了！"

hoot在一旁幸灾乐祸地说："嘿嘿，怎么样，我早就让你别喜欢他……"

我也想树立花朵儿正确的人生观，帮腔道："是呀，打女孩子的男孩子是不好的，你应该告诉他们，你讨厌他们！"

二、专心

我们一直向花朵儿强调专心的重要性，比如，吃饭就是吃饭，做作业就是做作业，起床就是起床，不能一会儿做这事儿，一会儿做那事儿！

昨天晚上，我们让花朵儿弹琴，花朵儿理直气壮地说："我在专心玩呢，不要打扰我！"

6. 独立【2012－04－27】

一、独立

花朵儿最近越来越显示出独立自主性。

晚上，她可以一人自言自语地睡去。

白天，她可以一人自言自语地玩上大半天。昨天下午放学回家，在楼道门口，正碰上一大群蚂蚁在那儿搬家，她就独自一人在那里观察了近一个小时，还一会儿上来一趟，一会儿上来一趟，拿了燕麦片送给蚂蚁。

吃饭的时候，花朵儿欣喜地说，我还看见几个蚂蚁合作抬一大片燕麦片回新家呢！

今天晚上，吃完饭，花朵儿说，我要一个人下去在楼道口玩一会儿。就走出门去了……我和奶奶提心吊胆地等了十来分钟，才听见花朵儿轻快的脚步声在门口响起，放下了两颗心。

二、外国

花朵儿一直不理解外国的含义。

很多次，她都特有正义感地为中国打抱不平："为什么中国只有一个，外国有那么多呢？"

我向她解释，外国就是对本国而言的，所有国家的外国都有很多，而本国却只能一个。她还是不理解。

7. 承德游【2012－05－07】

五一节，很短。巴巴地去问洛洛妈妈，准备去哪里，能否搭个伴儿，洛洛妈妈果然不失所望说，准备去承德，已经找好了宾馆。

尽管我们家所有人都去过承德，而且我已经去过两次，但花朵儿说，是和洛洛一块儿去吗？太好了。所以，我们就蹭着洛洛家的一应安排去了承德。

一、避暑山庄

虽然还没到夏天，承德却已经非常热闹。避暑山庄外，尘土飞扬，停车时已显得拥挤，等到买门票的时候，我们居然排了快一个小时队，人多只是一方面原因，但管理混乱才是根本，想我们在扬州游瘦西湖，同样多的人，我们不过排了十几分钟就买到了票。

因为洛洛家比我们早到一天，加之有熟人买票，等我们进去和他们汇合时，他们已在里面待了快三个钟头。洛洛围着一个假山就转了一个多钟头。等花朵儿看见假山，迫不及待地扑过去时，洛洛已经有些疲倦了。

不过，假山实在是孩子们最喜欢的风景了。避暑山庄最大的假山在文津阁，我领着洛洛，洛洛妈妈领着花朵儿，一起在文津阁入口的假山转了好几圈，转着转着，就看不见洛洛妈妈和花朵儿了，我与洛洛开玩笑："完了，完了，你的妈妈不见了！"洛洛初时还算镇定，还和我开玩笑呢："完了，完了，你的女儿不见了！"等到又转了一圈，我问他："唉，洛洛，你说我们怎么办呢？"

洛洛思考片刻，下定决心地对我说："唉，你没了女儿，我没了妈妈，我们以后只好一起过了……"

二、金山岭长城

为避开回程京承高速上的堵车，我们准备下午去游金山岭长城以后再回城。没想到，金山岭长城一游，却成为此次旅游最美好的一刻，也是我见到的最美长城。

首先是人少，我们开始登金山岭时已过下午三点，游人大多已经返程，长城上的人屈指可数。其次是原汁原味，金山岭不像可怕的八达岭，完全是重建，没有历史的韵味，金山岭重修时基本保留了原有的风格，连毁损的部分，也只是标注而非重建，在长城上漫步，似乎能想见昔日的金戈铁马。还有时间，金山岭正是入春时节，在满目枯黄中交杂着轻绿，像绿色的轻烟飘在逶迤的黄色山脉上，人在长城上，微风轻拂，虽然因上上下下有些微汗，却绝无盛夏的燥热。

花朵儿和洛洛开心极了，他们竟是我们中走得最快的，一转眼，就爬上了一个敌楼，一会儿又去了另一个敌楼。

花朵儿未雨绸缪的性格在登长城时显露无遗，我们刚刚从缆车上下来，开始在长城上漫步时，花朵儿就开始担忧晚上的离别，她抓紧洛洛姥姥的手，很殷勤地邀请："姥姥，今晚上去我们家吃饭吧……"

8. 口才【2012－05－21】

一、义气

我带花朵儿去奥林匹克公园玩。

回去的时候，发现停在路边的车已经被贴上了罚单。我顿觉沮丧，一路阴着脸开回了家。

一进家门，花朵儿跑着去拿她的零钱包，掏出两百元，拍在我面前的桌上："这是我的钱，拿去交给警察吧！"

二、口才

晚上九点多，hoot才想起我让花朵儿背弟子规的叮嘱。于是，父女俩开始了一场口水大战。

hoot苦口婆心劝花朵儿："妈妈让你背弟子规，你快些背吧，背完睡觉！"

花朵儿反驳道："这么晚了，怎么背啊，不是影响睡觉了吗？明早还怎么早起啊！"

hoot一想起平日他早起早睡的主张，退而求其次："那好，你今天早些睡,明天再背吧!”

花朵儿立时又有一番道理:“今天的事情今天做,怎么能推到明天呢!”

hoot 当即语塞,铩羽而归。

三、弟子规

那天,我让花朵儿对照弟子规,看看自己做到了几条。对照下来,花朵儿仅做到了一条,就是“夜眠迟”。按照当前的观点,还不适用小孩子。

后来,背到余力学文时,才又找到一条:“心有疑,就人问,求确义。”

只是,我们这些大人可被她无时无刻的“为什么”折磨惨了。

8. 生命多重要呀【2012－05－25】

一、梦话

午夜十二点,hoot 从书房过来准备睡觉,花朵儿正在酣睡,满头的乌发洒满了她的小枕头。

hoot 皱着眉头问:“怎么还没给花朵儿剪头发,眼见着越来越热了!”我说:“明天下午刚好花朵儿放假,让奶奶带着花朵儿去理发店吧!”

hoot 对我的提议不屑一顾:“理发店? 花朵儿能让理发师好好剪嘛!”

我正准备反驳,突然从身旁冒出一个声音:“理发店怎么啦? 专业呀! 爷爷奶奶又不是理发师。”

我们俩都吓了一跳,转眼看去,花朵儿睡眼蒙眬地翻了一个身,重新睡去。

二、生命多重要呀

我和花朵儿去买菜，回来的时候，路过一个羊肉串的摊子。花朵儿眼巴巴望着，很馋的样子。

我就把网上风传的某女吃羊肉串中毒身亡的新闻告诉她。

花朵儿瞪圆了双眼，一脸的不可思议："生命多重要呀，怎么为了钱，就不顾人命了呢！"

10. 表白【2012－06－07】

一、钱与礼物

我的生日将近，hoot和我开玩笑："这样吧，我给你的账户汇一笔钱，你想买什么就买什么吧！"

花朵儿在另一个屋子里听见了，大声提出抗议："钱怎么算礼物呢！爸爸不对！"

二、残忍

小区的保安个子小小的，一脸稚气，还是个孩子的模样。

hoot气呼呼地说："这么小的孩子就出来工作了！"我接口道："唉，真是可怜，说不定他的父母都不在了！"

花朵儿很不高兴："妈妈，你怎么能说这么残忍的话？"

我诧异她的用语，问她："难道我去猜测他的父母不要他了？你说哪个更残忍？"

她想了一会儿说："你说他父母不在了，更残忍。"

三、寻亲

报纸上说，一位自婴儿时即被父母遗弃的女孩子，后来被一对美国夫妇收养，现已是耶鲁大学的学生，准备回中国寻找生身父母。

我在那里义愤填膺地说："这样的父母还有什么好找的呢！"奶奶也在那里附和道："是呀，这么不负责任，还认什么呀！"

花朵儿在一边不紧不慢地说："那也是她的父母呀。"

晚上，我陪花朵儿睡觉，花朵儿突然搂着我说："妈妈，你就是不要我了，我还是会一直找你，你无论做什么，我都不会怪你！"

四、表白

六一节后的一天，我去接花朵儿放学，正碰上她的同班同学Z小朋友。

Z小朋友妈妈和我聊了几句家常，Z小朋友在一旁小声地说："我很喜欢花朵儿，我长大了想娶花朵儿做老婆。"

花朵儿在一旁诧异地问："Z小朋友，你不说，喜欢我是假的吗？"

Z小朋友着急地争辩道："我是真的喜欢你！"

看着俩小儿认真的样子，我和Z妈妈都忍不住了。

11. 弟子规【2012-06-11】

一、担忧

快到午饭时间，花朵儿突然向我发难："妈妈，我觉得你不太喜欢爸爸！"我一点儿也不在意，还准备矜持一下："没有呀，我对你爸还行吧！"

没有任何预兆的，花朵儿突然泪流满面："你为什么不喜欢爸爸呢？

为什么不爱他呢?”我有些慌神:“怎么会呢? 我不爱他,嫁给他干嘛呢? 还有了你这么可爱的宝宝!”花朵儿还是如泣如诉地:“唉,你为什么不爱爸爸呢?”直至在书房上网的 hoot 慢条斯理地踱步出来,满脸得意:“你以后要对我好些喔! 好了,花朵儿别哭了!”

下午,我偷偷问花朵儿:“为什么你这么在意妈妈是不是爱爸爸呢? 爸爸脾气不好,我不过是向你多抱怨几句嘛!”

花朵儿说:“故事里,后妈妈都那么不好,后爸爸也好不到哪里去,如果换了爸爸,他怎么会对我好呢!”

前段时间,带花朵儿去看了新版白雪公主,那里的王后实在太坏了,花朵儿可能一直心有隐忧,终于发作出来。

二、弟子规

晚上,我正在做饭。

花朵儿跑过来:“妈妈,能不能快些做呀! 我实在太饿了!”

我正在烫蔬菜,但鸡蛋炒饭已经做好,我盛了一碗给她:“要不,你和爸爸先吃吧!”

花朵儿闻了闻香喷喷的蛋炒饭,很是坚决地拒绝:“不行呀! 这不符合弟子规!”

12. 迪士尼乐园【2012-07-17】

花朵儿结束了幼儿园的生活,九月份就要成为小学生咯。

为了庆祝她的成长,我们一起去了香港迪士尼。这里真是一个童话的世界,每个人都洋溢着快乐的笑脸。

花朵儿和白雪公主合影,她稍微有些遗憾地说:“要是能和贝尔公主合影就好了。”由于在网上查了攻略，我们基本上没有排长队，热门的景点，我们都走了快速通道。不过，hoot 本来要取巴斯光年的门票，却取成了飞越太空山。我们认为，花朵儿不太适合去的，因为那就是在黑暗里坐过山车。但一想这是热门馆，花朵儿又表现得很踊跃。我们就带着她进去一试。

游戏开始，花朵儿开始还嘻嘻哈哈，大叫着摆脱恐惧，可是，等着最惊险的一刻，身边的小人，忽然没了声响。

最惊险的一刻也就是两秒钟，等我们看见光明时，花朵儿小脸惨白。等我们走到阳光下时，花朵儿居然说，太刺激了！让我们再玩一次吧。

花朵儿玩得实在太开心了。

hoot 看着花朵儿的样子，也乐昏了头，居然许下承诺：“爸爸每年都带你来迪士尼吧！”

13. 相信我【2012－07－25】

一、相信我

花朵儿去年学了游泳，经过一年，似乎已经忘得七七八八。外公带她去，她又不肯认真练习，所以，外公就和我商量，要再给她请个教练。

花朵儿不愿意请教练，临去游泳馆的时候，花朵儿向外公表决心：“外公，你相信我，我今天会好好游的，不行，你再请教练好吗？”

果然，花朵儿练得格外认真。看来，小孩子也需要压力的。

二、小主人

外婆督促花朵儿读拼音、练钢琴，花朵儿很不合作。

花朵儿问外婆:“为什么你总是听妈妈的呢?你是妈妈的妈妈,为什么不是她听你的呢?”

外婆说:“妈妈是家里的女主人呀!”

花朵儿说:“那,我是家里的小主人,你为什么不听我的呢!”

14. 五台山补记【2012－07－25】

端午节,当当妈妈提议去五台山朝拜文殊菩萨,我们家庭帮随喜功德,一同去了五台山。

一、尊重

五台山正处于繁盛开发的早期,到处都在挖道平地,显得比较凌乱。

到达后的第二天早晨,早起的花朵儿表达了她的不满:“妈妈,这里和我想象的,一点儿也不一样,他们把这里弄得那么乱糟糟的,这样对待文殊菩萨,对文殊菩萨多不尊重呀!”

二、黛螺顶

黛螺顶香火很盛,我们错过了凌晨三点的朝拜。准备在上午补上这一课。

天空下着小雨,在通向黛螺顶的阶梯上,都是虔诚叩拜的信徒。

但是,也有穿着僧衣,吊儿郎当横在路中间,向路人强要钱财的假僧人。有一个粗壮的男子,强按着路人的头让其参拜,还居然从路人口袋里抢过50元大钞。

那个男子转向我,很轻佻地说:“这位女士,你也拜拜吧!”

我估计他的下句话,就是要钱了。仗着我们人多,又有鱼儿爸爸和王叔叔这样的壮男子,我狠狠回瞪了那群人一眼!

登上黛螺顶,雨已经变成瓢泼大雨。

文殊菩萨是智慧的象征,花朵儿深受西游记影响,对如来佛、观世音菩萨和文殊菩萨都敬仰得很。黛螺顶供养了五尊文殊菩萨,花朵儿很虔诚地朝拜了所有文殊菩萨,还替心心姐姐供了香。

登黛螺顶,有一千多台阶,花朵儿和我们五个大人一起爬上,居然没叫一声苦。

15. 小学生【2012-09-03】

花朵儿上小学啦!

这对我们一家来说,可是一个巨大的变化。

日子突然变得繁忙起来,要考虑花朵儿的一日三餐,要考虑花朵儿的学习日程,要考虑花朵儿的心理变化。

尽管如此,在上小学前的最后一个星期天,我们还是去了洛洛家,给他祝贺六岁生日。又和小朋友们聚在一起,花朵儿玩得无比开心。

从洛洛家出来的时候,花朵儿心满意足地叹了一口气:“唉……今天真是开心啊!”神色还带着几分意犹未尽,好像好日子不再的样子。

晚上,花朵儿很听话地早早上了床,hoot问:“你今天是和妈妈一起睡大床,还是自己一个人睡小床?”

花朵儿犹豫片刻,说:“锻炼一下自己吧,今天我一个人睡!”

这真是一个好的开头呀。

16. 倒数第二名【2012－09－11】

花朵儿自上小学以后，中午饭一直都是最后一名吃完！

我和 hoot 鼓励她："要不，你今天试一试得个倒数第二名？"

周五回来，花朵儿兴奋地向 hoot 报告："我今天终于倒数第二名啦！"

hoot 连问详情。花朵儿很得意地说："我今天一上午都在思考，怎么才能得第二名呢？我就和同桌 W 小朋友商量，吃饭的时候，不许和我说话！吃饭的时候，我就努力赶，努力赶，也不和 W 小朋友说话，终于比原来的倒数第二名快了一些儿，现在我是倒数第二名啦！"

hoot 忍住笑，鼓励道："那你下周一得个倒数第三名怎么样？"

花朵儿思考良久，终于下定决心道："下周五吧，下周五我争取得个倒数第三！"

周一回来，hoot 问花朵儿，今天怎么样？

花朵儿信心满满地答道："轻轻松松就得了个倒数第二！"

17. 男人的心，我懂！【2012－09－14】

一、男人的心，我懂！

洛洛过生日前夕，我带着花朵儿去给她的小朋友挑礼物，走过玩具店，我们进去这看看，那看看，我相中一套拼图积木，花朵儿摇摇头，一本正经地说道："洛洛不会喜欢的，男人的心，我懂！"

二、家务劳动

家里的小时工罢工了，我想想，等花朵儿成年的时候，估计更难找小时工了。于是，我决定培养花朵儿的劳动精神，和花朵儿一起打扫屋子。

没想到花朵儿一不怕累、二不怕苦，一个人收拾了整间客厅，擦净了所有桌子，还跪在地上，将 hoot 书房的地全部擦了一遍，居然没忘记把 hoot 转椅下的圆垫子掀起来。

花朵儿得意地憧憬："爸爸回家的时候，看见这么干净的屋子，会不会欣喜？"

三、这么快就开始回忆了

我问花朵儿，上小学快乐吗？

花朵儿说："没有幼儿园快乐，每天上午大休息的时候，我总喜欢靠近我们的幼儿园，那也是小朋友出来玩的时候。"

想必在幼儿园的时候，花朵儿也是这么期望小学的吧。

18. 当老师的感觉【2012－09－20】

一、当老师的感觉

我按照老师的要求，和花朵儿一起做家庭作业，花朵儿翻翻她的作业本，批评道："妈妈，你看看，作业本上都是爸爸的签名，连今天你才签了第二次！你怎么做妈妈的？"

我一点儿也不感到内疚："我和你爸分工不同呀，他有时间、有空闲接你、督促你作业，等我回家，还要做饭、收拾屋子！"

花朵儿撇撇嘴："可是爸爸不耐心，动不动就发脾气，做作业的时候,他总是发一半儿脾气。”

我诧异:“怎么发一半脾气?”

花朵儿很具体地解释:“比如说,爸爸一般发 60 秒的脾气,我做错作业时,他就发 30 秒。妈妈,你为什么就不发脾气呢?”

我说:“犯错是正常的,每个人都会犯错呀,只要认真改了就行!”

花朵儿接着分析:“看来是你没有当老师的感觉,爸爸是老师,所以,他有当老师的感觉。唉,不过,为什么爸爸对他的学生都那么和蔼,对我却那么大脾气呢?”

二、社论

hoot 大学东门前的一条路被路障拦了起来,我们只好把车停在很远的地方,慢慢走进校园。

花朵儿很不理解这种做法,发表了评论:“他们怎么能随随便便把路拦起来呢?修路是干什么的,不就是让人走的嘛?他们知不知道很多国家都没路可走?他们却在这里浪费路?真是不可理喻呀!”

19. hoot 与花朵儿之玫瑰花【2012－09－20】

一、玫瑰花

教师节有学生送了 hoot 一束花,妈妈下班看到了,开玩笑地问:是女学生送的吧?彭朵朵在旁边趁机告状:“我早就看到了,我就是不好意思问。”

教师节,学生会给每个老师送一枝玫瑰。hoot 扔在书桌上,放学的彭朵朵假装没看着。等妈妈来办公室,彭朵朵鬼鬼祟祟的把玫瑰指给妈妈看。女孩子们咋就这么敏感了啊!

二、遗传

上学路上，朵朵绊了一跤。hoot："走路要小心点"。

朵："妈妈走路也这样，上次在楼梯上还是我扶的"。

hoot："妈妈就是走路不看路，不对"。

朵："我这就是遗传妈妈的"。

过了会，朵朵向往地说："什么时候，爸爸也不小心绊一跤，我来扶吧"。

三、倒数第三名

吃饭慢已经成为大问题。早晨上学路上，hoot 苦劝她：你从最后一名一下子进步到第一名，老师就会大吃一惊！鼓励：你只要努力，一定行。诱惑：如果得第一，进步这么大，老师一定让你当吃饭课代表。朵朵雀跃。

进校门前 hoot 问：今天的目标是什么？朵朵扭捏：我看还是倒数第三吧。

20. 十一长假出行【2012－10－11】

十一长假，我们和大多数中国人一样，加入了出行的滚滚洪流。有幸的是，我们选择了一条冷门的文化之旅，没有遭遇可怕的拥堵、景点爆棚和抢劫式的消费。

一、离家出走的好日子

我们选择了高速免费之前的几个小时，离开帝都。

帝都里选择不占国家便宜的人还是很多的，从北五环、西二环再至西五环出京，竟然花了近四个小时。

花朵儿一点儿也没有抱怨，兴奋得一路连盹也未打一个，欢声笑语，把后排座的爷爷奶奶折磨得够呛。

当天色微暗，我们踏上京港澳的出京高速，开始在道路上飞驰时，花朵儿欣喜到了极点，大声地宣布："今天真是个离家出走的好日子呀！"

我们顿时绝倒，花朵儿侧目而视，非常得意地强调："难道不是吗？这么多车，这么多人，不都在离家出走吗？"

二、导游

上次山西旅游，hoot 每个景点都必请导游，花朵儿不胜其烦，完全影响了她随性所致的悠游心情。

这一次，她心有余悸，出发前就在担忧："这一次，爸爸不会天天请导游吧！"

不过，女儿的忧虑挡不住 hoot 的好学之心，尽管从校图书馆借了我们出行的背景资料：《殷墟》《佛像雕塑史》《中国雕塑史》等一系列书籍，每到一地，hoot 仍然导游照请不误。

为此，当 hoot 和爷爷奶奶、洛洛爸爸妈妈一起游保定总督府时，我明智地带着朵朵和洛洛去了对面的荷花公园，据说，慈禧西逃，就住在这个荷花池里。

花朵儿和洛洛乐此不疲地在荷花池的假山上转悠的时候，花朵儿突然驻足，看看天，看看地，感慨道："这么好的空气、这么好的天，爸爸却去请什么导游，真是想不通呀！"

一副看不起 hoot 白白误了春光的样子。

三、肉丝

逛了冷冷清清的殷墟、文字博物馆，去了鲜有游人的灵泉寺摩崖石刻。

中午，我们在湖边一家鲜鱼馆子用饭，点了一桌湖鲜和蔬菜，菜陆续上来，hoot的脸越来越阴暗，当最后一个菜摆上桌面时，hoot终于爆发出来：“怎么都是鱼？点个肉丝也行呀！”

一桌爆笑……

四、响堂山

这一路，摩崖石刻看得过瘾，回帝都路上，我们临时起意，去了河北峰峰矿区的响堂山石窟。

google的地图真是牛气，窄小的乡间小路也被它标得清清楚楚，好几次，放着上好的大道，它硬是把我们指向了近几里的乡间土路。害得我们越开越心惊：“这前面真的是我们要去的名胜吗?”我们停住车，hoot伸出脑袋，问道旁差点被我们车挤出正路的当地人：“请问，***响堂山***石窟是往这条路上走吗?”当地人居然不以为意，满面都是笑地答：“就在前方。”

走到响堂山石窟的景区前，居然已经停了二十多辆车，停车场前，赫然一条四车道大马路。我们对google地图那个又爱又恨呀……

三、响堂山导游

这一次，已经被导游了许多次的我们，勃然拒绝了hoot请导游的建议。

响堂山，因石窟群在山腰，人们谈笑、拂袖、走动均能发出铿锵的回声，得名响堂山石窟。石窟兴建于北齐时期，据说北齐皇帝高欢就葬于石窟中。现存石窟16座，摩崖造像450余龛，大小造像5 000余尊，还有大量刻经、题记等。它是河北省现已发现的最大石窟，也是国务院1962年第一批公布的国家重点文物保护单位，现为国家级景区。

尽管没请导游，但一路上，游人请导游的仍然不少，所以，也蹭着听听。听到一个导游煞有其事地介绍:“据说这个窟是鲁班和他的弟子所凿,在开采的时候,鲁班还和他的妻子闹了矛盾……”我就拿这个取笑hoot,你看看,导游说,这个石窟是鲁班凿的呢?这就是你推崇的导游!

21. 圣诞节快乐!【2012-12-25】

一、巧舌如簧

自上学后,花朵儿越来越能言善辩。

那天,她调皮,我威胁要送她去爷爷奶奶家养。

她一口气说,“那你为什么要生我呢,你和爸爸在生我之前难道没有考虑过我会调皮吗?你们生下我,就要对我负责!”

又有一天,在爷爷奶奶家,花朵儿生气地走出门,我们都忍着没理她,过了一会儿,看她泪眼婆娑地走回来:“妈妈,不爱我!看朵朵离家出走,一点儿也不心疼!”

二、历史

昨晚陪花朵儿睡觉,花朵儿说,妈妈,我给你讲一个最短的故事。

有个可爱的花朵儿,又名桃心朵朵,已经有快七年的历史了。

三、监督

晚上,我不在家。hoot打电话,结束后,花朵儿突然戒备地发问:“爸爸,你和谁打电话呢?”hoot说,是妈妈的同学。

花朵儿这才没有追问。

hoot好奇地问:“花朵儿,为什么你要问我和谁打电话呢?”

花朵儿答:“你和妈妈说话的时候,没这么温柔。”

22. 有名【2012－12－27】

一、圣诞礼物

圣诞的早晨，花朵儿向我抱怨，为什么我没有圣诞礼物呢？

我想起前段时间给她买过的圣诞帽子和圣诞袜子，说，咦，不是老早买过了吗？又有帽子，又有袜子！

花朵儿立即反驳道："可袜子是用来装礼物的呀？你只买了礼物盒子，没有礼物！"

二、有名

hoot学院新年晚会，主持人是我们的朋友，老远看见花朵儿，跑过来让花朵儿给老师们抽一等奖，花朵儿抽了一个数字。

主持人走后，花朵儿得意地说："你看，我在北大多有名，连主持人都知道我的名字！"

三、看你老婆对你多好呀

晚会刚开始，hoot就要去给学生上课，刚整理好要走，热菜就上来了，我赶忙夹了几筷子送进他的嘴里。

花朵儿在一旁评论道："爸爸，看你老婆对你多好呀！"

23. 人生第一场考试【2013－02－07】

一年级上学期期末，花朵儿经历了人生第一场考试。

考试前一天，花朵儿着凉了，半夜里，起来吐了两次，第二次吐得满床皆是。

第二天考试完回家，花朵儿说，数学考试时，又吐了，整张数学卷子都吐脏了，老师重新给发了卷子，她只好从头做起。

我们都很担心她的成绩，没成想，放假前成绩公布，语文，数学，还算不错。

花朵儿幽默地说，北京大学真让我恶心呀！大家都惊诧莫名的时候，她得意地说："因为她的考试，都让我考吐了！"（附注：花朵儿上的是北大附小）

24. 权利意识【2013－02－07】

放寒假了，我给爷爷奶奶和花朵儿订了去厦门的机票，让他们住在厦大，享受一星期的闲适。

他们去厦门的一周，正是北京雾霾最严重的时期，我很得意，真是未卜先知呀。可是，人算不如天算，即便花朵儿回京后，北京仍然是乌云遮日，没个好天气。唉……让我们的下一代如何健康生存下去？

花朵儿在厦门，天天吵着要给我们寄明信片。离开厦门的前一天，爷爷奶奶终于满足了她的愿望，写好了明信片，就投在厦大的邮筒里。奶奶担心，要是寄不到怎么办呢？

花朵儿很有把握地安慰奶奶："没事儿，如果寄不到的话，我可以告政府，让他们给我找到。"

爷爷奶奶很惊讶：真是龙生龙，凤生凤，法律人的孩子权利意识就是强呀！

25. 儒学新解【2013－02－18】

寒假，花朵儿背诵论语和孟子选段，对经典提出了质疑。

子曰："三军可夺帅也，匹夫不可夺志也。"

花朵儿质疑道："三军不是匹夫组成的吗？你我皆匹夫也！"

孟子曰："鱼，我所欲也，熊掌亦我所欲也，二者不可得兼，舍鱼而取熊掌者也。"

花朵儿质疑道："这个我不太懂了，孟子不是在讲道德吗？为什么要用鱼和熊掌作比喻呢？把鱼杀死，把熊的掌剁掉，难道符合道德吗？"

26. 芳邻萱萱【2013－02－21】

一、芳邻萱萱

芳邻萱萱不仅貌美如花，而且灵巧聪慧，既会弹琴、又会作画，还烧得一手美味佳肴。花朵儿喜欢得不得了，每次跟在她后面叫娘，以区别于我这个亲妈。时不时地，还向小朋友炫耀自己既有妈妈，还有娘。有一次逼着萱萱接同学妈妈的电话，让她以娘的身份聊天。

放寒假，发小乐乐来我们家玩，花朵儿非要领着她去萱萱家，那时，萱萱已经上班不在家。

奶奶阻止她道："别人不在家，你怎么能随便闯入呢？"

花朵儿气愤地反驳道："奶奶就把我的娘当外人，不当自己家里的人！"

二、妹妹

我正在上班，忽然接到花朵儿从奶奶家打来的电话，电话线的那一头传来花朵儿的号啕大哭之声，她断断续续地叫道："妈妈，快点给我生弟弟妹妹……快点辞职……快点移民……"

她哭了很久，我才从奶奶转述中弄明白，原来花朵儿和乐乐一起看电影，回来的公共汽车上，花朵儿邀乐乐到家玩，乐乐得意地说："我再不和你玩了，我要有弟弟或者妹妹了！"

花朵儿一听，当时就在车上放声大哭，一路哭回来，想想萱萱还没孩子，首先打给正在上班的娘。后来纠缠无果，接着又打给我。奶奶说，第三个就要打给叔叔，奶奶硬是没有给她电话。

唉！可怜的独生女……

【hoot 与花朵儿】

1. 花朵儿爸爸的开山力作【2008－09－22】

一、数羊

我开车送朵朵出去玩，朵朵和妈妈坐在后面。

朵朵："妈妈，我想睡觉。"

妈妈："好啊，那就睡吧。"

一会儿之后，朵朵："妈妈，我睡不着。"

"那就数羊吧。"

"一只羊，两只羊，妈妈，我还是睡不着……"

"喔，你要从1一直数到100才行。"

"1只羊，100只羊，妈妈，我还是睡不着。"

"唉，不是这么数的，要慢慢数，1、2、3、4、5、6、7、8、9、10，一直到100才行。"

"好吧，1只羊，2只羊，3只羊，4只羊，5只羊，6只羊，7只羊，8只羊，9只羊，10只羊，100只羊。妈妈，我还是睡不着……"

"唉，要这么数：1只羊，2只羊，3只羊，4只羊，5只羊，6只羊，7只羊，8只羊，9只羊，10只羊，11只羊……"

"妈妈，妈妈，你别睡觉，你还没有教朵朵数完羊呢……"

二、冰激凌和拉屎

刚刚吃完晚饭，朵朵就亲热地向我凑过来："爸爸，我能吃冰激凌吗？"

"不能，你今天还没有拉屎呢。"

朵朵想了想，苦恼地说："可我的小屁股里没有屎啊。"

半小时后，朵朵小心翼翼地来到正在沙发上看报纸的我跟前，殷勤地问："爸爸，你要吃冰激凌吗？"

"吃啊。"

"那我去给你拿一个吧！"

"这样啊，那我就不吃了。"

"你刚才还说要吃的呢？"

看着懊恼的小人儿，想着这小人儿心里曲里拐弯的小心思，我不禁一阵心软："好吧，爸爸吃一个冰激凌，而且可以给朵朵吃一口。"

"两口，好吗？"我还没有来得及回答这得寸进尺的请求，朵朵同志已经顺着杆子爬了上来："三口，好吗？""四口，好吗？"……

看着我的眉头越来越皱，朵朵只好妥协："就一口，好吧？"

刚咬了一口我从冰箱里取出的冰激凌蛋桶，朵朵就及时制止了我想吃冰激凌的企图："我要拉屎了，蛋桶等我拉完给我吃吧。"

也许，冰激凌确实具有引诱大便的功能？

2. hoot：敏感花朵儿的另一版本【2009－01－04】

一、敏感的朵朵

冬至，包饺子。我带着朵朵在客厅的沙发边玩，爷爷、奶奶和妈妈在餐厅忙活。

北京最近骤寒，妈妈和朵朵都咳嗽的厉害。奶奶一边包饺子一边和妈妈唠叨：你咳嗽，可以去医院试试三九贴。这边厢，不知朵朵同学怎地听到了，飞奔过去，哭诉："我也咳嗽了，奶奶怎么只关心妈妈，不关心朵朵啊？呜呜……"瞬时泪流满面。

众皆惊。不知朵朵同学啥时变得如此敏感？

二、告别

平时教育朵朵要有礼貌，和人分手时要说再见或拜拜，还要分别说早上好、中午好、晚安。结果，在多次、多人、不同时段的教育之后，朵朵同学主动汇总了学习结果。现在她和任何人在任何时候告别时都是这样一气呵成的："再见、拜拜、早上好、中午好、晚安"。

三、早点回家

早上十点多，俺准备离家去学校工作。走前，朵朵郑重嘱咐我："爸爸，早点回来啊，早点回来陪朵朵啊"，"再见、拜拜、早上好、中午好、晚安"。诺诺。

半小时后，俺刚进办公室，电话铃响。拿起电话，朵朵在大声责备俺："爸爸，我不是让你早点回来吗？你怎么还没有回来？你不回来，就没有人陪朵朵了"。

我倒。

四、不听话的嘴

朵朵睡觉时总是吃手，这个恶习迄今难改，尽管经过了大人多次批评。

某晚，朵朵睡觉时提出：自己睡，不要爷爷哄。爷爷只好把她放进小床，在旁边上网。一会儿，只听朵朵在那里严肃的批评人："不要吃手了,说了你还不听!”

爷爷好奇地问:你在说谁呢?

“我在说嘴呢,它不但吃东西,还要吃手,说它,它还不听话!”

“不听话?那还不打它?”

“爷爷,我打了,可它还是不听话,你看,它又吃手了。它是个不听话的坏小孩!”

爷爷也倒。

图书在版编目(CIP)数据

花朵儿的成长记忆/董炯著. —上海:上海三联书店,2018.3
ISBN 978-7-5426-6240-8

Ⅰ.①花… Ⅱ.①董… Ⅲ.①随笔—作品集—中国—当代
Ⅳ.①I267.1

中国版本图书馆CIP数据核字(2018)第048464号

花朵儿的成长记忆

著　　者 / 董　炯

责任编辑 / 郑秀艳
装帧设计 / 一本好书
监　　制 / 姚　军
责任校对 / 张大伟

出版发行 / 上海三联书店
(201199)中国上海市都市路4855号2座10楼
邮购电话 / 021-22895557
印　　刷 / 上海盛通时代印刷有限公司

版　　次 / 2018年3月第1版
印　　次 / 2018年3月第1次印刷
开　　本 / 890×1240　1/32
字　　数 / 150千字
印　　张 / 10.75
书　　号 / ISBN 978-7-5426-6240-8/I·1380
定　　价 / 48.00元

敬启读者,如发现本书有印装质量问题,请与印刷厂联系 021-37910000